Una herencia de sombras

Tricia Levenseller

Una herencia de sombras

Obra editada en colaboración con Editorial Planeta – España

Título original: *The Darkness Within Us*

Bajo el sello editorial CROSSBOOKS M.R.
Avenida Presidente Masarik núm. 111,
Piso 2, Polanco V Sección, Miguel Hidalgo
C.P. 11560, Ciudad de México
www.planetadelibros.com.mx

Primera edición impresa en España: mayo de 2025
ISBN: 978-84-08-30111-0

Primera edición impresa en México: julio de 2025
ISBN: 978-607-39-2993-6

Impreso en los talleres de Impregráfica Digital, S.A. de C.V.
Av. Coyoacán 100-D, Valle Norte, Benito Juárez
Ciudad De Mexico, C.P. 03103
Impreso en México - *Printed in Mexico*

Para Rachel y Holly,
gracias por convertir mis sueños en realidad

«No hay malas ideas, solo buenas ideas mal ejecutadas».

Damon Salvatore, *Crónicas vampíricas;*
temporada 2, episodio 15

Capítulo 1

Mi marido tarda demasiado en morirse.

Sentada a su lado en la cama, como una buena esposa, observo cómo la respiración se le escapa del pecho y rezo para acelerar su último aliento.

Por el amor de Dios, este hombre roza ya los sesenta y cuatro años. Está lleno de todas las enfermedades posibles tras décadas de libertinaje y desenfreno y sabe el demonio qué más. Y aun así, Hadrian Demos, el duque de Pholios, se aferra a la vida como si esta todavía tuviera algo que ofrecerle. Pero ya no es más que un viejo libidinoso postrado en una cama y condenado a verme la cara día tras día.

Pholios se mueve, como si mis pensamientos lo hubieran desvelado. Echo un vistazo para asegurarme de que Kyros sigue en la habitación antes de apartar la silla un poco. Bajo la mirada y espero.

—Chrysantha —gruñe el anciano.

—Estoy aquí, esposo. —Le envuelvo con mis manos la suya, peluda y llena de manchas por la edad.

—Hoy estás hermosa —me dice.

—Gracias.

Me las arreglo para no poner los ojos en blanco porque

es así como me saluda cada mañana, como si hacerme cumplidos le fuera a permitir obtener lo que de verdad quiere de mí, su esposa de diecinueve años.

—Agua —me pide separando los labios con dificultad.

Me giro hacia la jarra de la mesita de noche y descubro que está vacía.

—Ha debido de tener mucha sed esta noche, alteza —le digo—. Voy a llenarle el vaso.

—De eso se puede encargar Kyros.

Aunque se me erizan los vellos de la nuca, me fuerzo por mantener mi máscara de indiferencia. Vivir con el duque significa muy a menudo sentirme como si tuviera los pulmones envueltos en hierro. Siento esa terrible presión cada vez que me doy cuenta de que me voy a quedar a solas con él.

Kyros, un lacayo muy apuesto, me echa un vistazo. La expresión del joven transmite empatía y pesar, pero yo asiento levemente dándole ánimos. Lo último que quiero es que despidan a mi amigo por desobedecer una orden.

—Ahora mismo, alteza —dice—. Vuelvo en un instante. —Lo último, en realidad, me lo dice a mí.

En el momento en el que el hombre abandona el opulento dormitorio principal de la mansión Pholios, mi marido me suelta la mano y trata de agarrarme los pechos.

Como estoy más que acostumbrada a las técnicas del duque, me levanto y me doy la vuelta para librarme de sus manos, pero no lo hago con la suficiente rapidez. Se las arregla para darme una palmada en el trasero antes de que yo esté fuera del alcance de su brazo. Mantengo baja la mirada.

Es la mejor manera de esconder lo que de verdad pienso.

—¿Le apetece que le lea un poco? —pregunto.

—No. Se acabaron los libros. Vuelve aquí —gruñe Pholios.

—¿Que se le han acabado los libros? Pues déjeme que

busque alguno nuevo. —Me deslizo hacia el lado opuesto de la estancia, donde unos anaqueles decoran la pared.

—¡Maldita imbécil! ¡Le pagué a tu padre siete mil necos por ti! ¡Qué desperdicio de dinero! —exclama Pholios.

—Lo siento, esposo. —La envoltura de hierro me aprieta un poquito más.

—No quiero que lo sientas. Quiero que te levantes esas faldas, subas a esta cama y cumplas con tus deberes maritales.

Debido a su enfermedad, ha sido incapaz de obligarme a cumplir con esos «deberes maritales» de los que habla.

—¿Qué deber marital hay más importante que el de cuidar a mi esposo? —pregunto.

No cree que yo sea una insolente. Nadie lo cree. Me he pasado mucho tiempo trabajándome la reputación de ser una chica modosita. Y me ha salvado muchas más veces de las que sería capaz de contar. Fue así como manipulé a mi padre para que me casara con un duque rico y moribundo. Ojalá hubiera sabido entonces lo que me esperaba. Pholios no me mostró su verdadero rostro hasta que nos casamos. Yo creía que solo quería una compañera de cama que lo acompañara hasta que se reuniera con los demonios del infierno.

—Los deberes nocturnos —aclara el duque.

—Pero si es de día, esposo.

—¡Eso ya lo sé! —Su tos inunda la estancia. Yo la ignoro y me tomo mi tiempo escudriñando las filas de libros. Ya sé cuál elegiré, pero no tengo ninguna prisa en volver a ponerme a su alcance. No, al menos, hasta que Kyros vuelva a la habitación.

Puede que Pholios sea una criatura repugnante, pero le encanta mantener las apariencias ante sus empleados. Ya sea porque sabe que lo que está haciendo está mal y desea mantener intacta su reputación o porque considera que los asuntos de alcoba hay que tratarlos en privado. Así que, cuando hay alguien cerca, mantiene las manos quietecitas. Kyros, a menudo, nos ha sorprendido en momentos demasiado incómodos. He sido toqueteada, pellizcada, abofeteada y zarandeada más veces de las que puedo recordar en los dos últimos meses de mi vida, que es justo el tiempo que ha transcurrido desde que me casé.

Pero todo esto habrá valido la pena en el momento en el que Pholios muera. El duque no tiene hijos ni parientes que puedan heredar su título..., lo que significa que, cuando muera, todo lo suyo será mío. La mansión, el ducado, los sirvientes, el dinero. Todo será mío para hacer con ello lo que quiera y ningún hombre volverá a tener mi destino en sus manos. Seré una duquesa viuda por siempre jamás.

Seré libre para siempre.

El futuro está tan cerca que ya puedo saborearlo. Solo unas semanas más. Un mes, a lo mucho. A Pholios no le puede quedar mucho más.

Y entonces ya nunca tendré que esconder quién soy realmente.

Cuando oigo de lejos las suaves pisadas de Kyros, agarro un libro de poemas del estante. El lacayo parece aliviado de encontrarme en el lado opuesto de la habitación. No sería necesario que fuera tan empático, puedo encargarme sola del viejo... Pero aprecio su amabilidad. Vuelvo a mi silla mientras Kyros termina de ayudar a beber al duque. Pholios casi se atraganta cuando ve el título del tomo que sostengo.

—¡No! Odio la poesía —me dice.

Por eso precisamente lo he elegido.

—Le ayudará a aclarar las ideas, alteza. La poesía aviva el alma.

Refunfuña un poco más, pero se calla en cuanto empiezo a leer. Creo que le gusta el sonido de mi voz. Mientras leo se pasa el rato mirándome los pechos, así que levanto un poco el libro. Tras diez minutos así, los ronquidos de Pholios vuelven a retumbar por toda la estancia.

—¿Está usted bien, alteza? —me pregunta Kyros en un murmullo para no despertar al duque.

—No me quejo, Kyros. ¿Y tú?

Cierro el libro y giro la silla para poder observar bien a aquel hombre. Luce muy guapo, incluso con su uniforme de trabajo. Lleva una típica camisa blanca con medias, guantes y botas. Siempre va limpio e impoluto, y adopta muy buena postura. Su fuerte mentón tiene un adorable hoyuelo en el centro y sus ojos verdes siempre están brillantes. Se peina hacia atrás y se coloca tras las orejas unos mechones besados por el sol. Su figura es tan robusta que ensombrece a la de los demás lacayos.

Kyros y yo nos pasamos día tras día atrapados en esta estancia atendiendo al duque en todas sus necesidades. De vez en cuando, el hijo pequeño de Kyros hace alguna aparición, loco por mostrarnos las ranas que ha capturado en el estanque de la hacienda o las piedras que ha encontrado en el bosque. El chico sabe que tiene que guardar silencio si el duque está dormido. Tiene mucho cuidado a la hora de llamar nuestra atención y procura sacarnos de la habitación durante breves instantes para así podernos mostrar sus tesoros.

Yo siempre aprovecho estas oportunidades.

—Muy bien, alteza. —Kyros se cuida mucho de no hablar de mi matrimonio con el duque y de todas las cosas a las que yo estoy expuesta. Tiene el sentido común suficiente como para saber que no albergo ningún deseo de comentar con nadie todas esas humillaciones—. Nico ha aprendido una palabra esta mañana —dice para llevar la conversación hacia lugares luminosos en vez de oscuros.

—¿Y de qué palabra se trata? —le pregunto sonriendo.

—«Indignante».

—Es una palabra compleja para un niño de cuatro años.

—Que no la oiga decir eso. Tiene cuatro y medio, ni un día menos.

Durante el tiempo que hemos pasado juntos en esta habitación, he aprendido bastante sobre Kyros y su pasado. Tuvo un hijo a los diecisiete. La madre del niño y él no estaban casados y, cuando se quedó embarazada, la chica dejó claro desde el principio que no tenía ninguna intención de hacerse cargo del niño. Kyros se ocupó del pequeño a pesar de que la ley no obliga a ello a los hombres solteros.

—¿Y ahora dónde está Nico? —pregunto.

—En las cocinas, echándole una mano a Cook. Ya sabe que le encanta el dulce.

—Tendré que buscarlo después. Me muero de ganas de oírlo usar «indignante» en una frase.

Doran, otro lacayo, entra en la estancia con una bandeja sobre la que solo hay una carta.

—Una carta para usted, duquesa —dice en tono enérgico y haciendo que Pholios vuelva a despertarse. Me encantaría darle un regaño a ese hombre, pero decido que es mejor mantener una ligera sonrisa.

—Gracias, Doran —contesto mientras me levanto y agarro el pergamino enrollado.

—Quiero tomar ya el desayuno, Kyros. Ve a traérmelo —dice el duque, encendiendo de nuevo las alarmas.

Aunque estoy segura de que ambos sirvientes abandonan la estancia, yo no los veo salir. Estoy demasiado ocupada observando la letra manuscrita de la carta.

Es la letra de mi hermana.

Alessandra nunca me escribe. Yo solo le escribo cuando deseo entretenerme regañándola. Me considera una idiota engreída, lo que me parece divertidísimo. Alessandra siempre ha sido demasiado obvia en relación con lo que quiere y con qué está dispuesta a hacer para conseguirlo. En estos días está intentando enamorar al Rey de las Sombras.

Se me escapa una risita. Si yo no le gusté, está claro que ella tampoco le va a gustar. No es cuestión de vanidad. Puede que yo sea la que más se parezca a madre, pero ese no es el tema. Una cara bonita solo te lleva hasta ciertos lugares. Lo que importa aquí es que yo soy mucho mejor actriz. Puedo fingir ser aquello con lo que los hombres sueñan. Y he descubierto que lo que la mayoría de los hombres quiere es algo que crean que pueden controlar. Así que finjo ser dócil. Actúo como si fuera obediente. Cuando los hombres creen que te controlan, dejan de vigilarte de cerca. Cuando creen que eres idiota, no son tan cuidadosos con respecto a las cosas que dicen en tu presencia.

Pero... ¿Alessandra? Yo siempre sabía perfectamente en qué estaba pensando. Aunque tengo que admitir que nunca creí que fuera capaz de matar. Cuando salió a la luz lo que pasó con su primer amante, me tomó totalmente desprevenida. Y que el rey la perdonara de inmediato fue una sorpresa aún mayor.

Es culpa mía que las dos no seamos más íntimas. Nos hemos pasado la vida compitiendo por la atención de nuestro padre. Él estaba tan concentrado en mi madre que, al morir ella cuando yo tenía doce años y Alessandra once, supe inmediatamente que aquel amor se transferiría o a Alessandra o a mí. En su corazón solo había espacio para una mujer, así que me aferré a él antes siquiera de que Alessandra se enterara de lo que pasaba. Ella habría hecho lo mismo si hubiera sido capaz.

Vivimos en un mundo en el que los hombres deciden todo. Dónde vivimos. Cuándo recibimos algún dinero. Con quién nos casamos. Y yo sabía que mi camino más directo a la felicidad era hacer que mi padre comiera de mi mano. Era ella o yo.

Así que me elegí a mí misma.

A veces me siento un poco culpable, pero no me importará lo más mínimo cuando consiga todo lo que quiero. Cuando sea rica y no pertenezca a ningún hombre, haré lo que desee... Incluso cultivar mi relación con mi hermana, si eso es lo que quiero.

Abro la carta y leo su contenido:

Querida Chrysantha:

Quiero invitarte personalmente a mi boda. Kallias y yo nos casamos en seis meses. Mi coronación se celebrará el mismo día, justo después de la ceremonia.

Asistirás, ¿verdad? ¿O estás demasiado ocupada siendo la niñera de tu arrugado marido? ¡Seguro que puedes hacerte algo de tiempo para asistir al día más importante de la vida de tu única hermana! Respóndeme pronto para que así pueda reservarte un asiento de primera fila en la boda de esta ramera con el Rey de las Sombras.

Mis mejores deseos,

Alessandra

Siento un trueno en los oídos. Hasta que ya es demasiado tarde, no me doy cuenta de que he hecho una bola con la carta.

El rey.

Mi hermana pequeña se va a casar con el maldito rey.

No me quiso a mí, pero a ella sí. ¡A ella! ¡A la asesina!

Con todo el tiempo que llevo conspirando, haciendo planes, tratando de labrarme un futuro... Han abusado de mí, me han degradado, me han insultado día tras día... ¿Y todo para qué? De momento, no tengo nada de lo que presumir.

Y, mientras, Alessandra se ha acostado con tantos hombres que he perdido la cuenta. En el pasado le he llamado cosas mucho peores que «ramera». Era mi forma de decirle que tuviera cuidado. Debía cuidar su reputación si quería asegurarse un buen futuro. Además, decirle esas cosas me hacía sentir mejor cuando me asaltaban los celos por el hecho de que ella estuviera tan bien acompañada mientras que yo, por mi cuenta, luchaba por sobrevivir. Porque yo estaba segura de que si seguía comportándose así nunca podría casarse con un hombre rico.

Pero, de alguna forma, consiguió al rey. Se convertirá en una reina de verdad. Tendrá recursos inimaginables y dinero para hacer de todo. Nadie la atacará nunca mientras esté casada con el hombre más importante del mundo.

Me sube la temperatura y el rojo tiñe todo.

Ha ganado.

¿Cómo puede haber ganado? ¡Si no ha hecho nada! No se lo ha trabajado. Ella ni siquiera era consciente de que ambas estábamos jugando al mismo juego. ¿Cómo ha podido suceder?

No me doy cuenta de que mis frenéticos pensamientos me han acercado a la cama. Pholios ataca como una serpiente y me agarra la cadera a través del vestido para intentar que me acerque más.

Yo estoy furiosa y le doy un manotazo sin pensar las consecuencias.

El duque y yo nos quedamos paralizados.

—¿Acabas de darme un golpe? —me pregunta.

—Es que me picaba justo ahí, alteza.

Él gruñe y comete la osadía de mostrarse ofendido, pero tengo claro que en su cabeza ha germinado algún pensamiento maligno en cuanto lo veo sonreír.

—Esposa, si te acercas más, te perdono.

—¿Aún más cerca?

—Sí, inclínate sobre la cama. La colcha se ha salido por el lado opuesto a ti. Me lo tienes que arreglar.

Mi rostro es una máscara carente de emociones. El alma me arde. Llevo demasiado tiempo atrapada en esta casa, en esta habitación en la que el duque no para de escudriñarme mientras se humedece los labios y trata de que me acerque. Mientras, mi hermana está llevando una vida de lujos, perfección y libertad. En los brazos del maldito Rey de las Sombras. Fracasé en mi misión de enamorarlo durante mi estancia en el castillo, así que pensé que lo que más me convenía era sentar la cabeza con la segunda mejor opción.

Pero ya no quiero sentar la cabeza con nadie.

La envoltura de hierro de mis pulmones da un chasquido. Mi cerebro se desconecta del resto de mi cuerpo y mis miembros se mueven sin que yo les dé la orden.

Hago lo que me ha ordenado el duque. Me levanto la falda y me siento a horcajadas sobre él. Se le salen los ojos de las órbitas y entonces me sujeta de la cintura con las dos manos. Me fuerza a adoptar la postura que él quiere y entonces hace lo que está en su mano para embestirme con sus caderas, aunque, afortunadamente, nos separan capas y capas de tela.

Pero mi atención se concentra en la almohada de sobra que hay junto a su cabeza. Me inclino hacia ella y los dedos de Pholios se aferran a mis pechos. Me hace daño, pero no vuelvo a mi anterior postura hasta que agarro la almohada. Entonces ya solo me queda terminar lo que he empezado.

Lo asfixio con aquel almohadón de plumas.

Lo que había empezado a endurecerse debajo de mí vuelve a su estado flácido. La almohada devora los gritos de angustia de Pholios. Su cuerpo enclenque apenas se mueve ya bajo el mío. Sus manos, por fin, me sueltan los pechos para agarrarme de los brazos. Intenta alejarme de él.

No dejo que la presión disminuya.

—¿No es esto lo que querías, esposo? ¿Te sirvo por fin para algo?

Si Alessandra puede conseguir todo lo que siempre ha querido a pesar de haber matado a un hombre, ¿por qué yo no? Me parece estar viendo la cara de mi hermana. Cierro los ojos y aprieto y aprieto para vengarme de cada cosa mezquina que me ha hecho este hombre.

Se acabó.

No lo suelto inmediatamente, a pesar de que ya ha cesado hace rato su patética resistencia. Permanezco sentada sobre mi marido muerto inmersa en una especie de limbo negro entre el antes y el después.

Antes yo no era una persona violenta. Después he sido la paciencia personificada.

Ahora soy libre. Ahora puedo hacer lo que me plazca.

Empezando por asesinar, igual que mi hermana. Me he rebajado a su nivel. Aquel pensamiento por fin me activa. Me enderezo, dejo la almohada en su lugar y peino un poco al duque. Muerto parece estar en paz.

Espero que no encuentre la paz allá donde lo he enviado.

Cuando vuelvo a mi silla, veo que hay una figura en el marco de la puerta. El hijo de Kyros, Nico, está ahí con la barbilla llena de migas.

Nos mira al duque y a mí.

Contengo el aliento.

Capítulo 2

Nico se acerca el índice a los labios. Esa es la señal que suelo hacerle cuando el duque está dormido. Me tranquilizo de forma instantánea. Por suerte no ha entendido nada.

—Atrápeme si puede, duquesa —susurra antes de salir corriendo por el pasillo.

Lo persigo.

—¿Has venido a buscarme con la boca llena de migas y no me has traído un pastel? —le pregunto.

Nico no deja de reírse. Es sorprendentemente rápido para ser tan pequeño. Se desliza por el barandal de la escalera, pero yo tengo que bajar despacio por lo pesado de mi ropa. Cuando llego a la planta baja, sigo corriendo y por fin alcanzo al chico. Él agita los bracitos y, justo antes de abalanzarme sobre él, Kyros dobla la esquina con la bandeja del desayuno del duque.

Levanto a Nico del suelo y le doy vueltas en el aire. Su risa me ilumina el corazón. Le hago cosquillas en la barriga y lo dejo en el suelo. Su risa encaja a la perfección en esta mansión enorme. Por fin es un lugar en el que todos podemos ser felices. El duque ha muerto.

Muerto.

Muerto.

Muerto.

No creo que exista una palabra más hermosa.

—¿Qué hacen? —pregunta Kyros.

—Padre, la duquesa estaba indignada porque no le he llevado ningún pastel.

—Yo también te habría perseguido por hacerme esa descortesía —le confiesa su padre.

—¡Traeré pasteles para todos! —exclama Nico corriendo hacia la cocina.

Kyros observa con los ojos cargados de amor cómo su hijo se marcha.

—Será mejor que volvamos ya, antes de que el duque se enoje, alteza.

—Se quedó dormido, así que decidí escaparme un momentito —contesto.

Kyros asiente y, juntos, volvemos a la estancia principal.

Pasan horas antes de que nadie repare en que el duque no respira.

En los días sucesivos no ocurre nada malo. Nadie sospecha nada. El hombre llevaba tiempo muriéndose. ¿Quién se mancharía las manos ante un caso así? Además, todo el mundo piensa que soy demasiado idiota como para planear un asesinato. Me he asegurado de ello.

Voy de negro al funeral y me las arreglo para llorar en recuerdo de Pholios. Hundo la cara en un pañuelo de seda con nuestras iniciales bordadas que el mismísimo muerto me regaló. Padre me consuela y me trae flores, incluso me pregunta si hay algo que pueda hacer para ayudarme a administrar la hacienda. Está encantado conmigo, ya que mi dote lo salvó de la ruina. Puede que sea conde, pero su hacienda estaba en bancarrota. Yo misma estaba en bancarrota hasta que me casé con Pholios.

Ahora su fortuna es mía y puedo hacer lo que quiera con ella. No hay hombre que pueda decirme cómo gastarla, ni siquiera mi propio padre.

Lo he conseguido.

He conseguido lo que tan pocas mujeres han logrado.

La verdadera libertad.

Lo primero que decido hacer con esa libertad es explorar la hacienda y conocer a mis lacayos. Pholios nunca me dejó aventurarme lejos de él. Incluso me hacía comer junto a su cama. Tenía que estar allí desde que se levantaba hasta mucho después de que se quedara dormido. El duque mencionó muchas veces que iba a cobrarse el dinero que había pagado por mí. Decía que yo era de su propiedad.

Creo que, en sus últimos instantes, se dio cuenta de quién tenía el poder sobre el otro.

—Me alegro de volver a verla, alteza —me dice la señora Lagos, el ama de llaves, cuando nos encontramos en el salón.

La he visto muy pocas veces desde el primer día que puse el pie en esta sombría mansión y todo el personal me recibió en la entrada como su nueva señora.

La señora Lagos es tan amenazante como un gatito. No llega al metro y medio de altura, pero ¡ay de quien le diga que no llega! (Una vez escuché una conversación muy tensa al respecto.) Tiene el pelo negro como la noche y la piel blanca como el marfil. Tiene los ojos ovalados y carece de arrugas, por lo que es imposible tratar de adivinar su edad... y no me veo capaz de preguntársela.

—Lo mismo digo, señora Lagos. Gracias por tenerme en cuenta.

—¡Es lo menos que puedo hacer! ¿Cómo puedo serle de ayuda?

—Me gustaría hacer ciertos cambios en la hacienda. Espero que esté dispuesta a ayudarme.

—Desde luego. ¿Qué cambios?

Quiero que el personal me adore. Quiero que deseen que yo sea su señora. Es la mejor manera de asegurarnos de que la transición no presente dificultades y no quiero que nadie cuestione el control que ahora poseo. Y hay una forma muy sencilla de conseguir esto desde el principio.

—Me gustaría subirle el sueldo un veinte por ciento a todo el personal.

La señora Lagos parpadea despacio, como si no me hubiera oído bien. Entonces se le escapa una sonrisa.

—Usted y yo nos vamos a llevar muy bien, alteza.

—Magnífico, porque tengo grandes planes para redecorarlo todo...

Lo primero, el dormitorio principal. Ordeno que lo desmantelen. Se llevan cada elemento a los desvanes, desde la cama hasta las cortinas y la alfombra. Lo modifico todo hasta que parece que Pholios jamás ha puesto un pie allí. Quiero deshacerme de todo lo que remotamente me pueda recordar a él.

Siempre he tenido debilidad por el rosa, así que en la tienda de Matilda se me van los ojos hacia una colcha rosa pálido. Y eso hace que decore el resto de la habitación para que combine con ella. Elijo un papel pintado con crisantemos, la flor de la que proviene mi nombre. Y una cama con dosel de roble blanco y cortinas de malla. Y un sofisticado tocador color marfil con manijas doradas. Hago que pinten el techo con los colores del cielo un día soleado y mando que añadan querubines rubicundos atravesando las nubes.

Mientras hacen eso, la señora Lagos prepara el resto de las estancias para la gran renovación. No quiero ningún recuerdo de aquel hombre tan terrible que oscureció este hogar, así que ella se encarga de que todas las pinturas antiguas, los jarrones y el resto de las reliquias de la familia Pholios se suban al ático hasta que llegue el momento de venderlas. Hasta que no pase el año de luto que la sociedad considera obligatorio, no tengo permitido acudir a eventos sociales o responder a invitaciones.

Y, aun así, no pasa ni una semana hasta que empiezo a recibir cartas. Les echo un vistazo antes de arrojarlas a un montón junto a la chimenea.

Me apenó mucho enterarme de la muerte de su marido, alteza. Si necesita que la consuelen, no dude en llamarme.

Esta es del conde de Barlas.

No se hunda en la tristeza, alteza. Es mejor mirar al futuro con esperanza. ¿Podría visitarla próximamente?

Del conde de Varela.

Llevo mucho tiempo admirándola. Ahora que es libre de elegir su propio destino, ¿habría alguna posibilidad de que me tuviera en cuenta?

Del duque de Simos.

Hubo algunas tan terriblemente vergonzosas que consiguieron ruborizarme.

Una mujer de su posición merece gozar de todos los placeres que la vida tiene que ofrecerle. Sea mi amante, duquesa de Pholios, y haré que siempre esté satisfecha por completo.

Del barón de Moros, un hombre casado.

No voy a ser la amante de nadie. Estoy harta de que los

hombres me digan lo que tengo que hacer, ya sea fuera o dentro del dormitorio. Ignoro las cartas, pero las leo de vez en cuando, siempre que necesito una inyección de energía. Son un subidón de autoestima, por mucho que no desee toda esa atención.

Al menos por parte de hombres poderosos.

Me he pasado muchos años soñando con ser yo la que tuviera el poder, la que pudiera elegir mis propios vínculos. Llevo toda la vida sola, ya que se me han negado los simples placeres de la compañía romántica por ser una dama de alta cuna. Tengo la rotunda intención de ponerle fin a esa soledad en cuanto acabe mi periodo de luto.

Tendré un amante.

Uno que sea guapo, pobre y bueno en la cama, que me adore y que me ame, y que no quiera de mí nada más que las comodidades terrenales que yo le puedo ofrecer.

Los hombres tienen amantes constantemente, así que, como duquesa viuda, haré lo mismo. Es poco habitual, pero no extraño. Tengo el poder y el estatus para soportar el escrutinio público que recibiré como resultado. Además, me buscaré a alguien que sea capaz de mantener la discreción.

Pero eso no va a ser posible durante los próximos once meses y dos semanas. Así que, mientras, me concentro en hacer nuevas amistades en la mansión y en supervisar las mejoras de la hacienda. Los martillazos de los obreros se oyen durante todo el día. Los pintores, carpinteros y albañiles vienen y van bajo la mirada vigilante de la señora Lagos y del resto del personal. Pasarán meses, incluso años, antes de que todo este lugar esté renovado por completo, pero no es de extrañar si tenemos en cuenta que he heredado una hacienda tan grande que solo es superada en tamaño por el palacio real de Naxos.

El palacio de Alessandra.

Después de ganarme a la señora Lagos, el siguiente paso es engatusar al resto de los lacayos. Kyros me los presenta formalmente y a todos les hace muy felices enterarse de que quiero aprender a jugar al hach.

—Tiene que jugar una carta más alta, pero del mismo palo —me explica Doran mientras Kyros observa mis cartas desde atrás.

Agarro una reina de rubíes.

—Esa no. Es demasiado alta —me susurra Kyros al oído—. Le conviene reservarla. Juegue esta.

Pone el seis de rubíes boca arriba sobre la mesa, que está por encima del cinco que ha salido antes en la ronda.

—Creo que lo ha entendido —dice Plutus mirándome mientras le quito su carta—. Ya puedes dejar de ayudarla.

—No seas tan competitivo —le responde Kyros—. Tú llevas jugando toda la vida y ella está aprendiendo.

—Tú eres quien la ha invitado. Si no está al nivel, es su problema. —Al darse cuenta de lo que acaba de decir, Plutus palidece—. Perdóneme, alteza. Había olvidado...

—No hay problema, Plutus. Quizá te mejoro el humor si pongo las cosas un poco más interesantes... —Me saco un necos del bolsillo y lo dejo sobre la mesa.

—No nos lo podemos permitir —dice Doran mirando la moneda.

—Pues apuesten lo que se puedan permitir. ¿No les acabo de subir el sueldo? ¿Es que temes que te desplume?

No gano ni una partida en toda la noche, pero pido la revancha para la siguiente.

Kyros y Nico hacen pícnics conmigo en el césped cuando el día está despejado. El niño recoge flores para mí, y el padre y yo charlamos sobre cualquier cosa. Nico me muestra los árboles a los que más le gusta trepar y yo le enseño a diferenciar cuándo la fruta está lista para ser recolectada, así como cuáles son las plantas venenosas de las que es mejor mantenerse alejado. A veces le doy al pequeño alguna clase de piano, un instrumento que siempre he adorado. No reparo en gastos a la hora de comprarme un nuevo instrumento.

—Lo está malcriando —se atreve a sugerir Kyros a las pocas semanas de que yo haya enviudado.

—Acercar a un niño a la música no es malcriarlo. Además, me encanta pasar el rato con él.

Una nube enorme tapa el sol y oscurece el hermoso verdor de los árboles que rodean el césped. Kyros se recuesta sobre las manos en nuestra manta de pícnic.

—¿Era así como se imaginaba su día a día cuando enviudara, enseñando a tocar el piano al hijo de un lacayo?

—La verdad es que no me imaginaba que el padre del niño sería tan quejumbrosa.

—Ahora en serio —dice Kyros con una sonrisa—. ¿Es usted feliz?

—Más feliz de lo que recuerdo haber sido.

—No sale a menudo de la hacienda. Siempre di por hecho que le gustaría salir y pasar el tiempo con gente de su nivel. O que, al menos, los invitaría a que vinieran. Pero, en lugar de eso, se pasa los días horneando pasteles con Cook, jugando a las cartas con los lacayos y enseñando a Nico a tocar el piano.

—¡Eso no es todo! También he formado un club de lectura con Damasus, Karla y Tekla. Leemos novelas y después nos reunimos para hablar sobre ellas.

—¡Una duquesa hablando de libros con su mayordomo y las doncellas! —se ríe Kyros.

—Ríete todo lo que quieras, pero estoy haciendo lo que me da la gana. Mi padre me obligaba a asistir a cada evento social, a arreglarme para cada baile, a tolerar la compañía de hombres insufribles... Ahora me paso el día con quien quiero y cuando quiero. Mis lacayos son las personas más estupendas que he tenido el placer de conocer jamás. No necesito los falsos halagos de las damas ni las atenciones no solicitadas de los caballeros. Leo cuando quiero. Salgo al campo cuando deseo. Disfruto de la compañía de mi caballo, de un niño de cuatro años y, sí, también de mi mayordomo, además del resto de la gente de esta hacienda. Para mí todo está perfecto tal cual, y lo que se puede mejorar ya estoy en proceso de mejorarlo. Y, ahora, ¿puedes dejar de regañarme y permitirme disfrutar de mis comodidades bien merecidas?

—Por supuesto, alteza.

A los dos se nos dibuja una sonrisa cálida. Me reclino sobre el suave algodón de la manta de cuadros. Siento cierta levedad en el pecho que me cuesta identificar.

«Esto es lo que se siente al ser feliz», me digo.

Hablar de lo que pienso y que alguien se preocupe por escucharme. Que ningún hombre intente mangonearme o controlarme. Hacer cosas que de verdad disfruto. Ser yo misma cerca de gente que me importa.

Todo esto hace que haya valido la pena todo lo que he sufrido desde que mi madre murió.

Soy intocable y me encuentro tan bien que siento que sería capaz de volar.

Pero cuando salgo de la hacienda todo es diferente.

Se espera que en público vaya vestida de negro como símbolo de mi duelo. Aproximadamente un mes después de la muerte del duque, me pongo un vestido azabache con crinolina y un corsé ajustado. Es de manga larga y no tiene velo. El conjunto es bastante deprimente, pero es el aspecto que se supone que debo tener mientras cumplo con mis obligaciones. Diez meses y medio más y podré acabar con este teatrito.

Estoy en el cerero eligiendo velas nuevas para el comedor y tengo detrás una fila de lacayos ayudándome con las compras, y entonces alguien se me acerca desde el lateral.

—¿Alteza?

Me giro y me topo con lady Evadne Petrakis, hija de un marqués, que también está comprando en la tienda. Nos movemos en los mismos círculos sociales, así que, por supuesto, nos hemos encontrado en innumerables ocasiones. Pero no diría que es mi amiga, es más bien una conocida. No es tan fácil llamar amigo a alguien cuando llevas siete años escondiendo tu verdadero yo ante todo el mundo.

—Lady Petrakis, ¿cómo está?

—¡Fenomenal! ¿Y usted? ¡Debe de estar orgullosísima de que su hermana se vaya a casar con el rey!

—El rey tenía que acabar eligiendo a alguien —digo forzando una sonrisa—. ¿Y qué hay de usted? ¿Ha pasado algo importante en mi ausencia? Me he perdido muchos chismes desde que me casé...

—Ha habido algunos anuncios de compromiso, pero no ha pasado nada fuera de lo normal. Desde que la futura reina impuso los nuevos edictos, ya no hay buenos escándalos.

—¿Edictos? ¿Alessandra está promulgando leyes? ¿Ella?

—Ah, claro. Las mujeres ya no tienen que esperar al matrimonio para mantener... relaciones íntimas. Y a los padres ya no se les permite aceptar un precio por sus hijas. De hecho, tienen que pagar la dote de esta para que ella se case con quien quiera... y ha de ser una suma razonable en relación con sus ingresos anuales.

—¿Qué?

—Así es. Algunos nobles estaban más que disgustados con este tema, pero el rey ha hecho que los decapiten por las amenazas vertidas contra la futura reina. Y, claro, ya nadie se atreve a protestar contra las nuevas leyes.

—Pero ¿cuántas nuevas leyes hay? —pregunto.

—Para ser sincera, he perdido la cuenta. La semana pasada decretó que las tierras y los títulos han de pasar al descendiente de mayor edad, independientemente de cuál sea su sexo. Ah, y las hijas pequeñas ya no tendrán que esperar a que las mayores sean presentadas en sociedad para poder acudir a los eventos que deseen.

Parpadeo varias veces tratando de procesar lo que está diciendo.

—¿Y el rey permite todo esto?

—¡Lo respalda! Su nombre aparece junto al de ella en todas las nuevas leyes. La gente dice que está tan obnubilado por su futura esposa que sería incapaz de negarle nada. Ya la llaman la Reina de las Sombras.

Siento que la rabia y la amargura me atenazan. Se suponía que Alessandra, como yo, no sería más que una moneda de cambio. Una herramienta para que mi padre se librara de sus deudas y salvara sus tierras. Pero está promulgando leyes y ganándose el favor de todas las mujeres de la corte. Disfruta de libertad y de felicidad... ¿a cambio de qué? ¿Acaso ella ha sufrido algo? No se lo ha ganado. Al menos, no como yo.

Me recuerdo a mí misma que ahora tengo todo lo que quiero. Que soy feliz. Y que eso es lo que importa. Respiro profundo y me siento fuerte y tranquila de nuevo.

—Oh, querida, ¿he hablado demasiado rápido? Sé que eso a veces le dificulta las cosas —dice Evadne.

Sí, porque todo el mundo piensa que soy estúpida. Yo no soy más que una idiota y Alessandra es una poderosa monarca.

—Estoy bien —le contesto—. Solo un poco aturdida. Creo que voy a pagar la compra e irme.

—De acuerdo. Me ha encantado charlar con usted. Por cierto, estoy organizando un evento para dentro de unos meses. Le mandaré una invitación. Cualquier persona cercana a la Reina de las Sombras será siempre bienvenida a mi hacienda.

—Gracias, pero no se me permite acudir a ningún evento hasta que acabe mi luto. Como recordará, el duque ha muerto.

—Ah, esa es otra de las cosas con las que ha acabado la futura reina. Las mujeres ya no han de guardar luto. Ni tampoco tienen que ir de negro. —Observa mi vestido con un gesto de empatía—. Por supuesto, usted puede hacer lo que considere oportuno... pero ya nadie espera que exhiba esa muestra de respeto hacia un hombre que le cuadruplicaba la edad. Que pase buen día, duquesa.

Bajo la vista hacia las dos velas que tengo en la mano. Me doy cuenta de que las he apretado tanto que las he roto por la mitad.

Cuando lady Petrakis sale de la tienda, la sigo con la mirada. ¿Por qué no he leído los periódicos? ¿Cómo he permitido que todo esto me pase desapercibido? Cuando el duque vivía, yo siempre me refugiaba en la literatura. En la ficción podía fantasear con vivir grandes aventuras o con resolver complejos misterios junto a mis heroínas favoritas.

Me he perdido muchas cosas. Lo de Alessandra me ha dejado asombrada.

Yo nunca he querido tener poder o gobernar a nadie, la verdad. Lo único que deseaba era mi propia libertad. Y, ahora que la tengo, la siento... desprestigiada. Parece poca cosa cuando la comparo con lo que tiene mi hermana.

Y ahora ya no tengo excusa para no acudir a su maldita boda.

Si no me presento, tendrá claro que ha ganado. Creerá que estoy demasiado avergonzada o celosa para asistir. De ninguna forma voy a permitir que piense eso.

En realidad, ¿qué es lo que ha ganado? Un constante escrutinio por parte de aquellos a los que gobierna. Una vida al servicio de su esposo. Demasiadas responsabilidades.

Me alegro de que el Rey de las Sombras no me eligiera. Ser una duquesa viuda es muchísimo mejor. Yo no soy como Alessandra, que es malvada, vanidosa y egocéntrica. No necesito mimos y atenciones. Lo único que siempre he querido ha sido que me dejaran decidir mi propio destino. Y ahora que lo he conseguido, ha llegado el momento de ejercer un mayor control. Ha llegado el momento de hacer cambios.

Aumentaré la biblioteca. Más libros, sí, eso es lo que necesito. ¿Que no tengo que guardar luto? Bien. Estupendo. Maravilloso.

Entonces no esperaré ni un minuto más para buscarme un amante.

Alessandra tiene a su rey, un hombre que dentro de poco se cansará de sus excentricidades y que acabará queriendo controlarla... ¿Qué le parecería que me presentara en su boda junto a un hombre? Un hombre que me obedezca. Un hombre que solo quiera complacerme. Un hombre que sea mucho más guapo que Kallias Maheras.

Eso debería llamar su atención.

Me acerco a pagar a la caja con esta nueva determinación en la mente.

El hombre que hay detrás del mostrador me pide mi número de cuenta. Se lo digo y él comprueba sus registros antes de mostrarme una sonrisa forzada.

Conozco esa mirada. Está a punto de darme alguna noticia incómoda.

—Perdóneme, alteza, pero parece que su cuenta ha llegado al límite. Aún no hemos recibido el pago por los últimos artículos que compró.

—¿Cómo es eso posible? —Ni siquiera parpadeo. Firmé el pago la semana pasada.

—Ha habido algún tipo de problema con su gestor.

¿Cómo puede ser?

No muevo ni un músculo de la cara mientras ordeno a mis lacayos que dejen todas mis compras sobre el mostrador.

—Volveré en breve —informo a aquel hombre.

—Cambio de planes, Kyros. Vamos a ver a Vander ahora mismo.

—Muy bien, alteza. —Me ayuda a subir al carruaje y, tras un paseo de diez minutos, llegamos a la oficina de mi gestor.

—Puedes acompañarme, Kyros. —Mi amigo entra detrás de mí y, aunque no necesito que me cubra las espaldas, me alegra que esté ahí—. Estás a punto de ver otra faceta de mí —le advierto—. Prepárate.

—Me muero de ganas.

Subo las escaleras del edificio, esquivo a un secretario que parece estar agotado y entro sin permiso a la oficina de Vander.

Levanta la cabeza de lo que estaba haciendo y me mira sorprendido.

—¡Señor Vander! —exclama el secretario apresurándose a entrar en la habitación—. ¡Ha llegado su alteza, la duquesa de Pholios!

—Sí, ya lo veo. Por favor, siéntese, alteza. Cierra la puerta, Alasdair. —El escuálido hombre se coloca bien los anteojos.

La puerta se cierra a mi espalda. Me siento en la silla que me ofrecen y Kyros se queda detrás de mí. Entonces adopto el tono que suelo emplear con los hombres: distraído y glacial.

—Señor Vander, parece que ha habido algún tipo de error. He intentado comprar algunos artículos en el cerero y no me lo han permitido por una falta de pago. ¿Quizá se le olvidó mandar el dinero?

El hombre golpetea los dedos contra el escritorio y me mira como un pez al que acaban de pescar para la cena.

—Ah, alteza, es que ha gastado usted de más. He visto que ha ordenado que se hagan algunos cambios en la hacienda. Ha excedido su asignación mensual. He reprogramado para el mes que viene los pagos atrasados. Además, he añadido un recargo a cuenta de la gestoría con el que deberá correr usted debido a este descuido por su parte. —Me quedo en silencio y el gestor sigue hablando—. No tema, alteza. Las matemáticas son un asunto muy complejo. Es lógico cometer un error de vez en cuando, afortunadamente me tiene usted a mí para que me encargue de esos asuntos. Me aseguraré de que tenga cuidado. ¿Quiere que hablemos sobre la posibilidad de establecer un presupuesto? ¿Tal vez le gustaría que, de aquí en adelante, sea yo quien apruebe sus compras?

Detrás de mí, Kyros se ha puesto rígido, como si quisiera decir algo. Me levanto de la silla.

—¿Ha terminado ya con su condescendiente discurso? —pregunto en tono neutral, lo que hace que Vander se muestre sorprendido por mis palabras.

—Alteza, perdóneme si he sido demasiado duro en mis formas. Solo deseo ayudarla.

—¿Ayudarme? Pues podría ayudarme a encontrarme un nuevo gestor.

—¿Su... alteza...?

Coloco las manos sobre la mesa de ese hombrecillo y me inclino hacia delante. Me sale la voz afilada como un cuchillo.

—Dígame, señor Vander: ¿sabe algo su esposa sobre los clubes que frecuenta por las noches?

—Pero ¿qué...?

—¿Y sabe algo sobre la mujer a la que mantiene en la calle Sexta? Ya sabe, esa a la que siempre visita durante los fines de semana en los que se supone que está fuera de la ciudad reuniéndose con clientes ricos...

—Pero ¿cómo...?

—Dígame la solución a esta ecuación matemática: ¿cuál es el resultado de la suma de su mujer más los datos que le quiero aportar? —Por fin se queda sin palabras—. Resuelva también este problema: si resto mis asuntos a su negocio y uso mis considerables contactos como duquesa para convencer al resto de la nobleza de que otra gestoría le lleve sus papeles, ¿cuál es el resultado?

El hombre se queda pálido.

—¿Acaso cree que soy una presa fácil? —continúo—. ¿Me considera una triste viuda simplona sobrepasada por sus nuevas responsabilidades? Mis ingresos mensuales sonrojarían al Rey de las Sombras, ¿y usted dice que me paso de mi presupuesto por reformar mi hacienda? Podría comprarme docenas de haciendas nuevas con mis ingresos. Conozco bien los libros de contabilidad, las ganancias del ducado y los gastos habituales de Pholios. Y, además, están las nuevas inversiones que le pedí que gestionara, que casi han duplicado los beneficios de la hacienda. ¿O es que creía que no revisaría todo eso?

»Usted no me va a decir qué hacer con mi dinero. Pholios está muerto. Toda su fortuna y sus propiedades son mías. Páguele al cerero la cantidad que se le adeuda. Y súmele una generosa suma por las molestias, pero que salga de sus ingresos y no de los míos. Que esto no vuelva a suceder. Que no tenga que volver a esta miserable oficina a recordarle cuál es su lugar. Si en adelante vuelve a cometer un error de un simple necos, tendrá que atenerse a las consecuencias. ¿Me ha entendido?

El silencio es tan denso que puedo oír a Vander tragando saliva.

—Lo he entendido.

—«Alteza».

—Lo he entendido, alteza.

—Muy bien. Espero que de aquí en adelante tengamos una relación fructífera para ambas partes. Que pase un buen día, señor Vander.

Kyros me abre la puerta y, al salir, no miro atrás.

Una vez en la calle, me dice algo.

—He estado a punto de aplaudir.

Giro la cabeza y le ofrezco una sonrisita. Entonces hago una reverencia como si acabara de terminar una gran actuación y estuviera recibiendo un clamoroso aplauso.

—¡En efecto, ignoraba esta faceta de su personalidad! —dice Kyros—. Es usted sensacional.

Nunca me había sonrojado en presencia de un hombre, pero es que ninguno me había adulado jamás en relación con algo que me pareciera importante. Me resulta embriagador.

Antes de que pueda responder, Kyros me pregunta:

—¿Y por qué querría seguir haciendo negocios con él? ¿Por qué no cumple directamente su amenaza?

—Porque ya lo he puesto en su sitio. Ya nunca más va a intentar aprovecharse de mí. Además, cualquier gestor al que contrate tratará de hacer lo mismo... y eso me obligaría a reproducir esta situación.

—¿Y cómo sabía usted toda esa información sobre la amante y los clubes?

—Bromeó sobre ello con Pholios cuando estábamos arreglando los documentos para el acuerdo matrimonial.

—¿Acaso se olvidó de que usted estaba allí?

—Pensó que yo era irrelevante.

—¿Cómo es posible?

Avanzo los pasos que me separan del carruaje y Kyros me abre la puerta.

—Porque es lo que yo quería que él pensara.

Kyros agita la cabeza mientras me introduzco en el vehículo.

—¿Y qué es lo que quiere que yo piense de usted?

—Que soy una jefa estupenda.

—Eso ya lo pensaba de antes —me dice mientras me cierra la portezuela.

Capítulo 3

Cuando vuelvo a casa llamo a Medora, mi dama de compañía.

—¿Sí, alteza? —me dice al entrar en mi habitación. Es mayor que yo, tiene veintisiete años. Su piel es clara, mientras que la mía es de un tono oscuro. Medora tiene más pecho que yo y su cintura es mucho más estrecha.

—¿Me ayudarías a quitarme este vestido horrible? —le pregunto.

—Por supuesto.

—¿Crees que podríamos usarlo esta noche para encender la chimenea?

—Ese vestido vale su peso en oro. Sería como quemar una fortuna, alteza —me replica.

—Me da igual. No soporto seguir viéndolo ni un segundo más. Parece ser que, en realidad, no tenía la obligación de vestir de negro todo este tiempo. —Le cuento a Medora mi encuentro con lady Petrakis.

—Podemos quemar este..., pero ¿qué le parece si le sugiero una reubicación para los demás? Un material así de lujoso podría alimentar a familias enteras.

—Estupendo. Gestiónalo. Pero este lo quiero ver arder.

Cuando me deshago del vestido, mi dama de compañía lo arroja sobre las cenizas de la chimenea.

—¡Listo! ¿Y qué le gustaría ponerse entonces?

Me dirijo hacia el armario, que hace juego con el resto de mi habitación. Acabados en blanco, manijas doradas, un montón de vestidos de cola con estampados florales, más crisantemos...

Empiezo a mirar los vestidos de uno en uno. Sin ningún preámbulo, pregunto:

—Medora, ¿has tenido algún amante?

—Unos pocos, alteza —me responde sin titubear.

—Estoy pensando en buscarme uno.

—¿En serio? ¿Quién?

—Aún no lo sé, pero me gustaría encontrar a alguien. Y rapidito. Antes de la boda de mi hermana.

—Enamorarse puede llevar su tiempo, alteza.

Me planteo ponerme un vestido de día color verde brillante con manga larga, pero decido pasar al siguiente.

—No me has entendido. No tengo ninguna intención de enamorarme. Lo único que quiero es un amante.

—Ah... —me responde como si aún no lo entendiera.

—Los hombres de mi posición tienen amantes —le explico—. ¿Por qué yo no? Soy rica y noble, y estoy harta de pasar las noches a solas. Quiero un amante. El equivalente masculino a las amantes que tienen los hombres de mi posición. ¿Qué nombre le darías tú a esa figura?

—No creo que exista una palabra para ello.

—Pues entonces, quizá, deberíamos inventarnos una.

Durante un instante solo se oyen los ganchos deslizándose por la barra del armario.

—A ver si lo he entendido bien —dice Medora—: ¿quiere mantener a un hombre de la forma en la que, tradicionalmente, los hombres han mantenido a las mujeres? ¿Quiere cambiar sexo por techo, ropa y otras posesiones? ¿No quiere que haya amor de por medio?

—Exacto. —Es decir, tampoco pasaría nada si mi amante estuviera perdidamente enamorado de mí, pero yo prefiero mantenerme a cierta distancia.

Agarro del armario un vestido naranja pálido con mangas transparentes que me llegan a los codos y con muchas cintas que se anudan en la espalda.

—¿Qué piensas de todo esto? —le pregunto.

—¡Creo que es fantástico, alteza! Siempre que tenga cuidado, ¿por qué no podría actuar como cualquier hombre poderoso de su posición?

—¿«Siempre que tenga cuidado»?

—Me refiero a dos cosas. Primero: al ser una mujer, siempre acabará cargando con todas las responsabilidades si se queda embarazada. Y segundo: por mucho que usted posea el dinero y la reputación, lo más probable es que el hombre que elija sea mucho más fuerte que usted... y no me gustaría que le hiciera ningún daño.

Me enternece la forma en la que Medora se preocupa por mí. Por supuesto que yo ya he pensado en todas esas cosas. A pesar de lo lejos que he llegado, de haber escalado tan alto, como a las mujeres se nos considera cuidadoras de niños se nos dejan a nosotras todas las consecuencias de un embarazo. Al hombre no, por mucho que este sea la razón por la que la mujer se queda embarazada.

Pediré un surtido de anticonceptivos antes de establecer ningún vínculo de carácter físico.

Con respecto a la segunda preocupación de Medora, no se me escapa que tendré que depositar mi confianza en un hombre si es que quiero seguir adelante con esto. Y seguro que no será como Pholios, que era mucho más débil que yo debido a su enfermedad. Tendré que elegir a alguien que no abuse de mí, que atienda mis deseos cuando estemos a puerta cerrada. Pero existe la posibilidad de que elija a un hombre que parezca encantador y que, después, se muestre totalmente diferente cuando estemos a solas, justo lo que pasaba con Pholios. Afortunadamente, entre mis empleados hay muchos lacayos con un físico impresionante. Dios bendiga a la señora Lagos por contratarlos. Mantendré siempre a varios a una distancia prudencial, para que puedan oírme gritar si los necesito.

Es muy triste tener que estar pensando en este tipo de cosas, pero... si voy a hacer esto, lo voy a hacer bien.

Me pongo el vestido y me doy la vuelta para que Medora me lo cierre por detrás. Imagino que estoy en la boda de Alessandra y que todos los ojos están puestos en mí, no en la novia. En mí, no en la reina.

—Te prometo que tendré cuidado —le digo—. Supongo que ya es hora de ir avanzando, así que debería empezar a entrevistar a algunos candidatos.

—Tal vez no sea necesario que elija a alguien tan pronto.

—¿A qué te refieres?

—¿Puedo hablar sin rodeos, alteza?

—Hazlo, por favor.

La tela se tensa en mi espalda conforme ella va anudando las cintas.

—Quizá debería tomarse un tiempo para descubrir lo que de verdad le gusta. Los hombres no eligen una amante directamente. Primero van probando.

—¿Probando?

—Sí, en burdeles y sitios así.

—Ah...

Pienso en ello un instante. Aunque ha terminado de vestirme, no me giro para verme. *Acudir a un burdel. Ir probando. Descubrir lo que me gusta.*

Es buena idea.

Siento cómo los nervios y la excitación me hierven en el estómago. Voy a hacerlo. Esto es real.

Voy a tener todo lo que siempre he querido.

No necesito investigar mucho para encontrar el lugar perfecto. Alessandra ha estado muy ocupada redactando nuevos edictos, pero la gente de Naxos no se ha quedado atrás y se ha puesto manos a la obra para implementar los cambios necesarios que posibiliten las nuevas leyes.

¿No es cierto que las mujeres ya no tienen que esperar al matrimonio para mantener relaciones sexuales? Entonces, ¿por qué no abrir un burdel dedicado a satisfacer a la clientela femenina? Según el artículo del periódico que me enseña Medora, en Casa Zanita presumen de «un ambiente acogedor y entusiasta, de trabajadores sanos y de absoluta discreción para cualquier mujer de la nobleza que quiera acudir». Su gran inauguración fue hace solo un par de semanas.

Pido un carruaje para que me lleve allí esa misma noche.

En vez de con electricidad, todo está iluminado con velas, lo que confiere al vestíbulo un aire muy sensual. Al no haber estado nunca antes en un burdel, no sabía qué esperarme... pero algo me dice que este sitio tiene mucha más clase que aquellos a los que acuden los pobres.

Para empezar, los prostitutos están mucho más vestidos de lo que esperaba. Esos hombres llevan unos pantalones muy pero que muy apretados. Algunos de ellos llevan tirantes sin camisa debajo. Otros van descalzos y con la camisa desabotonada. Todo está pensado para intuir más que para mostrar. Aquí reina un buen gusto ligeramente atrevido.

Además, hay muchos más prostitutos que prostitutas, aunque también hay otro tipo de trabajadoras presentes.

Muchas mujeres de la nobleza prefieren acostarse con mujeres en vez de con hombres, así que no es sorprendente que en Casa Zanita haya de todo un poco. Todos descansan en sillones y otomanas acolchadas, y están charlando o jugando a las cartas. Cualquiera pensaría que esto no es más que un salón de juego. Todo es muy relajado y cotidiano, y está claramente orientado a ponerle las cosas fáciles a la clientela más amable.

—Bienvenida —me dice la *madame* abriéndose paso entre la multitud. Doy por hecho que es la *madame*, ya que parece un poco mayor que las demás mujeres que allí trabajan—. Me llamo Zanita, ¿en qué puedo ayudarle?

—Estoy aquí para probar a tus trabajadores —le digo dándole una bolsita con un peso considerable.

—Por supuesto, mi señora.

—«Alteza» —la corrijo.

—Por favor, perdone el descuido, alteza. No volverá a suceder. —Lady Zanita chasquea los dedos—. Caballeros, por favor.

Los hombres que están en la sala interrumpen de inmediato lo que estaban haciendo y forman una fila, hombro con hombro, contra la pared opuesta a nosotras.

—Tu anuncio prometía discreción —digo retirando la mirada de aquellas docenas de hombres musculosos.

—Y lo mantengo, alteza.

—Me gustaría concertar visitas a domicilio.

—Ningún problema. ¿Quién quiere que la acompañe a casa esta noche?

—Alguien que sea paciente y amable —digo, dando por hecho que eso es lo mejor para mi primera vez.

—Tendrá que ser un poco más específica, alteza. Está delante de profesionales. Todos están entrenados para identificar y satisfacer las necesidades de usted, no las de ellos mismos. Cualquiera de ellos está de sobra capacitado para ofrecerle una primera experiencia inolvidable.

¿Será eso cierto? Pues estupendo.

Avanzo unos pasos y recorro aquella fila de hombres. Algunos tienen la piel pálida como el marfil, otros la tienen tostada como la mía, la de algunos es tan oscura que la luz resplandece en ella. Hago contacto visual con cada uno de ellos. Algunos me ofrecen una sonrisa, otros unos guiños, bastantes de ellos se muerden los labios mientras me miran de arriba abajo haciéndome sentir deseada.

Sin duda son unos profesionales.

—¿Te gusta trabajar aquí? —le pregunto a uno al azar. Puede que sea una pregunta extraña, pero siento que es algo de lo que me tengo que asegurar.

—¿Que me paguen por acostarme con alguien? —me responde el hombre de piel de ébano—. ¿Acaso no es ese el sueño de cualquier hombre? Aunque cuando más me gusta es cuando tengo la suerte de que entre por esa puerta una mujer tan hermosa como usted.

Me giro hacia la *madame* y le digo:

—Los probaré a todos, empezando por este —digo señalando al hombre con el que acabo de hablar—. ¿Cómo te llamas?

—Sandros, cariño. ¿Cómo debería dirigirme a ti?

Me gusta cómo suena esa palabra en sus labios.

—«Cariño» está bien.

Pasan volando dos meses en la más absoluta felicidad. Zanita tiene razón. Todos y cada uno de sus trabajadores están más que cualificados. Pronto me doy cuenta de que lo que más me gusta de ellos no es tanto su apariencia, ya que todos son hermosísimos, como la experiencia única que cada uno de ellos puede ofrecerme.

Thaddeus me da sensuales masajes antes de cada sesión, ya que asegura que ama sentir cada parte de mi cuerpo antes de que empecemos. A Kallen le gusta acurrucarse después de hacer el amor y procura que acune mi cuerpo contra el suyo mientras me quedo dormida. Soterios está decidido a satisfacer mis necesidades tres veces antes de ocuparse de sí mismo, pues dice que le maravilla que las mujeres puedan disfrutar tanto en tan poco tiempo.

Pero quizá Sandros es mi favorito. No solo porque me ofreció una primera experiencia perfecta y casi nada dolorosa, sino porque además nos pasamos horas besándonos durante cada sesión. Es como si estuviera hambriento de mí. Como si yo fuera alguien especial para él.

Y yo le demuestro que es especial haciéndole regalos: unos gemelos de zafiro, trajes de seda, perfumes exclusivos... y cualquier cosa que quiera verle puesta. Aunque cuando más me gusta es en las noches en las que no lleva nada de nada.

Sigo con mi vida sintiéndome más relajada y libre que nunca. No puedo esperar a verle la cara a Alessandra cuando me presente junto a Sandros en su boda.

Mientras que los obreros se pasan el día remodelando el interior de la mansión, yo me ocupo de los terrenos de la hacienda. Hay mucho que planear. Quiero laberintos vegetales, cenadores y flores. Fuentes, caminos de adoquines y cualquier otra cosa que se me pase por la cabeza. Me reúno con botánicos y jardineros, carpinteros y canteros.

El laberinto vegetal ya está casi listo. Pagué de más para que se trasplantaran a mis tierras ejemplares ya crecidos. Las tuberías de la fuente ya están terminadas. Solo resta que el cantero termine con la escultura: un hermoso caballo encabritado.

Los nuevos macizos florales y los árboles en flor le dan

un aroma dulce al aire. Los prados de hierba están visiblemente más verdes gracias al profesional que mejoró las semillas y la tierra.

La hacienda ya era mía nominalmente, pero ahora también empieza a parecer mía.

—Tiene una sonrisa resplandeciente, alteza —me dice Medora mientras me ayuda a quitarme un nuevo vestido diurno de color rosa pastel y a ponerme un camisón de suave seda. Cuando lo llevo puesto me siento como si flotara, así que encargo diez iguales pero en distintos colores. El de esta noche es de un hermoso color lavanda, con tirantes en lugar de mangas.

—Gracias, Medora. Es muy bonito tener algo por lo que sonreír cada día.

—Su sonrisa no es la única que ilumina el ducado. Puede que no sea consciente de todo el bien que su subida de sueldo le ha hecho a sus empleados. Doran, por ejemplo, ha podido pagar el tratamiento que su madre necesitaba para la espalda. Kyros le ha comprado zapatos nuevos a Nico. Ese chiquillo crece más rápido de lo que Kyros se podía permitir. Yo he ayudado a mis padres a llegar a fin de mes cuando iban demasiado justos para pagar la renta. Ha hecho muchas cosas buenas, alteza.

Sus palabras me enternecen el corazón.

—Quiero que este sea un refugio seguro para cualquiera que viva aquí. Quiero que a mi personal no le falte nada de lo necesario. —Todos se merecen sentirse felices y a salvo. No me di cuenta de lo esencial que era esa sensación hasta que empecé a experimentarla por mí misma.

En cuanto Medora sale de la estancia, Sandros aparece en la puerta.

La mirada que le echa a mi provocativo camisón hace que se me levanten los dedos de los pies.

—Casi estoy lista —digo entrando al baño—. Ponte cómodo.

Me quito las flores del pelo y me lo cepillo. Me lavo los dientes y ejecuto mi rutina nocturna. Mientras me lavo la cara me parece oír un ruido por encima del sonido del agua. Tal vez Sandros esté moviendo algo en la habitación.

Pero mientras me seco el rostro con una toalla rosa, oigo un grito y el sonido de una pelea.

Me pongo tensa y noto cómo el miedo me sube por la columna vertebral. Echo un vistazo rápido por el baño y mis ojos se posan en mi cepillo de dientes. El mango es de plata y acaba en una punta suave.

Escondiendo mi endeble arma detrás de la espalda, salgo del baño.

Y entonces me encuentro a un hombre, que ni de lejos es Sandros, sentado en mi cama deshecha.

Capítulo 4

Al oír mi respiración agitada, el intruso se gira hacia mí como si fuera yo quien lo hubiera asustado a él. Desenfunda dos armas a la vez. Lo hace tan rápido que apenas me doy cuenta. En un instante tiene las manos vacías y, justo después, sostiene un revólver en la mano derecha y una espeluznante daga dentada en la izquierda.

Doy con la espalda contra la pared justo al lado de la puerta abierta del baño. Me pone la daga en el cuello y me apunta en la sien con el revólver.

No me muevo. No digo nada. Apenas puedo respirar por el miedo de sentir el acero contra mi piel. Su figura espeluznantemente musculosa se cierne sobre mí. Puedo sentir todas las esquinas de su cuerpo hincándose contra el mío. Él se pega mucho y, en mi camisón, yo voy demasiado desprotegida.

Tiene una expresión peligrosa, mortífera... y en él reconozco algo de mí misma: la determinación de hacer lo que sea para conseguir lo que quiere.

—¿Quién demonios eres? —me espeta el extraño. Su voz suena impaciente y violenta, pero, de alguna forma, también cansada.

—¡¿Que quién soy yo?! —le grito indignada—. ¡¿Quién eres tú?! ¿Y qué haces en mi dormitorio? ¡Suéltame antes de que dé un grito que atraiga a mis sirvientes!

¿Dónde demonios estarán mis sirvientes? ¿Cómo ha podido esquivar a todo mi personal?

Tengo la mano derecha entre mi cuerpo y la pared. Intento liberarla.

—¿Tu dormitorio? —pregunta incrédulo.

—Pues claro que es mi dormitorio. —Y mi mansión. Mi lugar seguro ha sido invadido.

Como está armado, no soy capaz de agarrar mi propia arma. Trato de usar otra estrategia.

—Si estás necesitado, puedes acercarte a las cocinas y el personal te dará algo de comida. —Y Kyros podrá darle una patada en el trasero mientras lo echa de la mansión.

Por fin me libero la mano, giro el brazo y pongo la punta de mi cepillo en contacto con su cuerpo.

El hombre mira hacia abajo, donde mantengo mi arma presionada contra su hombría. Espero que, desde su perspectiva, no pueda identificar que en realidad no es un cuchillo. Aun así, sin embargo, le puedo hacer algo de daño con él.

—Aléjate de mí ahora mismo —le digo.

El hombre se ríe como si yo fuera un bicho insignificante, pero me suelta. Da cinco pasos hacia atrás, pero no baja el revólver. Me sigue apuntando directamente a la cabeza.

Ahora que nos separa cierta distancia, por fin soy capaz de examinarlo correctamente. No me suena su cara. Es... adusto, está bronceado. Podría decirse que es guapo. Tiene los ojos como dos dagas afiladas y los labios insólitamente carnosos, el mentón redondeado pero la mandíbula muy marcada, por lo que parece tan varonil como juvenil. Sus párpados están algo caídos y lleva el pelo castaño muy desaliñado. Parece tener mi edad, aunque es bastante más alto y, sin duda, mucho más fuerte.

—¿Tengo aspecto de estar necesitado? —pregunta con una voz lo suficientemente profunda como para eliminar cualquier rasgo juvenil de su aspecto.

Bajo la mirada para fijarme en su ropa, que está sucia y muy usada. Aunque también lleva puesta una llamativa gabardina de piel negra que le llega hasta el suelo. Después miro las manchas de suciedad que le tiñen las mejillas, así como su pelo alborotado, y le contesto:

—¡Pues sí!

El hombre pone los ojos en blanco.

—Llevo tiempo viajando. He tardado meses en llegar hasta aquí, lo que significa que ando corto de paciencia. Así que, seas quien seas, vete ahora mismo de mi casa.

—¿Perdón? Soy lady Chrysantha Demos, duquesa de Pholios, ¡y tú no tienes ningún derecho a decirme que me vaya de mi propia casa!

Cuando digo eso, el hombre se petrifica y me mira de arriba abajo.

—¿Tú eres la duquesa viuda? Pero si no debes de tener más de...

—Diecinueve años —le interrumpo.

Abre y cierra la boca varias veces y, por fin, enfunda las armas.

—Me dijeron que el viejo había dejado una viuda... pero nunca me imaginé que fuera así de joven. ¿Y qué haces en el dormitorio principal?

¡Esto es el colmo!

—No tienes ningún derecho a irrumpir en mi mansión y amenazarme con un par de armas. No tienes ningún derecho a hacerme preguntas como si yo fuera una sospechosa cuando el criminal eres tú. Pero ¿quién te crees que eres?

—¿No te lo ha contado Vander? —pregunta el hombre ladeando la cabeza.

—¿Contarme qué? —Aprieto los dientes. Si tengo que hacerle otra visita a ese hombrecillo repugnante, juro por Dios que lo voy a arruinar.

—Soy Eryx Demos —dice el intruso mirando al techo—. Hadrian Demos era mi abuelo. Soy el nuevo duque de Pholios. Acabo de llegar de ultramar para tomar posesión de mis tierras y mis títulos.

Se me para el corazón un instante y me quedo helada.

—¿Qué? —susurro.

—Esta es mi hacienda y estas son mis estancias —dice volviendo a mirarme.

—No —respondo, primero suavemente, para después elevar el volumen—. ¡No! Pholios no tenía hijos. No tenía herederos. ¡Esto es algún tipo de burda estafa! Mandaré buscar a Vander ahora mismo.

—Hazlo, pero te va a decir lo mismo que te acabo de contar. —Eryx se agarra el cuello con la mano y se lo cruje.

—¿Y por qué no me lo habría dicho antes?

—¿Y qué voy a saber yo? Lo único que Vander me había dicho de ti es que eras..., en fin, un poquito modosita.

¿Gestionó Vander esto antes o después de que le hiciera aquella visita motivada por sus intentos de mangonear mis cuentas? ¿Me la está devolviendo por ponerlo en su lugar? ¿O es que pensó que yo era una presa tan fácil que, simplemente, podría poner en mi lugar a un hombre de su elección que fingiera ser el nieto del duque para que, entre los dos, pudieran repartirse las ganancias de la hacienda?

Lo que sí tengo claro es que esto no es más que algún tipo de trampa, ya que no me cabe ninguna duda de que Pholios no tiene herederos. Justo por eso lo elegí.

—Pues Vander me debe de haber confundido con otra

persona, ya que puedo asegurarte que soy más que capaz de gestionar esta hacienda —le contesto.

—Sí, ya veo que has hecho toda suerte de cambios... de lo más interesantes. —Observa la estancia con un gesto de desagrado—. No pasa nada. Estoy seguro de que podremos devolver la mayoría de estos muebles horribles para que esta habitación recupere su gloriosa masculinidad.

¿Acaba de decir «gloriosa masculinidad»?

—No vas a devolver nada. El dinero que he gastado es mío. La mansión es mía. ¡Y no me la vas a quitar, niñito insolente!

—Tengo dieciocho años —dice con los dientes apretados. Me sorprende, pensaba que tendría al menos un año más.

—Ajá, eres menor que yo —observo con desprecio.

—Lo dudo. ¿Cuándo es tu cumpleaños?

—En noviembre.

—Tienes cinco meses más que yo, duquesa. Eso no te da derecho a llamarme niñito. —La serenidad de su tono me enfurece.

—Y, aun así, no eres mayor de edad. Yo estoy más cerca que tú de los veintiuno, lo que significa que esta hacienda seguirá en mis manos hasta entonces.

Ya no sé ni lo que creer. No tengo ni idea de lo que estoy diciendo. Mi mundo se ha visto sacudido y yo solo trato de aferrarme a él.

—Oh, no. Para nada —me dice Eryx riéndose—. Escúchame bien, arpía. Este es mi derecho de nacimiento. Ostento el título, sea o no mayor de edad. Mi rango es superior al tuyo, viuda. Llevaremos este asunto ante el rey si es preciso, pero no voy a dar ni un paso atrás.

—Adelante, el rey está a punto de convertirse en mi cuñado.

Y eso significa que estoy jodida, realmente jodida. Está

claro que Kallias no es más que una marioneta de Alessandra, y ella no me va a conceder ningún favor. La llamé «ramera» la última vez que le escribí.

Pero vale la pena haber soltado esa jugada cuando observo cómo la tensión enerva su rostro calmado.

Tal vez solo sea mi imaginación pero juraría que, durante un breve instante, los ojos del supuesto duque cambian de color: se aclaran tornándose de un tono café oscuro a un color ámbar brillante. Pero debe de ser la luz porque, cuando parpadeo, ya no aprecio ningún cambio. Eryx parece infinitamente más cansado que hace un momento. Se acomoda el pelo y da un profundo suspiro.

—Has elegido a la víctima equivocada —le digo—. Mañana Vander y tú estarán en la cárcel.

Calmado y decidido, extiende la mano derecha y por primera vez observo que lleva un anillo.

El sello de Pholios.

¿Cómo demonios lo ha conseguido? Pholios lo llevaba puesto cuando murió.

¿O no?

Bueno, al menos eso explica cómo ha logrado eludir a los sirvientes.

Tras dejarme sin palabras, Eryx dice:

—Podemos seguir por la mañana con esta discusión. Ha sido un día muy largo. Necesito descansar.

—Pues olvídate de dormir aquí.

—No se me habría pasado por la cabeza. Todo este color rosa me da dolor de cabeza. Que duermas bien en esta habitación, duquesa. No va a seguir siendo tuya durante mucho tiempo. —Esboza una sonrisa que le hace parecer más peligroso que antes.

La puerta se abre de golpe y no menos de diez de mis lacayos la atraviesan en distintos niveles de desnudez.

En esta ocasión, Eryx no agarra su daga ni su revólver. Simplemente se dirige a los hombres con calma.

—Nada de esto será necesario —dice Eryx. Se tropieza con algo que hay en el suelo de camino a la puerta. Los lacayos lo dejan pasar en espera de que yo les dé instrucciones.

Solo entonces me doy cuenta de que Sandros está inconsciente sobre la alfombra del otro lado de la cama.

La sorpresa y el enojo que me han provocado el intruso han hecho que me haya olvidado por completo de él.

—Lleven a Sandros a la habitación de al lado y llamen al médico.

Cuatro hombres atienden mi petición y sacan a Sandros de allí.

—Damasus nos ha avisado —me dice Kyros girándose hacia mí—. Nos dijo que un hombre con el sello del duque andaba por la mansión. Lo acompañaban dos secuaces, ese ha sido el motivo de que su personal no pudiera avisarle a tiempo. ¿Se encuentra bien, alteza?

Vaya pregunta...

Tenía una vida perfecta y ahora un mocoso ha aparecido de la nada dispuesto a arrebatármela.

¿Cómo es posible que exista? No puede ser cierto. Elegí al duque específicamente porque no tenía hijos. Ni primos. No tenía nadie a quien legarle la hacienda.

Pero de repente hay alguien reclamándola.

No puede ser cierto. No lo creo.

¡He asesinado por esto!

Me lo he ganado.

Tratando de mostrarme calmada, le contesto a Kyros:

—Me recuperaré.

Si Vander y Eryx creen que, simplemente, voy a renunciar a esta hacienda, están completamente equivocados. No tienen ni idea de a quién se enfrentan. Puede que el supuesto duque me haya tomado desprevenida, pero desde mañana estaré más que preparada.

Devuelvo mi cepillo de dientes al baño. Mis empleados salen de la habitación arrastrando los pies, pero le pido a un par de ellos que se queden vigilando en la puerta. Por si acaso.

Entonces me meto en la cama, me pongo una almohada en la cara y grito sin parar contra ella hasta que se me acaba ese arrebato de furia contenida. Totalmente exhausta, me pongo boca arriba.

No contaba con este nuevo obstáculo, pero lo gestionaré igual que todo lo demás.

Ese estafador profesional de Eryx no me molestará demasiado tiempo.

Me despierto a menudo durante toda la noche. Mis nuevos problemas rehúsan dejarme descansar plácidamente. Medora llama a la puerta y le digo que pase.

—Debo vestirme rápido, Medora. Tengo asuntos que atender.

Elije un ligero vestido de día color amarillo pastel con unas cintas blancas que se me ciñen a la cintura y a las muñecas. A lo largo de todo el dobladillo tiene listones separados cada veinticinco centímetros. Me pongo unos aretes de ópalo y un solo anillo de oro blanco para completar el conjunto. Medora me recoge la melena negra en un peinado que deja algunos mechones deslizándose por mi espalda. Uno de mis rasgos más llamativos es mi cuello, así que a menudo me recojo el pelo cuando necesito poder distraer a un hombre.

—Creo que hoy sí me voy a maquillar —le digo a Medora, y ella levanta las cejas sorprendida. No suelo perder el tiempo con el maquillaje. No me hace falta. Y, además, cuando me maquillo suelo causar accidentes por las calles. Pero es justo lo que necesito provocar hoy.

Un accidente que desenmascare al impostor.

Medora me hace la raya del ojo, me pinta los labios de rosa, me marca las cejas y me pone un poco de rubor en las mejillas.

Cuando estoy lista, salgo de mi estancia. Kyros está subiendo las escaleras mientras yo bajo. Me mira, se tropieza y tiene que agarrarse del barandal para no caerse. Teniendo en cuenta que siempre se mueve con agilidad, doy por hecho que mi atuendo y mi cara están perfectos para la batalla de hoy.

Cuando entro al comedor, me horroriza lo que veo. Eryx se ha puesto cómodo y está sentado en mi silla presidiendo la mesa. Tiene un caballero a cada lado... aunque llamarlos caballeros es demasiado generoso.

Mientras avanzo por la estancia, aquellos dos bribones se levantan de sus asientos y se colocan, firmes, en la pared que hay detrás de Eryx.

Está claro que no son caballeros, ¿serán sirvientes? Lo más probable es que sean los secuaces que Kyros mencionó anoche.

—¿Qué hacen? No han terminado de desayunar —les dice Eryx.

—Tienes compañía —responde uno de los dos hombres tras aclararse la garganta. Se parece un poco a Eryx, aunque es algo mayor y mucho, mucho más rudo. Es canoso y tiene un aspecto de lo más amenazador. Posee unos brazos gigantescos y lleva unos pantalones que apenas contienen los gruesos músculos de sus piernas.

El otro no es tan grande, pero estoy segura de que Eryx no querría retarlo a un duelo. Mientras que el primer hombre es de rasgos y pelo oscuros, el segundo tiene el cabello dorado, los ojos celestes y una cicatriz bastante visible en la mano. Me mira fijamente como para evaluar mis rasgos.

—No nos habías dicho que era así de hermosa —dice, y entonces su compañero le da un golpe en el hombro.

Ambos bajan la mirada. Llevan ropa de trabajo: unos sencillos pantalones de algodón y unas camisas que estoy segura de que ahora son mucho más oscuras que el día en que se compraron. Cualquiera pensaría al primer vistazo que son simples agricultores, ya que no tienen los modales mínimos que exhiben los sirvientes bien formados.

La verdad es que, ahora que los veo de pie, parecen un par de guardaespaldas.

¿En la mesa del desayuno?

Tendría que haber dado por hecho que este estafador necesitaría más de un par de manos para cumplir su cometido. ¿A cuántos de ellos tendrán que acorralar los guardias para enviarlos a prisión en cuanto les ponga al corriente de la estafa?

—Duquesa —dice Eryx percatándose de que estoy presente. No reacciona de ninguna forma a mi apariencia, lo que me resulta bastante frustrante—, por favor, excuse sus modales. Llevan mucho tiempo sin estar en presencia de gente educada. ¿Por qué no se sienta?

Hace un gesto a un sirviente para que retire los platos de aquellos dos hombres que ahora están de pie ante la pared. Dejan un cuenco limpio a la derecha de Eryx. Se levanta de su silla y agarra la mía, como si me ofreciera asiento.

Es una actitud extraña, ya que ese hombre no lleva puesto nada ni remotamente apropiado para un duque. Va completamente vestido de negro. Pantalones, botas, camisa de manga larga. Nada de chaleco ni saco. Lleva la camisa arremangada hasta los codos.

Vaya escándalo.

Parece que, desde anoche, se ha dado un baño. Su pelo castaño es hoy menos voluminoso; sigue teniendo una apariencia algo salvaje, pero al menos ya no está sucio. Tiene unas ojeras importantes, por lo que diría que no ha conciliado el sueño en toda la noche.

Observo toda la habitación y hago contacto visual con mis sirvientes. Todos parecen tan sorprendidos como yo por estos recién llegados.

Esto no tiene ni pies ni cabeza, pero en este momento no puedo hacer nada al respecto.

Debo tomar una decisión.

He bajado la guardia y he sido yo misma ante mis empleados. Pero ante Eryx mostré una gran indignación y me presenté como alguien muy competente, por lo que sería raro que cambiara de rol pocas horas después. ¿Qué papel debería interpretar?

Puedo ocupar el sitio que me ofrece. Puedo fingir que soy obediente e inocente para que Eryx se relaje.

O...

Puedo presidir la mesa desde el otro extremo para mostrar mi lado más desafiante.

Me niego a seguir fingiendo ni un segundo más en mi propia casa.

Así que ignoro la invitación del duque y me siento en el sitio más lejano. Allí estoy de igual a igual con Eryx.

El falso duque no se mueve mientras me observa. Xandria, una empleada de la cocina, se adelanta para retirarme la silla. Cuando me siento y levanto la vista, me encuentro de frente con los ojos de Eryx. Él es el primero en parpadear y bajar la mirada, y yo siento este gesto como una pequeña victoria.

Uno de los acompañantes del falso duque se ríe por lo obvio de mi jugada, y el otro le vuelve a dar un golpe.

—Buenos días, duquesa —dice Eryx, ignorándolos.

—Buenos días —le contesto omitiendo su título.

—Sigue sin creer que soy quien digo ser.

—Soy cautelosa, eso es todo. El difunto duque nunca habló de usted.

—Dudo que mi abuelo hablara demasiado teniéndola a usted cerca —afirma sin dejar de mirarme a la cara.

—Se pasó todo nuestro matrimonio en la cama.

—A eso me refería...

—Digo postrado en la cama, imbécil. Yo me ocupé de él, fui más enfermera que esposa. ¿Y dónde estaba usted? Sin duda, bebiendo y saltando de cama en cama por todo el mundo. Al menos eso es lo que haría un auténtico Demos.

Eryx se apoya contra el respaldo haciendo que la silla se sostenga únicamente sobre sus dos patas traseras.

—¿Qué hace? —pregunto molesta—. Acabo de hacer que restauren esa madera.

—Hago lo que me da la gana —me contesta en un tono cargado de arrogancia.

—Me parece lamentable que valore tan poco los esfuerzos de los sirvientes —aseguro en un cambio de táctica—. Se han pasado horas trabajando en estos muebles. Pero supongo que a los estafadores no les interesan lo más mínimo los esfuerzos de los demás.

Se hace un silencio glacial.

Pero las patas delanteras vuelven a tocar el suelo.

Segunda victoria por mi parte.

—Piense lo que quiera de mí —me espeta—. Eso no cambiará quien soy. Solo cambiará mi opinión sobre usted. Pero es extraño que no esté tratando de ganarse mi favor si tenemos en cuenta que todo su futuro está en mis manos.

—Soy duquesa, viuda o no. Ese título conlleva respeto y privilegios. Eso no me lo puede quitar, como tampoco me puede quitar esta hacienda. No hay nada legal que usted pueda hacer contra mí. Así que tenga cuidado, muchachito, porque, si quiero, puedo hacerle la vida imposible.

—¿No es eso lo que lleva haciendo desde anoche? Que Dios me ayude... —dice apoyando la mejilla en la mano.

Eryx se masajea los laterales de la cabeza y piensa con los ojos cerrados. Cuando los abre de improviso, tengo que obligarme a no retirarle la mirada.

Un hombre con una idea fija es un verdadero peligro.

—¿Sabe qué, duquesa? Creo que usted y yo hemos empezado con el pie izquierdo. Nos conocimos en unas circunstancias extraordinarias y desde entonces no hemos hecho más que discutir. ¿Y si empezamos de nuevo?

—¿Empezar de nuevo para llegar a qué?

Pero ¿a qué está jugando ahora?

—Para solucionar este caos. Creo que sería mucho más fácil si no fuéramos ambos directo a la yugular. Yo empiezo. Me llamo Eryx Demos, encantado de conocerla. Me quiero disculpar formalmente por el susto que le di anoche. Quería explorar la mansión antes de que los sirvientes tuvieran la oportunidad de cambiar algo, quería ver cómo se había gestionado en mi ausencia. Debería haber pensado más en su seguridad y en la de su personal.

—No me dio ningún susto —miento.

—¿No? ¿Acaso se encuentra a menudo a extraños en su cama? —Se cree muy gracioso. No cambia el gesto de su cara, pero el humor le ilumina la mirada.

—A mi cama solo invito a extraños atractivos, por lo que usted estaba claramente fuera de lugar.

Se oye una risita detrás del duque y otro golpe en respuesta.

—¡Deja de pegarme, Argus!

—¡Pues cállate la maldita boca, Dyson!

Eryx aprieta los labios y se gira. Solo puedo imaginarme la mirada que le lanza a aquellos dos hombres. Se callan al instante y se ponen rectos. Cuando Eryx vuelve a mirarme, exhibe una calma total.

—Parece que nos seguimos atacando. Puede que haya sido culpa mía. Llevo mucho tiempo sin hacer uso de mis buenos modales. Ya no sé dirigirme a miembros de la aristocracia.

—Pues cállese de una vez —le sugiero.

Su aspecto tranquilo se resquebraja y me fulmina con la mirada.

—Se supone que debemos ser corteses, duquesa. Está haciendo que todo esto sea tremendamente difícil.

—Es usted quien irrumpió en mi casa para tratar de arrebatarme todo lo que poseo. ¿Cómo cree que debería estar tratándolo?

—Estoy haciéndolo lo mejor que puedo en esta compleja situación.

—Lo mejor que puede para usted, no para mí.

—Es usted incorregible —dice sonriendo.

Lo sé. Me encanta serlo. Me he pasado demasiado tiempo fingiendo ser una persona simplona, guardando silencio, ocupándome de mis asuntos. La capacidad de hablar es la más grandiosa de las libertades. Y la he extrañado mucho. Eryx logra sacar de mí una faceta que llevaba mucho tiempo adormilada.

En el tono más burlón que soy capaz de usar, le respondo:

—Ha sido un placer conocerlo. Nunca me había topado con un maestro de la estafa. Y la verdad es que pensaba que sería usted mucho más listo. No pasa nada. Me llamo Chrysantha Demos. Puede que me haya tomado por una presa fácil. Lamento mucho su error. El ducado está en unas manos perfectamente capaces y en ellas seguirá estando.

—Termine de desayunar, duquesa —dice enarcando las cejas—. Hagámosle una visita a Vander para así resolver nuestras disputas. Creo que ambos necesitamos saber exactamente qué dice ese testamento.

Capítulo 5

Ordeno a Kyros que prepare mi carruaje privado. El rosa, porque es el que más molestará a Eryx. Pone los ojos en blanco cuando lo ve detenido ante la puerta principal. Kyros salta de la parte trasera y me abre la puerta. Al entrar, doy un portazo antes de que Eryx pueda subir justo después que yo. Se ha puesto otra vez esa ridícula gabardina de piel que llega hasta el suelo.

—El duque tiene su propio carruaje —digo—. Hasta que su identidad no se confirme, no voy a permitir que un posible delincuente suba en el mío. ¿Lo comprende? —Doy dos golpecitos en el techo y el cochero se pone en marcha dejando a Eryx cubierto de polvo y con el ceño fruncido.

El reino de Naxos se extiende a lo largo de una cordillera y su ciudad más importante se encuentra en el pico más alto. El ducado está a solo una montaña de distancia, por lo que el viaje dura pocas horas.

Paso el trayecto tratando de relajarme. Estoy sola en el carruaje, lejos de aquel hombre horrible. No me doy cuenta de lo tensa que tengo toda la musculatura hasta que me dejo caer contra el asiento tapizado de rosa. Me sirvo una copa de vino del pequeño bar camuflado y por fin siento que se me destensa el cuerpo.

Me adormezco en el asiento, ya que anoche no pegué ojo. Cuando el carruaje se detiene, me aseguro de que no se me ha corrido el maquillaje. Compruebo que estoy perfecta y entro en el edificio de Vander con Kyros y Doran a mi espalda.

Cuando el secretario me ve, sale corriendo hacia la oficina, como decidido a ganarme en esta ocasión. Le anuncia a Vander mi llegada y este le pide que prepare té.

—Señor Vander —digo al entrar—. ¿Es que ya ha olvidado nuestra última conversación?

El gestor ni siquiera parpadea al acomodarse los anteojos.

—Le aseguro que no, alteza. ¿Por qué motivo su presencia ilumina nuestras oficinas?

Me sorprende la ligereza de su tono. Sin duda me odia, pero mi dinero le gusta lo bastante como para tolerarme.

—Un hombre ha irrumpido en mi casa asegurando ser el heredero del duque. Doy por hecho que usted no permitiría que un extraño llegara a mi casa con semejante noticia, así que estoy aquí en busca de respuestas. Necesito que me ayude a usar las leyes para deshacerme de este delincuente a la fuerza, ya que estoy segura de que no se va a ir voluntariamente.

Vander sonríe.

Sonríe.

Es evidente que está al corriente de la situación.

—¿Por qué hay un niñito diciendo que es el nieto del duque? —insisto.

—¿«Un niñito»? —repite una voz detrás de mí, y me cuesta un gran esfuerzo no girarme. Eryx entra en la oficina. No lleva sombrero ni bastón, pero el asistente de Vander le retira esa horrible gabardina de piel que le hace parecer un bandolero. Sus secuaces, Argus y Dyson, tratan de pasar a la habitación justo detrás de él.

—Esperen afuera con los lacayos de la duquesa —ordena Eryx.

—Pero... —empieza a decir Dyson, pero el fortachón de Argus lo empuja y cierra la puerta al salir.

—Alteza... —Vander pronuncia mi título con una grandeza exagerada—. Tome asiento, por favor.

Se me erizan los vellos de la nuca cuando me doy cuenta de que estoy a punto de ser acorralada por estos dos idiotas. Me preparo para la batalla.

Eryx ocupa la silla que está junto a mí. Yo alejo la mía un poco para que mis faldas no le rocen las piernas.

—¿Era necesario que se alejara así de mí?

—Por supuesto.

Los dos giramos a la vez la cabeza hacia Vander.

—Ah, sí, bueno... Esto es bastante incómodo, pero me temo, duquesa, que el difunto duque modificó su testamento.

—¿Cuándo? —pregunto inmediatamente.

—Antes de su muerte.

—Sería extraordinario que lo hubiera hecho después de su muerte, sí —digo frunciendo los labios.

Vander tose de una forma extraña y ruidosa contra un pañuelo de seda.

—Perdóneme, alteza. Lo he dicho sin pensar. El duque cambió su testamento después de su boda.

—¿Cuándo? —vuelvo a preguntar—. Estoy segura de que tiene la fecha ahí escrita.

Se produce un breve silencio.

—Me temo que no. Mientras sea yo el que tiene el testamento más reciente, no es necesario apuntar la fecha.

—¿Y cómo sabe que es la versión más reciente si no está fechado?

Vander no contesta absolutamente nada. Mira a Eryx como

esperando que el estafador lo ayude proporcionándole una respuesta más inteligente que el silencio.

—No me cabe en la cabeza que mi difunto marido le confiara estos asuntos tan complejos cuando parece absolutamente incapaz de llevar a cabo tareas tan sencillas como fechar un documento.

—Deje al hombre en paz —dice Eryx—. Los errores ocurren. Eso no significa nada.

—¿Que no significa nada? —Parece ser que mi futuro es insignificante, pero no me van a callar tan fácilmente—. ¿Y dónde tuvo lugar el cambio de testamento? ¿En estas oficinas?

—No, por supuesto que no —responde Vander—. El duque estaba postrado en su lecho.

—Pues dígame, señor Vander: ¿cómo se llevó a cabo exactamente ese cambio? Porque yo me pasé íntegramente los dos meses de nuestro matrimonio junto a la cama del duque y no recuerdo haberlo visto jamás en la mansión.

La habitación se queda en silencio y la entereza que había mostrado Vander se evapora del todo. Su rostro se vuelve blanco. Eryx solo parece un poco contrariado.

—Estoy seguro de que envié a un asistente para que gestionara este procedimiento —improvisa Vander.

—¿Ah, sí? ¿A cuál de ellos?

—Bueno, no lo recuerdo exactamente...

—¿Me está diciendo que mi difunto esposo, su mayor cliente, quería llevar a cabo un cambio importante en su testamento y que no se encargó de ello usted mismo?

Vander traga saliva. Yo me muerdo el interior de las mejillas.

—¿Quiere saber lo que pienso? —continúo.

—La verdad es que no —responde Eryx.

—La mejor de las opciones es que uno de sus asistentes cometiera un error —prosigo ignorando a Eryx—. Es decir, que uno de sus subalternos, un individuo sin ninguna formación, hiciera una estafa con el testamento de mi querido esposo. ¿Y la peor de las opciones? Creo que este hombre —digo señalando a Eryx— no es, de ninguna forma, heredero del duque y que ustedes dos son cómplices. Dígame, Vander, ¿organizó todo este asunto antes o después de mi última visita? ¿Es una especie de venganza? ¿O lo planeó todo cuando pensaba que yo no era más que una tonta a la que podría desplumar? —El gestor no dice nada, así que continúo—: ¿Qué le prometió este joven, Vander? ¿Qué porción de la fortuna del duque prometió entregarle a cambio de ponerle en bandeja el título y las riquezas?

La cara del gestor palidece aún más, si tal cosa es posible.

—Esa acusación es totalmente descabellada —asegura Eryx.

—¡Demuéstrelo! —exclamo—. Porque les prometo que no pienso descansar hasta que la verdad salga a la luz. Si descubro que ha cometido el más mínimo error, Vander, va a pagarlo el resto de su vida. O puede confesarlo todo ahora mismo. Deje las cosas claras y perdonaré este ataque. Podemos seguir cada uno por nuestro lado sin que el rey tenga que intervenir en este asunto. Así que ¿tiene algo que decirme?

Es un embustero. Voy a arruinar a este hombre, confiese o no confiese. Su destino ya está escrito.

Vander se mueve incómodo en su asiento. Mira a Eryx con un gesto de impotencia. El niñito está inclinado sobre las patas traseras de su silla, como si nada en este mundo le importara lo más mínimo.

El abogado se muerde los labios y evita mi mirada, como si anhelara decir algo pero a la vez se contuviera físicamente para no hacerlo.

—¿De verdad prefiere tenerlo a él como aliado antes que a mí? —le pregunto—. Quizá debería preguntarse a quién debería tenerle usted más miedo. —Eryx resopla—. De acuerdo, contrataré a un investigador privado para que aclare este asunto.

—No hay ninguna necesidad de que haga eso —dice Eryx poniendo los ojos en blanco.

—Pues yo creo que sí.

—Vander, muéstrele mi registro de nacimiento —dice en tono cansado—. Y la de mi madre también, ya que estamos en esto. Ofrézcale a la duquesa las pruebas que tan desesperadamente necesita y concluyamos de una vez este asunto.

—Por supuesto, alteza.

Vander se levanta de un salto y se dirige hacia unos cajones. Rebusca entre documentos hasta que al final encuentra lo que estaba buscando. Con las manos temblorosas, me pasa un pequeño fajo de papeles.

—¿Le importaría no parecer tan culpable? —le pido a ese hombrecillo—. Eso ayudaría mucho a que pudiera creerme esta historia.

Empiezo a leer los documentos línea a línea. Hay un registro de nacimiento de una tal Ophira Demos, hija de Euphrosyne Demos y de Hadrian Demos, duquesa y duque de Pholios. Dos sellos de cera están estampados en la parte inferior, el del difunto duque y el del difunto rey. Así que, a menos que estos dos se las arreglaran para robarle al mismísimo rey, Pholios tenía una hija.

El siguiente documento es el registro de nacimiento de Eryx.

Madre: Ophira Demos

Padre:

Está en blanco.

Levanto la mirada. Eryx adivina lo que estoy a punto de decir.

—En efecto, soy un bastardo, si eso es lo que quieres saber.

Mi padre no me reconoció, pero no necesito un padre. Mi madre es la hija del duque. Hadrian me reconoció como su nieto en su testamento, por lo que soy su legítimo heredero.

Este certificado también presenta los sellos del rey y del duque. Sin embargo, percibo que, aunque el sello del rey parece viejo y desgastado, el del duque parece mucho más reciente. La cera no está tan desgastada y en los huecos no hay ni una mota de polvo.

Pero eso no importa. No puedo basar mis afirmaciones en ese pequeño detalle. Ni siquiera puedo cumplir mi amenaza de llevar este asunto ante el rey. Mi hermana me odia y el rey ama a mi hermana. No escucharán ni una de las cosas que tengo que decir.

Estoy taquicárdica. *Esta es la única prueba que Eryx necesita para quitármelo todo.*

Tras un instante de silencio digo:

—Dos trozos de papel no prueban por qué Vander está a punto de desplomarse de miedo ni por qué nadie había oído nunca hablar de usted. Eso sin contar con que el sello del duque parece haberse añadido muy recientemente. ¿Debo entender, pues, que no ha sido hasta hace muy poco que el duque ha sabido de su existencia y que entonces, sin ningún motivo, decidió dejarle todo a usted en lugar de a la esposa que se pasaba las noches junto a su lecho? Qué curioso.

Cuando pregunté a todo el personal después del desayuno, nadie sabía que el duque hubiera tenido ningún hijo. Y, algo más llamativo aún, descubrí que ningún miembro del personal llevaba trabajando en la hacienda el tiempo suficiente como para haber asistido al hipotético nacimiento de un hijo del duque. ¿Es que Pholios despidió a todos los anteriores? ¿Por qué motivo?

¿O es que estos certificados, incluidos los sellos reales, son falsos?

—Lloriquee cuanto quiera, duquesa —dice Eryx—. Nada de eso me hará menos real. Estoy aquí. Voy a quedarme. Y lo único que nos falta por saber es qué le dejó a usted el duque.

—¡Cierto! —exclama Vander agarrando un maletín que tenía bajo el escritorio, donde rebusca entre más papeles hasta que se topa con lo que debe de ser el testamento. El gestor se aclara la garganta.

—A mi nieto, Eryx Damos, mi único pariente vivo, le dejo mis tierras y mi título, la mansión y todo lo que hay en ella.

Entonces empieza a leer lo que dice el texto sobre los arrendados que residen en el ducado y los ingresos anuales que provienen de las fincas. Vuelvo a prestar atención cuando llega al final.

—A mi esposa le dejo una asignación de cincuenta necos al mes y cualquier regalo que recibiera durante nuestro cortejo y matrimonio.

Casi me ahogo con mi propia saliva cuando escucho la cantidad. *Cincuenta*. La hija de un barón recibiría una asignación mayor. Cincuenta necos apenas cubren las compras que hago en un día.

Vander baja el documento y levanta la mirada. Parece haberse repuesto con la actividad.

—¿Puedo verlo? —pregunto con calma a pesar de la tormenta que bulle en mi interior.

—Claro, pero déjeme recordarle que la destrucción de un documento legal es un delito punible.

—No voy a destruir nada. —Agarro el papel y lo leo para confirmar lo que ha dicho ese hombrecillo. Reviso dos veces el sello. Parece auténtico.

Cincuenta necos al mes. ¿Con eso creen Eryx y Vander que me conformaré?

—Qué generoso era el duque —digo controlando el tono.

—Yo también lo creo —afirma Eryx refiriéndose, claramente, a sus ganancias y no a las mías.

—¿Y qué pasa con mis inversiones? —pregunto.

—Ah, claro —dice Vander agarrando otro documento—. Sus inversiones en avances electrónicos están alcanzando cifras astronómicas. Sin embargo, como fueron hechas con dinero del ducado, estos beneficios pertenecen en exclusiva al duque de Pholios.

Tengo la sensación de que me sale humo de las orejas. Parece ser que, sin quererlo, he hecho aún más rico al impostor.

Con una máscara de indiferencia escondo mi sentir, como he hecho toda la vida. Ahora no puedo precipitarme. Tengo que pensar. Debo elaborar un plan.

Me he pasado años maquinando para alcanzar toda esta libertad y toda esta fortuna. Usé la ley para protegerme y encontré el único posible agujero del sistema que favorece a las mujeres: la viudez.

Pero no conté con que alguien, usando medios ilegales, tratara de apropiarse de mi fortuna y del control de mi hacienda.

Estos hombres no tienen ni idea de con quién están tratando.

—Ahora que ya está todo claro —dice Eryx—, esta es la oportunidad perfecta para hablar sobre su futuro, duquesa.

—¿Perdón?

—El ducado me pertenece y no albergo ninguna intención de que usted siga allí. Así que veamos qué opciones tiene.

—No puede expulsarme. La hacienda es mi hogar. —Eso es así, esté o no en mis manos.

—No lo vea como una expulsión. Véalo como una generosa liberación.

Aprieto los puños y me escondo las manos entre la tela de la falda.

—¿Podría explicarse mejor?

—Hubiera preferido ser más delicado, pero creo que lo mejor es preguntarlo directamente. —Eryx mira a Vander.

—Ah, quieres que yo... Bueno. —Vander tose por millonésima vez—. Alteza, ¿su matrimonio con el duque llegó a... consumarse?

—Pero ¿cómo se atreve...? —lo increpo.

—No es una pregunta trampa —afirma Eryx—. Es la salida más fácil para usted. Si el matrimonio no se consumó, entonces podrá conseguir muy fácilmente la anulación. Ya no estaría en deuda con la hacienda ni dependería de lo que el duque le dejó en su testamento.

—¿De verdad quiere quitarme el exiguo estipendio que me ha dejado? —Me levanto de la silla y me atrinchero tras ella. ¡Vaya atrevimiento!

—No es tan exiguo y, además, no tiene ninguna importancia para mí. Si quiere, se lo doblo.

—¿A cambio de qué? —pregunto entornando los ojos.

—Lo que usted diga en esta oficina es indiscutible. El duque ya no está aquí para confirmar o negar sus palabras. ¿Se consumó o no su matrimonio?

Quiere que mienta... o que diga la verdad. Quiere que diga lo que él quiere oír. Que el duque y yo nunca tuvimos relaciones íntimas, que nuestro matrimonio se puede anular. ¿Por qué tiene tanto interés en que me vaya de esa casa? Es gigantesca. Podríamos vivir los dos allí sin cruzarnos jamás, aunque a mí no me agrade lo más mínimo compartir lo que me pertenece por derecho.

No tengo ninguna intención de darle a Eryx lo que quiere, así que miento.

—El matrimonio fue consumado. —No vacilo al decirlo, aunque la frase me sepa amarga en la boca.

—A lo mejor usted es tonta... —dice Eryx suspirando—.

Estoy tratando de ofrecerle una salida, por Dios. Podría empezar de cero. Podría casarse de nuevo... y esta vez podría hacerlo con un hombre al que fuera capaz de amar. ¿No es eso lo que quieren todas las mujeres?

Yo no. Yo solo quiero ser libre. Y el matrimonio es lo opuesto a la libertad.

—No mentiré para decir lo que usted desea. Además, ignoro cómo podría ayudarnos que yo renuncie a mi estatus de duquesa viuda.

—Podría volver con su familia y vivir con ellos. ¿No le gustaría? Podría quedarse con todos los regalos del duque y con un estipendio que, además, me encantará doblar.

Lo que dice le podría sonar bastante razonable a cualquiera. Está claro que no vamos a llegar a otro acuerdo y que yo gano más económicamente si acepto la oferta de Eryx.

Pero no lo voy a hacer.

Porque si acepto, vuelvo con mi padre como una debutante que retorna al mercado matrimonial. Y mi padre podría casarme de nuevo. Puede que Alessandra haya cambiado la ley relativa a las dotes de las novias, pero eso no significa que padre no me pueda amenazar con desheredarme si no contraigo matrimonio con el siguiente hombre que elija para mí. Volvería a depender de los hombres que me rodean. Y eso no volverá a pasar.

Trabajé muy duro para casarme con el duque. Pasé un infierno para poner mis manos en su fortuna, para vivir con la libertad que me permite el hecho de ser una duquesa viuda. Nunca renunciaré a ello. Si me quedo, si sigo siendo la duquesa viuda, estaré a solo una persona de poder reclamar todo lo que por derecho me pertenece.

Es Eryx quien tiene que esfumarse, no yo.

Y me aseguraré de ello.

—Voy a preguntarlo otra vez —dice Eryx—. Piense bien su respuesta. ¿Se consumó su matrimonio con el duque?

Me fijo bien en lo arrogante de sus rasgos y lo condescendiente de su tono. Cree que le voy a seguir el juego. Está seguro de que me va a quitar todo y de que yo me esfumaré sin dar batalla. Porque es un hombre. Porque es grande e intimidante, porque ya me ha amenazado antes con una daga y un revólver.

Lo que él no sabe es que desde que dejé salir a la verdadera Chrysantha soy incapaz de volver a esconderla. No me haré más la tonta. No volveré a estar a disposición de los hombres que me rodean: eso ya lo hice y ahora me toca brillar a mí.

Me desharé de Eryx Demos aunque eso me lleve días, meses o años. Y recuperaré todo lo que por derecho me pertenece.

—Escúcheme, hombrecillo insignificante, porque solo se lo diré una vez —expongo alisándome las faldas de mi vestido—. Hadrian Demos y yo consumamos nuestro matrimonio durante nuestra noche de bodas.

—Pero usted dijo que estaba postrado en la cama, que apenas tenía fuerzas —me contesta entornando los ojos y frunciendo el ceño.

—¿Quiere que le dibuje un diagrama de cómo lo hicimos? ¿Tan poca imaginación o conocimientos amatorios posee? ¿Quiere que le explique cómo me puse encima de él? ¿Cómo...?

Vander da un graznido y se tapa los oídos con las manos.

—¡Alteza, con eso es más que suficiente!

Eryx tiene una expresión neutra. Ignoro si me ha creído o no, pero eso da igual. Como él mismo dijo antes, el duque ya no está. Nadie puede refutar mis palabras. Se tienen que dar por ciertas.

—En tal caso —continúa Vander—, la duquesa seguirá viviendo en la mansión Pholios. Se instalará en la habitación de la duquesa y reanudará sus deberes como señora de la casa hasta que el duque se case.

Observo a Eryx y lo veo hacer una mueca cuando se menciona su matrimonio.

—¿Tiene que quedarse en la habitación de la duquesa? —pregunta Eryx—. ¿No preferiría alguno de los desvanes del ático?

—Si no le gusta, le sugiero que se case pronto, «alteza» —le digo con una sonrisa forzada, nombrando su título como si fuera un insulto.

—No me voy a casar —afirma Eryx—. Y no voy a dormir teniendo solo una puerta de separación con ella.

—¿Teme que le ocurra alguna desgracia mientras duerme? —pregunto con inocencia.

—Algo así.

Pero no añade nada.

—En ese caso, ocuparé de nuevo la habitación principal. Así usted puede encontrar en el ático algún espacio que le guste más.

—¿No hay nada legal que pueda hacer para librarme de ella? —le pregunta, furioso, Eryx a Vander.

—Me temo que no, alteza —le contesta—. Hasta que alguno de ustedes dos se case, las cosas seguirán como hasta ahora.

Eryx se aferra a un nuevo clavo ardiendo.

—¿Y si se casa ella?

—Entonces tendría, por supuesto, que mudarse con su nuevo marido.

—Parece que hay algo de luz al final del túnel... —se consuela Eryx.

—No volveré a casarme.

Los dos hombres me miran con gravedad, ignorando por completo mi afirmación.

—Volverá a casarse —dice Vander.

—Le llegará alguna propuesta —asegura Eryx como si yo no estuviera presente—. Mírela: si mantiene la boca cerrada, alguien se interesará por ella.

Jamás en mi vida he deseado tanto abofetear a alguien. Me han callado durante años. El hecho de sugerir que vuelva a callarme despierta mis instintos homicidas.

Durante unos instantes soy incapaz de albergar otro sentimiento.

—No olvide que tengo que aceptar —digo con los dientes apretados. Al ser viuda, nadie puede aceptar propuestas por mí. Ni mi padre ni, desde luego, el nuevo duque.

—Algún día un hombre le hará una oferta que no podrá rechazar —dice Eryx—. Me aseguraré de eso... —añade entre dientes.

¿A qué diablos se refiere? ¿Va a sobornar a hombres para que me propongan matrimonio? Supongo que tiene el dinero suficiente para mover algunos hilos. Pero no voy a aceptar la petición de ningún hombre, no mientras tenga una enorme fortuna esperando a que la recupere.

—Haga usted lo que quiera —le espeto—. Y, ahora, tengo una mansión que gestionar.

Y un duque del que deshacerme.

Capítulo 6

De vuelta a casa me debato entre el coraje y la autocompasión mientras planeo la manera de recuperar lo que me pertenece. Cuando mi hermoso carruaje frena delante de la mansión, el pequeño Nico baja corriendo la escalinata de entrada. Tras ayudarme a salir del vehículo, Kyros abraza a su hijo.

—Te he extrañado, papá.

—Y yo a ti también, hijo. —Le aparta al niño los rizos dorados de los ojos y lo besa en la frente.

—Papá, ¿por qué la duquesa está tan indignada?

Kyros se gira hacia mí, dándome la oportunidad de responder.

—Porque un impostor está tratando de quitarme esta casa.

—¿Qué significa «impostor»?

—Alguien que finge ser quien no es.

—¿Como cuando yo finjo ser un enorme león que va a comerse a un cervatillo en el bosque?

—No. Un impostor finge ser otra persona, no una criatura.

—Ah, ¿como si yo voy por ahí fingiendo que soy papá?

—Exacto.

—Yo no querría ser papá —reflexiona el niño—. Él no tiene tanto tiempo para jugar como tengo yo.

El segundo carruaje se detiene detrás del mío y el falso duque lo abandona de un salto sin esperar a que ninguno de sus hombres le abra la puerta. Cruzamos miradas por un instante, pone mala cara y entra en la mansión a grandes zancadas seguido por sus dos secuaces.

—¿Ese es el impostor? —pregunta Nico.

—Sí. Él finge que es el dueño de la casa.

—Pero la dueña de la casa es usted.

—Exacto, Nico.

—Él no se parece en nada a usted. No es muy buen impostor. ¿Finjo ser un león y me lo como?

Aparto por fin la mirada de la puerta por la que ha desaparecido Eryx.

—Yo creo que hoy solo deberíamos engullir cosas dulces de nuestras cocinas. ¿Quieres ir a ver qué está haciendo Cook?

Nico se escabulle de los brazos de su padre y sale corriendo hacia la entrada de servicio del lateral de la casa.

—¡A ver quién llega antes! —grita en plena carrera.

Lo sigo corriendo y deseando que el azúcar me ayude a recomponerme.

Intento no apretar los dientes mientras veo cómo al día siguiente llevan mis cosas a la habitación de la duquesa. Afortunadamente, también renové esta estancia tras la muerte de Pholios... aunque la puse en tonos azul pastel pensando que, tal vez, en el futuro se mudaría allí alguno de mis amantes. Me imaginaba a un hombre envuelto en seda oscura listo para complacerme cada vez que yo quisiera, de noche o de día. Me estaba preparando para pedirle a Sandros que se mudara conmigo y dejara atrás Casa Zanita... aunque, después de lo que le pasó la noche en la que apareció Eryx Demos, dudo que quiera volver por aquí. El doctor dijo que se pondría bien, pero se le estaba formando un buen moretón cuando le pedí a un par de mis lacayos que lo llevaran de vuelta a Casa Zanita. Le he dado a la *madame* el nombre y la descripción de Eryx, por si ella quiere presentar cargos.

Los sirvientes tendrían que estar llevando las cosas del falso duque a la habitación principal con la que colinda la mía, pero no veo a nadie ir ni venir mientras arreglo mi nueva estancia. Me resulta raro, pero tengo otras cosas de las que preocuparme.

Por ejemplo, cómo deshacerme de Eryx Demos.

Se me ocurren un montón de cosas que me encantaría hacerle: envenenarle la cena, soltar en su habitación un par de lobos hambrientos... Serían soluciones rápidas, pero poco inteligentes. El duque no puede perecer en circunstancias extrañas. Todo el mundo me tomaría como la principal sospechosa, sobre todo teniendo en cuenta mi nueva reputación, nacida del carácter que he mostrado últimamente.

Eso significa que primero tendré que probar tácticas legales.

—Kyros —digo cuando veo a mi lacayo en el pasillo.

—¿Sí, alteza?

—Necesito un favor y tiene que ser... discreto.

—Sus asuntos son solo suyos, alteza. No considero que el duque tenga que enterarse de ellos.

—Necesito un investigador privado —le digo con una sonrisa—. ¿Podrías ir a la ciudad y traerme a uno excelente? Investigar en la mansión requerirá discreción absoluta.

—Por supuesto, alteza.

—Gracias.

Lo buscaría yo, pero tengo un gestor del que ocuparme. Las promesas son sagradas.

Vander me vio como a una presa fácil. Pensó que podía arrebatarme mis propiedades para dárselas a un extraño y que yo no opondría ninguna resistencia. He sido demasiado buena durante demasiado tiempo.

Pero él no era el único al que yo había sido capaz de engañar. Entro a mi estudio y saco papel y pluma de mi escritorio.

Querido padre:

Ha tenido lugar algo inesperado. El señor Vander, el gestor que compartimos, me ha informado de que el difunto duque de Pholios tiene un nieto. El tal Eryx Demos ha establecido su residencia en la mansión.

Es muy extraño si tenemos en cuenta que el duque nunca mencionó que hubiera sido padre. Además, el recién llegado no se parece en nada al duque. Y tampoco parece haber disfrutado de una educación digna de la aristocracia. Por la manera en la que se viste y comporta, cualquiera diría que es un miembro de la clase trabajadora. A veces me da bastante miedo.

El señor Vander asegura que el duque cambió su testamento en algún momento de nuestros dos meses de matrimonio para que este nieto salido de la nada heredara todo. Es curioso, ya que yo no he visto ni al gestor ni a ninguno de sus empleados jamás en esta hacienda. Ya sabe que me pasé cada hora del día junto al lecho del duque. Debo de haber olvidado esa reunión.

En principio le escribía para decirle que quería darle una suma mensual de dinero, pero entonces me acordé de que toda la fortuna está ahora en manos del nuevo duque. Así que no le puedo ayudar con las finanzas del condado. Cumpliré con mi deber y haré todo lo que esté en mis manos para llevarme bien con el nuevo duque y también para ser una buena señora de la casa.

Con todo mi cariño,

Chrysantha

Entrego la carta a Doran con instrucciones de que la haga llegar directamente a las manos de mi padre. Estoy segura de que he deslizado suficientes pistas sin ser del todo obvia. Mi padre vivió muchos años conmigo y jamás sospechó que siempre estaba actuando.

Hacia mediodía, asomo la cabeza por la habitación principal para ver que todo sigue igual. No hay ropa en el armario, no hay baúles ni cofres con objetos personales, ni siquiera hay un libro en la mesita de noche.

Raro. Muy raro. ¿Es que Eryx no se trajo sus pertenencias?

Cuando pregunto dónde está el falso duque, la señora Lagos me envía al estudio.

—Su alteza dijo que quería estudiar las cuentas —me dice—. Quizá le podría echar una mano. Parece un poco sobrepasado.

—Eso haré —digo riéndome.

—Ese muchachito está desbordado.

—Tan solo es unos meses más joven que yo —apunto, no para defenderlo sino para ver cómo se lo toma la señora Lagos.

—Las mujeres maduran antes que los hombres —masculla—. Si se le compara con él, parece que usted tiene veinticinco años.

—No deje que su alteza la oiga decir eso.

—Descuide. Me encanta cuchichear con usted.

—Gracias, señora Lagos. Yo también la tengo en alta estima.

La mujer se marcha algo sonrojada.

Me enderezo y me dirijo al estudio del difunto duque, donde él guardaba todos los libros de contabilidad, su correspondencia y cualquier documento importante. Tras la muerte de Pholios usé esta habitación para llevar la contabilidad, pero prefiero hacer todo lo demás en el salón, donde entra más luz natural a través de las ventanas. También me gusta trabajar en los jardines. El estudio siempre me pareció demasiado sofocante, incluso después de haberlo reformado. Tal vez debería haber derribado una de las paredes para que tuviera más ventanas.

Lo tendré en cuenta cuando Eryx se haya esfumado.

No toco a la puerta porque, en fin, esta sigue siendo mi casa. Además, eso sería una señal de respeto, y yo no respeto a Eryx ni un ápice. Así que irrumpo en esa sala.

Está enterrado en papeles. Se extienden por los suelos y las mesas. Juraría que incluso un documento sobresale bajo la suela de una de sus sucias botas. Tiene el pelo tan desastroso como siempre y, además, lleva abierto el último botón de la camisa. Qué escándalo.

—Veo que no están con usted sus guardaespaldas. ¿No le da miedo que alguien lo asesine en el estudio? —No sé por qué me divierte tanto sacar a colación su muerte. Quizá porque eso me hará parecer menos sospechosa. Quizá porque la excitante idea de su desaparición me mantiene viva. O puede que simplemente me encante menospreciar a este mocoso, ya que la vida está compuesta de estos pequeños momentos de felicidad.

Levanta la vista y veo que lleva puestos unos anteojos de lectura. Algo en esa visión me repele bastante. Habitualmente, Eryx parece un bárbaro que vive en los bosques y que mata panteras con sus propias manos. Pero... ¿con anteojos? Parece estudioso. Parece listo. Ese complemento lo hace parecer un duque rico cualquiera.

Odio esos anteojos.

Odio al falso duque.

El mismo hombre jamás debería ser a la vez «atractivo» y «el mocoso que se interpone en mi camino para conseguir todo lo que siempre quise».

—No son mis guardaespaldas —dice Eryx con un tono

bromista—. Son mis asistentes personales. —Desvía la mirada hacia la derecha mientras pronuncia semejante mentira.

Decido que esta vez no le llevaré la contraria.

—En ese caso, debería despedirlos.

—¿Por qué?

—¿Acaso no se ha visto? ¿Por qué lo dejan llevar el pelo así? ¿Y qué es eso que lleva puesto? ¡Parece un huérfano!

Eryx se quita los anteojos y los deja sobre la mesa.

—Será porque no gasto exorbitantes sumas de dinero en ropa y en pomada capilar o como se llame eso con que se espera que los caballeros se embadurnen el pelo. Soy un hombre, no un pavo real. Y, por cierto, hablando de dinero... —Agarra un montón de papeles en concreto, lo que significa que debe de haber algún tipo de orden en el caos que lo rodea—. ¿Le importaría explicarme qué es todo esto?

Sujeta esos documentos en el aire como si fueran un arma.

—¿Qué es? —respondo.

—Facturas. De una costurera, de la zapatería, de la joyería, de la perfumería, de la tienda de cosmética. Y también están las del carpintero, las de los albañiles, bordadoras, pintoras, paisajistas... y la lista sigue y sigue.

Pongo los ojos en blanco.

—¿Acaso no ha visto todas las reformas de la mansión? ¿Cree que todas estas estancias siempre han lucido así de impecables? No es que a Pholios se le diera tan bien hacer esas cosas. La mansión ha permanecido durante años sin el menor mantenimiento. Como me pasé todo mi matrimonio junto a la cama del difunto duque, apenas tuve tiempo de cumplir con mis obligaciones como duquesa. Hace muy poco que empecé a renovar todo.

—¿Y la ropa y las joyas? ¿Acaso también tenía que renovarlas?

—Soy una dama. Siempre necesitamos algún caprichito. Si tuviera usted un poco de sentido común, también visitaría a un sastre. Por cierto, ¿dónde están sus cosas?

—¿Qué cosas?

—Su ropa, sus objetos personales... La última vez que la revisé, la habitación principal estaba tal y como la dejé. Por la manera en que presionó para que yo la abandonara, di por hecho que se trasladaría allí inmediatamente.

Vuelve a ponerse los anteojos y retoma la lectura donde la había dejado.

—Ya me he trasladado.

—¿En el tiempo que yo he tardado en subir hasta el estudio?

—Justo antes del almuerzo. Quizá no ha visto el baúl de cedro que hay en el lado opuesto a la cama.

—¿Solo... solo tiene un baúl?

—Como le dije, no soy un pavo real —suspira Eryx—. Un hombre no necesita más que un abrigo, cinco camisas y dos pares de pantalones.

—No sé si está bromeando —le digo mordiéndome por dentro las mejillas.

—Lo digo completamente en serio. Se puede usar un par mientras se lava el otro.

Me quedo sin palabras durante al menos cinco segundos.

—¡De verdad es demasiado claro! Podría pasar por alto todo lo demás, pero esta es la prueba evidente de que tengo razón. ¡No es posible que sea usted noble! No tiene ni los modales, ni el estilo, ni ninguna otra cosa que sugiera una buena crianza. ¿Dónde lo encontró Vander?, ¿en alguna zanja?

—Duquesa, me he pasado los últimos cinco años en el ejército del rey, matando y conquistando en nombre de Naxos en distintos campos de batalla. El hecho de que siga vivo debería dejarle claras algunas cosas: la primera, que soy un soldado de primera categoría; y la segunda, que no me importa un carajo lo que usted piense. Ah, y la tercera es que estoy harto de matar y que estoy deseando tener una vida tranquila en esta hacienda rural. Y, ahora —dice volviendo a fijar su atención en los documentos que tiene delante—, ¿me explica a qué obedecen estos gastos? Ropa masculina. Perfumes caros. Joyería para varones. ¿Qué demonios significa todo esto? ¿Acaso se pasea por ahí vestida de hombre durante una parte del día?

Vaya idiota. Me quedo mirándolo fijamente.

Parpadea una vez. Entonces emerge en su cara un gesto de sorpresa.

—¿Debo entender que financia usted a un amante?

—¿Quién cree que era el hombre de mi dormitorio al que tan brutalmente dejó inconsciente?

—¡Pensé que era un sirviente! —Abre mucho la boca—. Cuando se negó a marcharse, tuve que usar la fuerza. ¿Quiere decir entonces que él era su...?

—La verdad es que no es asunto suyo.

Vuelve a mirar el documento que sostiene.

—¿Y por qué se gasta tanto en él? Estas cifras son ridículas. ¿Es que el caballero no tiene...?

—No es ningún caballero. Es mi... amante. —O estaba a punto de serlo, la verdad es que no pude llegar a pedírselo.

Parece que por fin he dejado a Eryx sin palabras.

—¿Le está pagando por... sus favores?

—Por sexo —puntualizo, ya que parece no ser capaz de hablar claro.

—Pero ¿por qué? —pregunta, bastante confundido—. ¿No se ha visto? Una mujer como usted no necesita pagar por ese tipo de cosas.

—¿Acaso se está usted ofreciendo voluntario? —pregunto con una sonrisa en los labios.

—¡No! —grita, fijando de repente su mirada en mi boca.

Solo lo he dicho para provocarlo. Tengo el mismo interés en relacionarme con un jabalí que con este mocoso. Me río y me aparto del hombro un mechón de pelo.

—Entonces seguiré gastando mi dinero como considere oportuno.

Eryx, por fin, consigue recomponerse.

—El problema es que ese dinero no era suyo. Ha estado usted gastando mi fortuna. —Siento en el estómago un pellizco de angustia mientras habla—. Voy a detener ahora mismo todas las renovaciones de la mansión. Su papel como duquesa le permite reorganizar el mobiliario, no diezmar este edificio histórico. Y, en cuanto a sus gastos personales, se los descontaré de su estipendio. Lo que significa que recibirá su primera paga en aproximadamente... —Hace unos cálculos mentales—. Un año.

La silueta de Eryx se agita ante mí y tardo demasiado en darme cuenta de que soy yo quien tiembla, no él.

—¡No puede hacer eso!

—No solo puedo hacerlo, sino que lo voy a hacer.

—¿Y por qué motivo? ¡Tiene dinero a montones! ¡Soy yo quien lo ha hecho el hombre más rico de la ciudad gracias a mis inversiones! No necesita quitarme nada de mi estipendio. Lo está haciendo por pura maldad.

—¿Es malvado por mi parte recordarle cuál es su lugar? Pues quizá no tendría que haberme dicho que parezco un huérfano.

—¿Tan sensible es su ego? ¿Es usted tan inseguro que no acepta una broma?

—Considerando que mis padres ya no están en el mundo, quizá pueda entender por qué me ha ofendido tanto.

Eso me deja callada. Al menos durante un segundo.

—Quizá pudiera inclinarme a sentir más pena por usted si no me estuviera robando mi dinero, mis tierras y mi mansión. —Y si no fuera un hombre. Ya tiene demasiadas ventajas en este mundo. Es difícil sentir por él ningún tipo de empatía. ¿Que sus padres están muertos? Bueno, al menos las leyes prohíben que alguien lo cambie por dinero. La nueva ley ya ha solucionado ese asunto... No como cuando yo lo sufrí.

No dice nada y firma un documento. Yo pruebo una nueva táctica.

—Si recibo mi estipendio es más probable que pase buena parte del día fuera de la mansión, gastándolo en la ciudad.

—No, duquesa. Me siento lo bastante mezquino como para ser inflexible en este tema. Y voy a inventariar todos los objetos de esta mansión, así que no se le ocurra empeñar nada. Si algo falta iré por usted, no por los sirvientes. Y eso incluye las reliquias de mi familia, que ya he visto que están guardadas en el ático. Puede marcharse.

No doy un portazo al irme, pero sí levanto cierto dedo hacia la puerta cuando el duque ya no puede verme. Justo en ese momento, sus hipotéticos asistentes personales aparecen y me ven haciendo ese gesto.

Argus eleva una ceja y Dyson me saluda.

—Siga poniendo en su lugar a ese imbécil, alteza —dice Dyson—. No me divertía tanto desde que visité aquel burdel de Pegai. ¿Cuándo nos daremos un paseíto por allí, Argus?

—No hables así ante la dama. Y no daremos ningún paseíto, su alteza tiene demasiadas cosas que hacer.

—¿Ni siquiera una visita rápida? ¿No podemos escabullirnos una horita mientras Eryx se encarga de algún papeleo aburrido en la ciudad?

—Hay que llamarlo «alteza» —le recuerda Argus—, y no creo que pudieras estar una hora con una mujer ni aunque lo intentaras con todas tus fuerzas.

—Pues para que sepas he mantenido despiertas durante toda la noche a docenas de mujeres gracias a mis habilidades —le replica Dyson—. No voy a permitirte que cuestiones mi reputación frente a una dama.

Dyson agarra a Argus del cuello, pero este, más corpulento, le da un codazo en el estómago a Dyson, que se dobla por la mitad pero usa la pierna para patear a Argus en el trasero.

El ruido hace que Eryx abra la puerta de su estudio y encuentre a Dyson doblado sobre sí mismo, a Argus en el suelo y a mí contemplando con los ojos muy abiertos a los dos hombres.

—Dejen de hacerse los rudos delante de la duquesa y entren al estudio de una maldita vez.

Argus se pone en pie, agarra a Dyson de la camisa y lo arrastra al interior de la habitación. Eryx ni siquiera me mira cuando cierra la puerta, ya con los tres dentro de la estancia.

Si esos dos son asistentes personales, entonces yo soy la emperatriz de los siete reinos.

Capítulo 7

No recuerdo la última vez que estuve así de enojada. No he encontrado un enemigo tan acérrimo en toda mi vida. Muy poca gente me conoce lo suficiente como para tenerme tan alerta.

En menos de veinticuatro horas, este extraño ha sido capaz de quitarme el control de mi hogar y de mi dinero.

Por la mañana no me despierto con el sonido de los martillazos y las pisadas de los albañiles transportando cosas pesadas por toda la mansión. Tampoco me levanto en mi hermosísima estancia con la visión de los querubines atravesando las nubes.

Vuelvo a estar donde empecé, en esta maldita habitación de la duquesa. Vuelvo a ser una segundona de nuevo.

Una vez que Medora me ayuda a vestirme, atravieso la mansión en silencio. En el vestíbulo, la gran escalinata está a medio terminar y los azulejos oscuros aún no han sido del todo sustituidos por el mármol blanco. La pintura dorada de la intrincada herrería del barandal todavía no está completa. Verlo todo a medio terminar me produce urticaria.

En el salón de baile han arrancado la mitad de las cortinas y la otra mitad sigue intacta. Son de un rojo estridente y seguramente las elegiría algún ancestro de Pholios antes de que él naciera. Quién sabe qué habrá sido de las cortinas doradas que compré. Han quitado del techo el antiguo candelabro y ahora descansa en el suelo. Parece ser que el falso duque ni siquiera permitió a los trabajadores sacarla de ahí antes de despedirlos.

Se aprecian los huecos en los que una vez colgaron pinturas. Es probable que Eryx haya cancelado mis compras destinadas a darle a este sitio un poco de vida y color. El pasillo está lleno de muebles que no combinan. Los alféizares de las ventanas están torpemente cubiertos para evitar que el aire de fuera entre en la mansión y todo tiene un aspecto horrible. No dio tiempo a modificar las ventanas, así que son otro elemento más sin terminar.

En el exterior, el laberinto de setos no está acabado. La escultura de la fuente nunca llegó. Los pastos están a medio cortar. Ni siquiera veo a los jardineros, que a esta hora suelen estar regando las plantas.

Cuando vuelvo adentro me doy cuenta de que el silencio del lugar no se debe solo a la falta de obreros. ¿Dónde están todos mis lacayos? Damasus no anda por los pasillos. No veo que mis doncellas estén limpiando el polvo de la biblioteca o del salón. Tardo muchísimo en localizar a la señora Lagos.

—¿Dónde están todos? —le pregunto.

Me doy cuenta de que tiene los ojos vidriosos y enrojecidos, sin embargo se mantiene todo lo erguida que puede.

—El duque —dice con tal vehemencia que casi tengo que dar un paso hacia atrás— ha ordenado que despida a la mitad del personal. Acabo de darles la noticia.

Me quedo sin habla.

—¿Qué?

—He tenido que despedirlos. Sin un sitio al que ir y sin su sueldo de la última semana. Le rogué al duque que me permitiera...

Antes de que termine la frase ya he salido de la habitación. Subo las escaleras como un rinoceronte a punto de embestir. ¿No ha tenido bastante con arruinarme la vida a mí? ¿Ahora también va por mi personal? Ni de broma. Abro la puerta del estudio de una patada.

Dyson está tirado en un sillón, jugueteando con la punta de un cuchillo. Argus está apoyado contra la pared de brazos cruzados. Eryx está sentado en mi silla, analizando mi libro de contabilidad.

—¡Pero ¿qué ha hecho?! —le grito.

A Dyson se le cae el cuchillo y Argus casi pierde el equilibrio. Eryx entrecierra los ojos al levantar la vista.

—¿Ha corrido a la mitad del personal? —continúo—. ¿Se supone que ese par de idiotas nos van a preparar la comida y a mantener limpia la mansión? —digo señalando al par de idiotas en cuestión—. ¿O es que planea ser usted quien se encargue del jardín y le quite el polvo a los estantes? Aunque la verdad es que le queda mucho más esa tarea que pasarse el día holgazaneando en mi silla.

Eryx vuelve a concentrarse en lo que tiene sobre el escritorio.

—No me ha dado tiempo de holgazanear. He tenido que dedicar el día a repasar sus compras y a revisar las cuentas para asegurarme de que usted no las había alterado del todo.

—No cambie de tema. Vamos a readmitir a todo el servicio que usted ha despedido, y se va a disculpar personalmente con ellos por el estrés que les ha causado al convertirlos, de repente, en personas sin hogar y sin trabajo.

Argus y Dyson se ponen tensos. Contienen el aliento a la espera de lo que pueda pasar.

—No voy a hacer eso —dice Eryx sin levantar la vista del libro de cuentas.

—Esta hacienda es gigantesca. Necesita un ejército de trabajadores para seguir funcionando. No puede...

Por fin me mira. No parece en absoluto afectado por mis palabras.

—No solo puedo hacerlo, sino que ya lo he hecho. Y eso es lo que hay, duquesa.

Avanzo por la habitación hasta llegar al borde del escritorio.

—¿Es otra forma de castigarme? ¿Quiere darme más trabajo reduciendo el personal de la hacienda a la mitad? ¿Se siente muy hombre al ejercer todo ese control sobre las vidas ajenas?

Eryx se levanta del escritorio y exhibe su corpulencia, demostrando que no necesita nada más para poder sentirse muy hombre. Percibo un movimiento a mi espalda. Veo que Argus da un paso adelante con la mirada clavada en el duque. Eryx detiene a sus secuaces alzando la mano.

—¿Qué iban a hacer? ¿Derribarme?

—Lo único que quiero es librarme de su presencia. Si lo consigo despidiendo a la mitad del personal, consideraré esta táctica como un éxito.

—Todo esto no es por dinero, ¿verdad? —digo anonadada—. No está escudriñando las cuentas porque le preocupa que falten algunos necos: está intentando demostrar que soy incapaz de gestionar esta hacienda. Quiere forzarme a que yo misma me vaya ante la mera idea de vivir con menos comodidades y dejando las reformas a medias. ¿Cree que conseguirá algo con eso? Pues se equivoca del todo. Solo ha logrado poner en su contra al personal que queda y aumentar mi ira.

—Oh, no —dice en tono irónico—. Me da pavor su ira. ¡Cualquier cosa menos su ira!

De repente lo veo todo rojo y, como me pasó el día en que mi marido murió, siento que mi cerebro se desconecta del resto del cuerpo. Cobrando vida propia, mi mano agarra un pisapapeles del escritorio y se lo lanza a Eryx a la cabeza.

En un gesto muy veloz que casi burla mis ojos, Eryx lo agarra al vuelo y lo coloca en su sitio sin perder la calma.

Me invade una ira insólita. Vuelvo a agarrar el pisapapeles y lo tiro al suelo, justo al lado de la ventana, donde se rompe en mil pedazos.

—Que se divierta limpiándolo todo usted mismo, ya que no queda casi nadie contratado para hacerlo —le espeto.

—A diferencia de usted, el trabajo no me asusta.

¡Me niego a que tenga la última palabra!

—¡Ojalá arda en el infierno rodeado de demonios por todos sus crímenes!

—Juraría que ya estoy en él... —dice mirándome con expresión significativa.

—Y en él va a seguir, ¡porque yo de aquí no me voy! —Me voy la vuelta y me dispongo a irme, pero antes de salir aclaro algo—. Me refería a la hacienda, claro. De este estudio me voy porque soy incapaz de seguir viéndole esa horrible cara ni un minuto más, ¡presuntuoso de los mil demonios!

Doy un portazo al salir y apoyo una mano contra la puerta tratando de recomponerme.

—¡Ca-ra-jooo! —dice Dyson alargando la palabra hasta convertirla en tres—. ¡Nunca había visto a una mujer así de enojada! ¡Has conseguido que te insulte!

—Tendremos que hacerla enojar mucho más si queremos librarnos de ella —dice Argus.

—Calla —dice Eryx—. Sigue ahí. Puedo oírla respirar al otro lado de la puerta.

Me alejo de la puerta como si quemara. Y me largo de allí.

Creía que mi hermana era la única persona capaz de volverme loca, pero entonces conocí a Eryx Demos. Qué estrategia tan despreciable la de arruinar vidas ajenas solo para desestabilizarme. Lo nunca visto.

Cuando siento que voy a explotar de rabia, trato de controlarme: me imagino sentada a horcajadas sobre Eryx asfixiándolo con una almohada. Al apartarla, veo sus ojos sin vida. Eso es lo que quiero. Que muera. Sabiendo además que yo lo he matado, igual que a mi marido.

Pero parece que va a ser imposible.

No me voy a poder dar ese gusto.

Y, sin embargo, esa imagen me mantiene viva mientras paso la noche sin pegar ojo dando vueltas en la cama.

Cuando Kyros toca a mi puerta, la impaciencia sustituye a mi instinto asesino. Por fin podré hacer algo en relación con este asunto.

—Su invitado ha llegado, alteza. Lo he hecho pasar a través de la biblioteca. Nadie sabe que está aquí.

—Bien hecho, Kyros. Tienes mi más profundo agradecimiento. ¿Puedes hacer venir a Medora?

Mi doncella me ayuda a adecentarme lo suficiente como para recibir una visita. Entonces me dirijo en silencio a mi lugar favorito de toda la hacienda.

El hombre que allí me encuentro es joven y fuerte. Tendrá veintitantos años. Su piel es del tono oscuro de la obsidiana. Tiene la cabeza afeitada y una barba corta. Lleva un saco estupendo y un traje a la medida, así que debe irle bien.

—Alteza... —dice haciéndome una reverencia en cuanto entro.

—Gracias por venir, señor...

—Tomaras. Ilias Tomaras. A su servicio. Tengo entendido que necesita un investigador privado...

—Así es. —Explico toda la situación por segunda vez en lo que va del día. Pero en esta ocasión añado todas mis sospechas, sin omitir cualquier detalle que pueda ser pertinente, como lo extraño de la interacción con Vander.

Ilias toma notas cuidadosamente en el cuaderno que lleva consigo, y eso me gusta bastante. Es muy satisfactorio tener a un hombre delante que simplemente se dedique a escuchar. Está de mi parte, al contrario que el resto, y presta atención a todo lo que digo.

—Entiendo por qué está tan preocupada. Sus dudas son más que fundadas y me encantará encargarme de este asunto. ¿Conserva alguna correspondencia del difunto duque?

—Me temo que no. Me deshice de todo en cuanto murió.

—Puede que eso ralentice todo un poco, pero no será ningún obstáculo importante. ¿Hay algo más que yo debería saber?

—El falso duque tiene a sueldo a un par de guardaespaldas o algo así. Uno de los dos tiene una apariencia bastante peligrosa. Él los llama Argus y Dyson.

—Puede que investigue a esos dos hombres además de al nuevo duque. Indagaré los vínculos que mantienen.

—Eso sería estupendo.

—Pues ya tengo todo lo que necesito para empezar —afirma Ilias—. Solo queda el asunto de mis honorarios.

—Por supuesto.

—Por un encargo como este cobro trescientos necos. Pido la mitad al principio y el resto a la entrega de la información solicitada.

Hasta ahora no reparo en que solo tengo acceso a un estipendio mensual que se me ha cortado hasta que amortice todas las compras personales que hice. *No tengo forma de pagar a este hombre.*

Con cuánta facilidad me había acostumbrado a disponer sin límite de mi propio dinero.

—Gracias por su tiempo, señor Tomaras —digo tratando de ganar tiempo—. Le mandaré pronto a uno de mis hombres con el primer pago. Me muero de ganas de que se ponga manos a la obra. Como el nuevo duque controla las cuentas, tendré que hacer unos arreglos para conseguir su dinero. Me pondré en contacto con usted muy pronto.

Ilias no duda de mi afirmación. Simplemente, afirma con la cabeza y se despide:

—Alteza.

—Confío en que sabrá encontrar la salida.

—Por supuesto.

El señor Tomaras se marcha y la vergüenza me colorea las mejillas. He hecho a este hombre venir hasta aquí y no le he podido pagar. Lo de ser una duquesa sin recursos es de lo más humillante. Odio que Eryx me haya puesto en esta situación.

¡Ni siquiera es un duque de verdad! No tiene derecho a quedarse con mi dinero, pero no puedo contratar a un investigador para que desmonte su mentira porque para ello necesito dinero. Tal vez esto formaba parte de su plan cuando me quitó del todo mi estipendio.

Me acabo de dar cuenta de que me tengo que despedir de todos mis gastos habituales.

Me niego a llorar mientras le escribo a Zanita anulando las próximas visitas de Sandros. Me siento una desgraciada. Solo soy una duquesa en bancarrota que no puede permitirse siquiera la compañía masculina.

Cuando por fin vuelvo a la cama, me acuesto allí completamente a solas. Ni rastro de Sandros. No tengo forma de desestresarme. Solo puedo rumiar la frustración y maldecir un nombre durante horas en plena oscuridad.

Eryx Demos, si es que ese es su verdadero nombre, tiene que desaparecer.

Supongo que solo tengo dos posibilidades. Puedo devolver algunas de las joyas y otros objetos lujosos que he encargado, lo que me hará pasar la vergüenza de sentirme una fracasada, especialmente si tenemos en cuenta lo insoportable que he sido en las tiendas. Sé que mi hermana se enterará de todo, y no lo soporto. Ni siquiera puedo hacer que Kyros empeñe algo en mi nombre, ya que todo el mundo dará por hecho que lo ha robado y buscará una recompensa por devolvérselo al duque.

Eso significa que tengo que encontrar la manera de sacarle el dinero a Eryx.

Pedírselo no es una opción, y además no es digno de mí. Podría intentar robarlo si me pongo a buscar entre las cosas de Eryx cuando nadie esté mirando..., pero el niñito sabe que necesito dinero, por lo que seguramente desea que yo haga cualquier cosa que le permita emprender acciones legales.

Así que eso solo me deja el trueque o el chantaje.

Si hay algo que Eryx desea, me tengo que enterar de lo que es, conseguirlo y cambiárselo por el dinero que necesito. O, en el caso de que guarde algún secreto que quiera mantener oculto, necesito averiguarlo y procurar que me pague por mi silencio.

Será complicado, ya que no puedo usar mis medios habituales para conseguir información. Como suelo mostrarme ausente y distante, los hombres cuentan alegremente todo tipo de secretos en mi presencia. Pero Eryx nunca cometerá un error como ese, teniendo en cuenta la profunda animadversión que he mostrado hacia él.

Lo que significa que tengo que recurrir al espionaje.

Hasta que pueda pagar a Ilias Tomaras por su trabajo, yo misma tendré que ser la investigadora.

Capítulo 8

Me obligo a esperar un poco antes de actuar. Sin duda, Eryx estará en alerta máxima tras el incidente de los pisapapeles. No tiene ni idea de lo que soy capaz, y va a vigilarme de cerca, ya que estará esperando represalias por lo que ha hecho con el servicio. Afortunadamente, los miembros de mi club de lectura continúan en la hacienda, y Kyros también. La mayor parte del personal de Cook ya no está, y la mitad de los mozos de cuadras y de los jardineros han sido despedidos. He hecho todo lo que estaba en mis manos para encontrarles un puesto en otra casa y les he escrito a todos unas buenas cartas de recomendación, pero no hay duda de que sus vidas han cambiado para siempre por culpa del impostor.

Eryx Demos me las pagará, de eso estoy segura. Pero tengo que elegir el momento con sumo cuidado.

La paciencia y yo somos viejas amigas. Nos sentamos muy juntitas durante años, mano a mano, y moldeamos a padre como si fuera arcilla, haciendo que el hombre girara la cabeza hacia donde nosotras decíamos, haciéndole pensar que mis ideas se le habían ocurrido a él. Si fuera por él, me habría casado mucho antes de los diecinueve. No tenía ni idea de que yo leía su correspondencia antes de que la recibiera o de que se enviara. Nunca se dio cuenta de que faltaban cartas, nunca sospechó que algunos de los documentos que leía eran falsificaciones.

Me volví toda una experta en imitar la escritura ajena y en abrir cartas cerradas sin dejar ninguna prueba.

Tenía que hacer tiempo hasta que apareciera la pareja perfecta: un anciano moribundo sin herederos.

No tuve en cuenta la posibilidad de que alguien más estuviera jugando a lo mismo que yo y que, para apoderarse de lo que me correspondía, estuviera usando las mismas herramientas.

No creo que corra peligro físico. Si el supuesto duque quisiera asesinarme, ya lo habría hecho. A menos que él también esté esperando el momento perfecto para que mi muerte parezca un accidente.

Supongo que todo se acabará reduciendo a quién es mejor en este juego.

Mientras espero el momento adecuado para atacar, aprendo muchas cosas inútiles sobre el duque.

Por ejemplo, que puso una cara muy rara durante la cena cuando el personal de cocina nos sirvió pato asado. Cenó en silencio, pero noté que no comió tanto como acostumbraba. Cuando de postre tuvimos tarta de fresa, le preguntó a Cook que si podía repetir.

Cuando, durante el día, paseo por la biblioteca, me doy cuenta de que faltan algunos tomos que después reaparecen en el lugar correcto. Sé exactamente lo que está leyendo y odio que tengamos el mismo gusto literario... y que ambos leamos de forma voraz.

Lo más extraño de todo es cuando Eryx desaparece durante horas de la mansión sin haber pedido que le preparen un carruaje o un caballo. Se adentra en las profundidades boscosas de los límites de la hacienda, y yo tengo la sensación de que no está simplemente tomando el aire. No, tiene algo entre manos. Pero cuando le pregunto sobre el tema al poco personal que sigue trabajando en el exterior de la hacienda, nunca tienen nada que contarme. Algunos incluso se han ofrecido a seguirlo, pero siempre me informan de que el duque desaparece sin dejar rastro.

—Es imposible seguirlo. Es como perseguir a un fantasma —me dijo un jardinero.

Quizá Eryx dice la verdad cuando asegura que ha servido en el ejército. Eso explicaría ciertas habilidades.

Aunque no explica qué tiene entre manos.

Es tan ermitaño como yo. No acude a actos sociales. No actualiza su armario.

Y se asusta con facilidad. Si está a solas en una habitación y yo lo sorprendo por accidente, siempre se gira hacia mí con el revólver y el cuchillo listos para ser usados.

—¡En serio, tiene usted que tranquilizarse! —le suelto la tercera vez que pasa—. ¡Un día de estos me va a pegar un tiro!

—El día que le dispare, duquesa, no será por accidente.

Su actitud escalofriante no me amedrenta.

—¡Baje ya esas armas! ¿Tiene que llevarlas allá por donde va? ¿Es que están a punto de asaltar la mansión?

—Los hábitos adquiridos en el ejército son difíciles de abandonar.

Sin embargo, no me lo termino de creer del todo. Quizá guarde relación con el hecho de que sus «asistentes personales» lo siguen la mayor parte del día, incluso mucho después de la hora en la que se supone que deberían haber terminado las funciones de un asistente personal.

¿Acaso el duque está en peligro? ¿Sospecha que alguien va detrás de él? ¿Tendría que preocuparme? No por él, claro, sino por mí, ya que vivimos en la misma propiedad.

En cierta ocasión le expongo estas preguntas a Eryx, pero él solo me contesta que «no sea absurda» en el tono más condescendiente posible.

Karla y Tekla se me acercan una tarde con los plumeros en la mano.

—Alteza —dice Karla—, nos pidió que la mantuviéramos al día de cualquier cosa interesante que apareciera en los periódicos.

En efecto, lo hice. Fue al día siguiente de que lady Petrakis me contara todo lo que mi hermana había implementado en sus nuevos edictos. Tuve claro que era fundamental mantenerme bien informada. A mis doncellas/compañeras del club de lectura les encanta leer las columnas de chismes relativos a la nobleza. Sabía que podía contar con ellas para que me tuvieran al día de cualquier cosa importante.

—¿Es sobre mi hermana? —pregunto recelosa.

—No —me contesta Tekla—. Me temo que no es nada demasiado emocionante. Es más bien algo extraño. Un noble ha desaparecido.

—¿Quién?

—Lord Andris.

Eso sí es raro. Normalmente los nobles desaparecen cuando acumulan muchas deudas de juego o cuando son demasiado asiduos a las zonas más peligrosas de la ciudad. Hasta donde yo sé, lord Andris no está envuelto en ningún asunto turbio. De hecho, lo único que sé del vizconde es que sirvió durante bastantes años en el ejército. Siempre presume de los reconocimientos que le otorgaron.

Hum, Eryx también asegura que sirvió en el ejército.

El mismo Eryx que va flanqueado por guardaespaldas y que siempre tiene sus armas a mano.

—¿Cuánto tiempo lleva desaparecido? —pregunto.

—Dos semanas.

Lo que, casualmente, coincide con el tiempo que Eryx lleva por aquí...

La conexión es demasiado frágil como para llegar a ninguna conclusión... pero está claro que algo raro ocurre.

—Gracias —les digo—. Manténganme al día de cualquier cosa importante que suceda, especialmente si tiene que ver con más desapariciones.

—Por supuesto, alteza —responde Tekla.

—Cuando vuelva a tener dinero, les prometo una generosa propina.

—Ah, descuide —contesta Karla—. Una buena charla entre amigas no necesita de ningún tipo de intercambio económico.

Es muy amable, pero les pagaré por sus servicios en cuanto vuelva a tener los medios.

Y para eso, tengo que seguir espiando.

Intento hacerme una idea de la agenda de Eryx para las próximas semanas, pero nunca se ciñe a ningún plan. Nunca sale de paseo, ni lee, ni gestiona la contabilidad a la misma hora. Es como si tratara de ponerle las cosas difíciles a quien quisiera husmear entre sus cosas.

Pero mi oportunidad llega por fin el día que Vander visita la hacienda. Él, el duque y los asistentes personales, Argus y Dyson, entran al estudio. Vander me lanza miradas de odio. Yo finjo no darme cuenta.

—¿Se requiere mi presencia? —pregunto antes de que Eryx cierre la puerta.

—Desde luego que no.

—¿Pido que traigan té?

—Váyase, duquesa. —Da un portazo y lo oigo refunfuñar—: Maldita mujer...

Finjo que me marcho, entonces me quito los zapatos y vuelvo hacia la puerta. Trato incluso de contener el aliento, ya que, la última vez, Eryx pudo oírme. Para ser francos, aquella vez el enojo me agitaba la respiración, así que quizá estoy siendo innecesariamente cuidadosa.

—¡Estoy arruinado! —grita Vander—. Esa chica le ha escrito a su padre hablándole de nosotros. Lord Masis me ha visitado varias veces desde entonces. Ha convencido a todos sus socios de que no vuelvan a trabajar conmigo debido a que no soy capaz de fechar bien los documentos y a que ahora mando a mis asistentes a hacer labores de las que debería encargarme yo mismo.

—Baje la voz, Vander —lo regaña Eryx—. Todo se va a arreglar.

—No me quedan clientes. ¡Todos se han llevado sus negocios a la competencia!

—Yo me encargaré de ello —lo tranquiliza Eryx.

No puedo contener más la respiración, así que voy de puntitas hacia donde dejé los zapatos y me los pongo mientras recupero el aliento.

Con una sonrisa, me dirijo a la habitación principal, dispuesta a husmear un poco.

Aunque pueda tener al servicio de mi parte, prefiero que nadie me vea entrando en la habitación del duque. Odio imaginar las conclusiones a las que todos llegarían antes de que yo fuera capaz de refutarlas. La idea me produce arcadas. Así que entro a la habitación de la duquesa y me dirijo a la puerta que separa las dos estancias. Por supuesto, está cerrada. Pero yo tengo una llave maestra que sirve para todas las puertas de esta casa. Al fin y al cabo era mía hasta que Eryx proyectó su sombra tóxica por toda la hacienda.

La habitación... sigue exactamente igual. Tan preciosa y perfecta como yo la dejé, salvo que la cama, el tocador y algunos otros muebles están ahora en mi nueva estancia. El mobiliario más masculino que estaba en la habitación de la duquesa ocupa ahora este espacio.

Pero, en realidad, todo parece carecer de vida, ya que Eryx no ha aportado ningún toque personal. Por una parte, me alivia que la habitación siga intacta, pero, por otra, me resulta muy triste. Dos pares de pantalones. La mayoría de los caballeros se desmayarían con solo pensarlo.

Me acerco al baúl de cedro que no vi la última vez que eché un vistazo a la habitación. No tiene cerradura y, cuando examino su interior, veo que contiene una cantimplora vieja, un pañuelo rojo deshilachado, un ejemplar manoseado de *Las aventuras de Voleta Mavros* y un puñado de medallas con el nombre de Eryx.

Bueno, al menos parece que dice la verdad sobre que sirvió en el ejército. Leo las inscripciones de esos colgantes redondeados de latón. *Por su fervor. Por su valor. Por su astucia.*

No sé casi nada sobre el ejército ni sobre los distintos honores que se les conceden a los hombres y mujeres que en él batallan, pero la verdad es que estos reconocimientos suenan bastante impresionantes...

¿Y si no tienen valor alguno? A lo mejor son como los regalitos que se dan en las fiestas infantiles y no hay soldado que se quede sin su medalla.

Cuando me levanto me doy cuenta de que en el baúl no hay nada de ropa. Solo objetos personales. Miro el armario, pero no han metido nada nuevo desde la última vez que lo revisé. El baño está del todo vacío. No hay jabones ni peines ni espuma de afeitar, pero Eryx siempre está perfectamente afeitado. ¿Y si es lampiño? Vaya, procuraré molestarlo con ese asunto.

Examino el edredón de su cama. Sigue oliendo a detergente. En él no hay ni un atisbo de olor a hombre. Solo puedo llegar a una conclusión.

El duque no está durmiendo aquí. Armó todo aquel escándalo para quedarse con la habitación principal y, aun así, no duerme aquí. Y lo único que guarda en esta estancia son las cosas del baúl.

Eso me lleva a dos nuevas preguntas.

¿Por qué no duerme aquí? ¿Dónde duerme, entonces?

Como no veo caballos yendo o viniendo, dudo que se esté acostando con nadie. Además, ¿quién en su sano juicio querría estar cerca de este hombre horrible?

Y entonces irrumpe en mi cabeza una idea muy extraña.

¿Será por mi culpa?

¿Es que acaso quiere estar lo más lejos posible de mí? ¿Y si es incapaz de dormir sabiendo que solo nos separa una puerta? No creo que sea eso.

Pero ¿qué otra razón lo llevaría a renunciar a la habitación más cómoda de toda la casa? Si es cierto que el rosa le da dolor de cabeza, ¿por qué no la redecora? Sin embargo, por aquí no ha venido ningún constructor o arquitecto. No creo que tenga nada en marcha.

La verdad es que esto es muy pero muy extraño.

Cuando el gestor se marcha, me abalanzo sobre Eryx.

—¿Ha sido una conversación interesante?

—No exactamente —me contesta frotándose la frente con el pulgar y el índice.

—Estupendo. ¿Qué quería Vander?

—Lo he llamado yo.

—¿Y qué quería usted?

—Eso no es asunto suyo. —Estoy segura de que la gravedad de su tono, la dureza de su rostro y su imponente altura harían que cualquiera se callara..., pero yo me tomo cuanto dice como un desafío que me siento obligada a aceptar.

—Si tiene problemas con las cuentas, le puedo ofrecer mis servicios. Al fin y al cabo soy mayor y más lista que usted. —Además, necesito entrar en esa habitación para conseguir más información sobre Eryx. ¡Y no puedo permitir que haga ninguna estafa con las cuentas! ¡Ese dinero es mío!

—Soy más que capaz de manejar las cuentas, a pesar de los ridículos gastos que tuvo usted antes de mi llegada.

—Lo único ridículo aquí ha sido su llegada.

—¿Necesita algo? —me gruñe—. ¿Hay algún motivo para que siga usted zumbándome en el oído?

—Esta también es mi casa —digo dejándome de bromas—. Quiero que se me notifique cualquier cambio.

—Por Dios, ¡ese hombre ha venido a discutir sobre usted, no sobre las cuentas!

—¿Sobre mí?

—Sí, gracias a la próxima Reina de las Sombras, antes de cualquier matrimonio, la familia de la novia tendrá que pagar una dote en lugar de recibirla. Necesitaba que Vander me aconsejara cuál es el precio apropiado para usted.

Parpadeo varias veces antes de poder decir nada.

—¿Perdón...?

—Es usted un incordio —me dice mirándome—. Cada vez que doblo una esquina, ahí está usted. En mi mesa. En mi biblioteca. Caminando por mis tierras. Sentada en mis jardines. Tiene un talento asombroso para estar siempre donde yo quiero estar.

¿Lo dice en serio? Este hombre debe de ser un silencioso ratoncillo, porque nunca he notado que nos encontremos tanto. De hecho, tengo la sensación de que es al revés. Y yo jamás cambiaré mis planes porque él ya esté en la habitación a la que yo quiero ir.

—Las estancias de la hacienda son demasiado amplias

—le digo—. Hay espacio de sobra para los dos. —No es que a mí me encante compartir el entorno con él, la verdad.

—No estoy de acuerdo. La quiero fuera de mi casa.

—Es una mansión, no una casa —lo corrijo cruzándome de brazos—. Y no es suya, es nuestra.

—Solo hasta que usted se case, momento que ojalá llegue lo antes posible.

—No puede casarme contra mi voluntad —le anuncio—. No tiene esa autoridad. Soy viuda. Mi vida me pertenece.

—Lo sé, no hablaba de forzarle a nada. Solo de ofrecerle un incentivo.

—¿Un incentivo?

—Sí. Parece que le encanta gastar dinero, así que Vander y yo hemos tenido una conversación. Cuando usted se comprometa con el hombre que elija, yo le daré una dote de diez mil necos. Según el edicto de la Reina de las Sombras, ese dinero será para su uso personal. Su futuro marido no tendrá ningún derecho sobre él. Además, recibirá el estipendio mensual estipulado por mi abuelo en su testamento. Y si se casa bien, estoy seguro de que podrá negociar un estipendio adicional por parte de su nuevo marido. Será una mujer rica y casada. Y yo estaré solo y feliz. Ambos ganamos.

Diez mil necos. Que yo sepa, nunca se ha intercambiado una cantidad así de grande en un acuerdo matrimonial. De hecho, los siete mil que recibió mi padre ya me parecían una cantidad desorbitada.

Estoy estupefacta. Me muero por ponerle la mano encima a ese dinero. Y sin embargo...

—¿Por qué tiene tantas ganas de deshacerse de mí? —pregunto, íntimamente ofendida.

—Porque es usted insufrible —me dice gesticulando como si fuera la respuesta obvia.

—¿Que yo soy insufrible? ¿Y qué pasa con usted? Siempre tan gruñón y tan melancólico. Tan arrogante y tan estúpido. Tan mal vestido y con tan malos modales. Sacando las armas a la mínima y enemistándose con el personal. Nadie lo quiere aquí. Y con las dudas más que legítimas que hay en cuanto a su identidad, debería andarse con más cuidado.

Da un paso adelante hasta invadir mi espacio personal.

—Si tanto le preocupa que no sea quien digo ser, ¿por qué no lleva el asunto a las autoridades? ¿O directamente al rey? Decídase a tomar medidas si cree tener todo tan claro.

Me has descubierto. No puedo acudir al rey, porque es mi hermana quien lo maneja. No puedo ir a las autoridades, porque jamás se arriesgarían a hacer enojar a un hombre de su posición. Siempre creerán antes a un duque que a una duquesa, de ahí que contratara a un investigador privado... ¡pero este salvaje tiene todo mi dinero!

Además de quedarme sin palabras, estoy furiosa porque acabo de recordar que me han quitado el estipendio.

—Escúcheme —me dice Eryx en un tono inusualmente cordial—, no tengo por qué ofrecer una dote por usted, ya que no soy su padre. Que lo haga representa un acto de generosidad.

—¿Después de decirme que soy insufrible y que me quiere perder de vista? —me río—. Esto solo lo hace por egoísmo.

—Bien —me responde con su voz habitual—. Lo voy a hacer por egoísmo, pero no me negará que también puede convenirle a usted. Tómelo como si yo estuviera mirando por el bien de ambos.

—No me interesa volver a casarme.

—No sea tan dura con la idea del matrimonio. La última vez no es que le tocara el mejor de los maridos. En esta ocasión, usted misma puede elegir a su compañero. Estoy seguro de que podrá elegir al que quiera. He visto la cantidad de correspondencia que recibe. Sé que tiene muchas opciones.

—Y todas esas opciones se esfumarán en el instante en que me case y pase a estar en deuda con mi marido.

—Pero será usted rica.

—¿Eso es lo que usted elegiría? ¿Sacrificaría su libertad por unas cadenas de lujo?

—No creo que «cadenas» sea la palabra adecuada —me dice apartándose un mechón largo de los ojos.

—¿Le parece mejor que hablemos de prostitución?

—Pero ¿qué dice?

—Ese será el intercambio que haga: sexo por dinero.

—Eso no...

—¿Ah, no? —lo interrumpo—. Los hombres necesitan herederos a los que pasarles sus títulos. Por eso se casan. Si no, se pasarían la vida con sus amantes. Una esposa no es más que un objeto, una vasija para su progenie.

Eryx se calla un instante.

—Nunca lo había visto desde esa perspectiva.

Me impacta que se detenga a considerar mis palabras. Pero entonces sigue:

—Pues encuentre a un hombre al que usted desee. Cambie la situación. Enamórese. Modifique las reglas del juego.

—¿Se refiere a que encuentre a un hombre sensual, verdad? ¿Y qué pasará en el momento en el que abra la boca? En serio, parece que nunca ha conocido a un hombre.

—¿Tengo que recordarle que era usted la que pagaba por tener compañía masculina? Si encontró a un hombre tolerable, seguro que puede lograrlo de nuevo. Pero que esta vez sea un noble que no necesite nada de usted.

—He pagado por la compañía de varios hombres. Y solo eran tolerables porque les pagaba para que así fuera —le digo apretando los dientes de frustración.

Eryx cierra los ojos durante unos treinta segundos, actúa como si yo ya no estuviera aquí. Cuando los vuelve a abrir parece mucho más tranquilo. Mira por encima de mi cabeza y dice:

—Volverá a ser feliz. Esta vez será diferente. Tendrá pleno control sobre su cortejo. Puede rechazar a cualquiera.

—Creía que ya lo había hecho al rechazar su oferta. No necesito su dote. No la quiero.

Cierra los puños y me mira a los ojos.

Doy un paso atrás.

No solo porque parezca que está dispuesto a golpear cualquier cosa, sino porque los ojos le han cambiado de color. Ahora, en lugar de cafés , son de un tono ámbar vibrante.

Y están brillando.

—Quince mil —dice.

—¿Qué?

—La subo a quince mil. Su dote.

Por fin proceso lo que está diciendo. Aparto la mirada de sus ojos.

—¡No!

—Veinte mil. Es mi última oferta.

Veinte mil, sin embargo... Es algo sin precedentes. Es mucho más que exorbitante.

Me siento insultada.

—¿Por qué me odia tanto? —le pregunto.

—No la odio.

—¡Mentira! Irrumpe en mi casa. Me quita la habitación, a pesar de que no la usa. Me roba el dinero, a pesar de que no lo necesita. Despide a la mitad de mis amigos y deja la mansión sumida en el caos. Y ahora quiere deshacerse de mí solo para tener esta enorme mansión entera para usted. ¿Le he hecho algún mal del que no soy consciente?

—No es por usted.

—¿Es porque tengo sospechas sobre su identidad?, ¿porque puedo sacar a la luz alguno de sus secretos?

Eryx me aparta la mirada. Su cuerpo se tensa como la cuerda de un arco. Contengo la respiración unos segundos esperando a ver qué hace.

Cuando vuelve a mirarme, sus ojos han vuelto a la normalidad.

—Simplemente quiero estar solo.

Capítulo 9

Es innegable.

Aquella otra vez pudo parecerme un efecto de la luz. Pero... ¿lo de ahora? A una distancia corta he visto perfectamente cómo los ojos le cambiaban de café oscuro a un ámbar brillante y, después, otra vez a café.

Eryx oculta algo que va mucho más allá de sus malas artes a la hora de robarme la hacienda. No tengo ni la más remota idea de lo que puede ser. Tal vez tendría que estar aterrorizada, pero los misterios me atraen como la luna a las mareas. Llegaré al fondo de esto, me da igual lo que tenga que salir a la luz.

Advierto que todas mis primeras suposiciones eran erróneas. Todo lo de despedir al personal, deshacerse de los trabajadores que remodelaban la casa, intentar que yo me esfumase... no era solo para hacerme enfurecer.

Es para alejar de él a la mayor cantidad posible de personas. Decía la verdad cuando aseguraba que no era por mí. Es por él. Hay algo en él que no quiere que la gente descubra. Necesita que en esta hacienda no haya ni un alma para poder mantener algo en secreto. De alguna manera, sus «asistentes personales» están involucrados. Lo saben y lo están ayudando a ocultarlo. Eso lo tengo claro.

Antes de que pueda decidir qué hacer con toda esta nueva información, me llega una carta de padre:

Queridísima hija:

Gracias por hablarme sobre el nuevo duque. Es mas que sorprendente y sospechoso. He presionado a Vander lo indecible, pero no hay mucho más que pueda hacer. He intentado escribirle a tu hermana, pero sospecho que quema mis cartas antes de leerlas. Ella no nos ayudará.

No sé por qué me molesto en contártelo. Parece que no estás muy preocupada por lo del nuevo duque, pero yo sí estoy preocupado por ti. No sabemos nada sobre ese hombre y parece que se está aprovechando de ti al cortarte el acceso al dinero de tu difunto esposo.

¿Puedo proponerte que vuelvas a considerar el matrimonio? Si encontramos algún marido rico, esta vez uno que dure vivo un poco más, podremos asegurar mi nuestros futuros. He hecho una lista de posibles candidatos. Ahora eres viuda, por lo que deberás tomar las riendas de este asunto, pero tengo muchas esperanzas puestas en que encontrarás un nuevo marido.

Tu querido padre,

Sergios Stathos, lord Masis

Arrojo la carta y la lista a la chimenea para que ardan. Ya sabía yo que mi padre no me podría ayudar a deshacerme del duque. Solo necesitaba que hiciera sufrir a Vander... y ya lo ha hecho, aunque, como de costumbre, solo lo haya hecho motivado por sus propios intereses.

No puedo ni imaginarme lo que haría si supiera que el falso duque me ha ofrecido veinte mil necos para que vuelva a casarme. Le besaría los pies a ese mocoso.

Como de costumbre, solo puedo confiar en mí misma para resolver todo.

Tengo tres tareas pendientes en mi lista:

1. Conseguir dinero con el que pagar al investigador privado para que encuentre pruebas de la farsa de Eryx.

2. Averiguar el secreto de Eryx.
3. Descubrir dónde duerme Eryx por las noches.

Si logro demostrar legalmente que Eryx es un estafador, me puedo deshacer de él. Si averiguo su secreto, puedo chantajearlo y perderlo de vista. Si consiguiera las dos cosas, me sentiría aún más segura. Y estoy convencida de que el número tres me llevará al número dos.

Recorro toda la mansión para comprobar si en alguna de las habitaciones de invitados hay algún signo de que un hombre pomposo y maligno las ocupe. Esta tarea me lleva más de una hora, ya que la mansión es enorme, pero no me topo con nada. No encuentro en ningún sitio sábanas revueltas ni nada que sugiera que ahí duerme alguien.

Se me ocurre una idea muy desagradable y pregunto sobre el particular a la señora Lagos.

—¿Alguien se ha encargado de limpiar alguna de las habitaciones de servicio que no se usan?

—Desde luego, alteza. Aunque estemos cortos de personal, nos ocupamos bien de todo.

—No ponía en cuestión el trabajo del personal. Todos son maravillosos. Solo me preguntaba si se había ocupado alguna de las habitaciones desocupadas.

—No —me contesta la señora Lagos ladeando la cabeza, y yo confío en ella.

—El duque no está durmiendo en la habitación principal y estoy tratando de averiguar dónde pasa las noches. ¿Ha ordenado a las criadas que limpien alguna habitación que antes no se limpiara?

—Si duerme en algún sitio que no sea la habitación principal, el personal no ha sido informado de ello, alteza. —La cara se le pone blanca—. ¿Cree que alguna parte de la mansión necesita un repaso? Debería preguntarle a...

—No —la interrumpo—. No moleste al duque con este tema. Si él quisiera efectuar cambios, estoy segura de que ya les habría dicho. Es que estoy empezando a pensar que no quiere que nadie en esta casa sepa dónde tiene la madriguera.

—¿La madriguera?

—Sí, como el tejón irritable que es —afirmo.

La señora Lagos se cubre la boca para que no se le escape una risita.

Puede que no haya averiguado dónde duerme Eryx por las noches, pero no me cabe ninguna duda de que en el estudio encontraré algo de utilidad. Pero es difícil saber cuándo Eryx y sus hombres no están dentro. No puedo permitir que me descubran husmeando entre sus cosas.

Así que espero al momento adecuado.

Mientras tanto, vuelvo a la biblioteca.

Llevo puesto el más cómodo de mis vestidos de día. Es de un rosa tan pálido que parece blanco. Al ser de media manga y holgado, no se ciñe a mi silueta. En la parte superior de la solapa tiene cosidos unos moños en forma de flor que se repiten en algunos puntos aleatorios de la falda. Llevo el pelo recogido y no me he puesto aretes ni maquillaje. Soy la versión más sencilla de mí misma.

Ya he terminado el próximo libro del club de lectura y se lo he pasado a Damasus para que lo lea. Como la semana que viene no nos reuniremos, tengo tiempo de sobra para seleccionar y terminar alguna nueva lectura. Mi humor guía mis lecturas, así que no suelo planificarlas.

Pero hoy estoy buscando un libro en concreto: *Las aventuras de Voleta Mavros*.

Deslizo el dedo por los estantes ordenados alfabéticamente buscando el apellido de la autora. Cuando lo encuentro, saco el libro jalando el lomo. Es el mismo libro que encontré en el baúl de cedro de Eryx, pero este ejemplar es reciente. Parece que no se ha abierto desde que se compró. No recuerdo si lo compré yo o si ya formaba parte de la colección del difunto duque. No importa.

Puesto que Eryx es un hombre con muy pocas posesiones, está claro que este libro significa mucho para él.

Me lo guardo y salgo al exterior a buscar un sitio donde leer. Me siento en el quiosco que está en el centro del laberinto de setos. Afortunadamente, esta construcción sí quedó terminada antes de que se detuviera todo lo demás. Fue lo primero que construyeron los obreros, para así no tener que ir cargando con los materiales de construcción por todo el laberinto hasta alcanzar el centro.

Bajo la moldura blanca hay una banca de madera con espacio de almacenaje debajo del asiento. Elijo una manta de uno de los cajones, la sacudo y me pongo cómoda. Y entonces empiezo a leer.

La historia empieza cuando Voleta tiene seis años. Es una niña rebelde a la que no le gusta hacer lo que le mandan, y eso la lleva a cometer numerosas travesuras. Decide subir al árbol más alto de toda la hacienda de su padre, pero entonces se da cuenta de que no sabe bajar. Entra a las cocinas de noche, se choca con un saco de harina y se las arregla para acabar enharinada, por lo que deja un rastro de blancas huellitas infantiles que llevan a su habitación. En pleno verano es demasiado impaciente como para ponerse el traje de baño antes de saltar al río ignorando los avisos de su institutriz, y al mojarse los faldones le pesan demasiado y empieza a hundirse hasta que un adulto tiene que rescatarla.

También hay pasajes muy felices. Rescata un gatito abandonado en una calle muy transitada. Juega a los disfraces con su hermano pequeño. Cabalga el caballo de su padre y finge que comanda una caballería. A Voleta no la doman los años, pero sí aprende de sus errores.

No encaja con mis gustos habituales, ya que no hay romance ni grandes aventuras, pero es una encantadora historia infantil.

Que sea una de las posesiones de Eryx es bastante sorprendente. Tal vez su ejemplar tiene algún valor sentimental, como la cantimplora vieja o el pañuelo. Doy por hecho que la cantimplora es de su etapa en el ejército. Pero ¿y el pañuelo? ¿Será el recuerdo de alguna amante? Entonces me acuerdo de cómo es Eryx y me corrijo. Tiene que ser de alguna pariente. Dijo que era huérfano, así que tal vez perteneciera a su madre.

Termino el libro en pocas horas y los miembros se me quedan dormidos por no haber cambiado de postura. Estiro los brazos por encima de la cabeza y entonces me escondo tras el barandal que bordea el quiosco.

Eryx, en una de sus habituales «caminatas», está atravesando los terrenos de la finca. Normalmente, Dyson y Argus lo acompañan o se quedan en la mansión mientras Eryx va por su cuenta. Pero un carruaje acaba de llegar a la mansión y los dos secuaces se han subido a él; Dyson, en concreto, con especial entusiasmo.

Parece que, por fin, va a disfrutar en la ciudad del rato libre que tanto deseaba.

Esta es mi oportunidad.

Espero hasta que pierdo de vista a ambas partes y salgo corriendo hacia la mansión. Tan solo me cruzo con unos pocos sirvientes, que me hacen reverencias corteses y se apartan para no entorpecerme la carrera. Cuando llego a la puerta del estudio, la abro con mi llave maestra.

Empiezo por el escritorio. Me dispongo a echar un vistazo a todos los pergaminos que allí se acumulan. Encuentro un montón con todos mis recibos y otro con correspondencia. En los cajones hay más papeles. Algunos son borradores de cartas. Otros son papeluchos con una serie de fórmulas matemáticas que Eryx parece haber estado usando para gestionar la contabilidad de la hacienda. Me alegra comprobar que sus números son correctos cuando los comparo con lo que dicen los libros.

Buscar entre todos estos documentos es un trabajo tedioso, ya que la mayoría de ellos carecen de utilidad. Pero entonces encuentro una carta interesante del gestor.

Alteza:

He hecho los cambios de los que hablamos. Creo que a su llegada verá que todo está en orden.

Aunque hay un asunto del que no le informé porque me pareció insignificante. Su abuelo dejó una viuda, que a mi entender lo recibirá con los brazos abiertos. Es una callada florecilla y, perdone que le diga, bastante tontita. Ni siquiera notará que ella está presente... así que, por favor, ni se le ocurra renunciar a todo esto por la existencia de esa mujer.

Su fiel servidor,

Vander

Así que ya había hecho planes con Eryx antes de intentar robarme.

La carta no contiene nada que yo no supiera, lo cual no impide que la descripción que Vander hace de mí me enfurezca.

Hay algunas alusiones a cosas que podrían suponer pruebas condenatorias. «Ni se le ocurra renunciar a todo esto». «Los cambios de los que hablamos». Podría estar hablando de los cambios que Vander hizo en el testamento. Parece que el gestor teme que Eryx no sea capaz de aguantar el proceso. Pero todo es demasiado vago como para constituir una prueba importante. Un inspector se reiría de mí si le presentara estas evidencias. La supuesta falta de voluntad de Eryx para conseguir el título podría responder a su origen humilde o a su falta de deseo de convertirse en duque. Los cambios a los que se hace referencia podrían ser solo económicos.

Abro los cajones y sigo revolviendo entre las cartas esperando encontrar algo que de verdad sea condenatorio. Cuando llego al fondo de todo del último cajón, encuentro un trozo de papel con el que alguien ha hecho una bola. El documento es muy simple y no tiene ni dirección ni firma. Tras alisarlo bien, leo:

He oído que ahora vas por ahí diciendo que eres duque. No sabía que una rata de alcantarilla podía escalar tan alto. Vaya sistema de castas tienen en Naxos.

Hay una enorme gota de algo café en el papel. Como si alguien hubiera escupido allí. Aparto los dedos antes de seguir leyendo.

Sospecho que ahora tienes acceso a todo tipo de riquezas. Me debes mucho, después de todo lo que me hiciste. He oído que el rey aún tiene que reconocerte como duque. Parece que estás en una situación más que precaria. Sería una pena enorme que saliera a la luz cierta información antes de que te otorgaran el título... O después, da lo mismo.

Quiero quinientos necos de aquí a final de mes. Abajo te informo dónde puedes dejarlos. Me encanta hacer negocios contigo. Volveré a escribirte muy pronto, amigo.

Leo la carta dos veces solo para asegurarme de que memorizo todos los detalles importantes.

Al principio tengo que contener una risita. Están chantajeando a Eryx. Pero me pongo seria rápidamente, ya que eso significa que alguien está tratando de meter sus sucios dedos en mi dinero.

El deseo enfrentar a Eryx y preguntarle qué es lo que hizo me sobrepasa, pero consigo reprimirlo. Debo actuar con inteligencia. ¿Tiene esta carta algo que ver con el hecho de que Eryx se escabulla de la finca en momentos aleatorios de la semana? ¿Tiene algún otro plan además de quedarse con todo lo mío? En todo caso, parece que su pasado se ha hecho presente.

Y, sin embargo, este papel estaba hecho una bola al fondo de un cajón. Está claro que Eryx no tiene ninguna intención de pagarle a esta persona, de lo contrario habría guardado con cuidado la dirección.

Me enderezo de golpe porque se me ocurre una nueva idea.

Esta persona que lo chantajea...

Si se encontrara esta nota, si se supiera que alguien trata de aprovecharse del duque...

Entonces su chantajista sería la primera persona en quien pensarían si a Eryx le pasara algo malo.

Si esto sucediera, entonces podría matar al duque y tener un chivo expiatorio.

Dejo la carta donde estaba y salgo del estudio volviendo a cerrar la puerta detrás de mí. Me pondría a dar saltos si no fuera porque llevo falda larga.

Por fin algo de esperanza. En caso de que tenga que tomar una decisión desesperada, podría salir indemne. Además, la persona que ha escrito la nota de chantaje parece tener información que condenaría a Eryx. ¿Tendrá algo que ver con el fuego que a veces emanan sus ojos? Existe la posibilidad de que esa persona desenmascare a Eryx antes de que yo tenga que mover un dedo.

Tomaré el camino más seguro que me lleve a conseguir lo que quiero. Puedo ser astuta y evitar cometer un crimen innecesario.

Por cierto, esa carta me ha dado una idea para sacarle a Eryx el dinero con el que remunerar al investigador privado.

Eryx vuelve del bosque cuando ya es tarde para cenar y se muestra sorprendido al verme esperándolo en la mesa del comedor. Nunca lo había esperado. La cena se sirve a las seis en punto. Y procuro evitarlo siempre.

—¿Qué hace, duquesa?

—Esperarlo, por supuesto.

Revisa la silla desde distintos ángulos antes de tomar asiento.

—No descarto que me haya puesto una aguja o algo así.

—Pues no es mala idea. La apunto para la próxima.

Pone los ojos en blanco antes de empezar a comer y, con la boca llena, me pregunta.

—¿Qué es lo que quiere?

Qué maleducado.

—Tengo una proposición que hacerle.

—¿Y en qué consiste? —me pregunta entrecerrando los ojos.

—He pensado que podríamos ayudarnos mutuamente.

—¿Ha decidido entonces aceptar la generosa dote que le he ofrecido?

Me obligo a no fruncir el ceño cuando me acuerdo de aquello.

—No. Es que he recordado que aún tiene que ser reconocido como duque ante el rey. A menos, claro, que en una de sus múltiples caminatas haya llegado ya hasta el palacio real.

Bebe un sorbo de agua mirándome fijamente. Parece que le ha picado la curiosidad.

—Como sabe —continúo—, el rey se va a convertir en mi cuñado. Me gustaría hablar bien de usted públicamente para allanar el terreno de cara a que el cambio salga bien.

Lo he sorprendido. Su silencio lo deja claro.

Y la verdad es que sería sorprendente que yo hubiera decidido hacer algo así, claro. No. Eryx tendría que estar muerto o en la cárcel para que yo actuara de esa manera.

—¿A cambio de qué? —pregunta por fin.

—Quiero que se reactive mi estipendio mensual y que se doble, como tan generosamente usted ofreció.

Eryx apoya las manos en los reposabrazos y me observa.

—¿Y dónde exactamente hablaría usted bien de mí?

—La boda de mi hermana es inminente. En ella se reunirán todas las personas importantes del reino y el rey seguramente esté de buen humor. Creo que ese será el mejor momento.

—De acuerdo —dice sonriendo—. Haré que le depositen el dinero en una cuenta. —Cuando ve que no me levanto inmediatamente de la mesa, me pregunta—: ¿Quería algo más?

—Pensemos por un momento que yo me deshago en halagos y que usted tiene toda la documentación necesaria para demostrar su identidad.

—De hecho, tengo toda esa documentación.

—El problema es que eso servirá de poco si aparece en la boda comportándose como un animal.

—¿Volvemos a los insultos? —me gruñe.

—Si, como hace tan a menudo, en la boda se sienta apoyándose solo en las patas posteriores de la silla, además de que toda la alta sociedad le daría la espalda, sería bastante complicado que el rey le concediera una audiencia.

—Es usted demasiado melodramática —dice volviendo a concentrarse en su comida.

—No lo soy. A Odell Vassos la vetaron de cualquier evento por llevar un vestido tan pasado de moda que era muy común entre las chicas de clase trabajadora. ¿Cree que usted podrá asistir a la boda luciendo uno de sus dos pares de pantalones?

No contesta.

—Independientemente de quién diga usted que es, está claro que no fue criado para ser noble. Y si lo fue, ha perdido la práctica. Nos quedan dos meses para la boda. Déjeme que lo ayude a prepararse.

Pasar más tiempo con él será un martirio, pero no se me ocurre otra forma de llegar hasta el fondo de sus ojos candentes.

—¿A cambio de qué? —pregunta frunciendo el ceño.

—Soy una mujer ocupada. Mi tiempo cuesta dinero —le contesto mirándome las uñas inmaculadas—. Quiero trescientos necos por las clases y por ayudarlo a actualizar su guardarropa. Además, me permitirá volver a contratar a los empleados que aún no han encontrado un nuevo trabajo y me dejará terminar las reformas de la hacienda. Y... —me detengo un momento para tomar aliento— vuelvo a la habitación principal, pues está claro que usted no la usa.

Se queda callado durante un momento bastante largo.

—Le daré quinientos necos y nos olvidaremos de las reformas y de los empleados.

—Trescientos. Solo hay cinco empleados que no han encontrado un nuevo trabajo. La hacienda no puede continuar en semejante estado de decrepitud. ¿Y si el rey y la futura reina desearan hacerle una visita? ¿Cree que ver el estado de este lugar les hará ponerse de su parte?

Me mira a la cara como si estuviera buscando algún indicio de traición en mis facciones. A diferencia de la primera oferta, esta es real. Tendré que ayudarlo, pero es un sacrificio que valdrá la pena. Haré que la valga. Necesito ese dinero para pagarle al señor Tomaras.

—Irá renovando las cosas de una en una —me dice—. Los trabajadores estarán confinados en su espacio de trabajo. No quiero a cientos de personas por la hacienda a todas horas.

—¿Y qué pasa con los sirvientes?

—De acuerdo. Contrate de vuelta a los cinco.

—Ya solo quedan los trescientos necos. Los quiero en mi cuenta mañana junto a mi primer estipendio. Y me mudo sin dilación a la habitación que me pertenece.

—¿Cómo osó Vander confundirla con una mujer simplona? —dice sacudiendo la cabeza y dando otro mordisco a su comida—. Es usted más astuta que un zorro.

—A lo mejor es Vander el tonto...

—A lo mejor. ¿Sabe, duquesa? Creo que esta es la conversación más larga que hemos mantenido sin una discusión.

—Si sigue comportándose como un ser humano razonable, creo que podríamos seguir así. Bueno: mañana por la mañana iremos a la ciudad. Tiene que transferirme el dinero y debemos hacer compras. Está a punto de poseer un tercer par de pantalones.

Capítulo 10

A la mañana siguiente, bien temprano, acompaño a Eryx al sastre y allí elegimos entre infinitas muestras de tela.

—¿Qué le parece esta? —le pregunto señalando un brocado rosa oscuro.

Eryx me fulmina con la mirada.

—Ya sabe lo que opino del color rosa.

—No. Sé lo que opina del rosa palo. Pero esta tela es magenta. No tiene nada que ver.

—Llámele como quiera, pero sigue siendo horrible. Nada de rosa.

El señor Asker, el sastre, le pide a un ayudante que se lleve esa tela. Argus y Dyson observan todo en silencio desde una esquina.

—¿Y qué le parece el azul? —pregunto señalando un retazo brillante.

—Ya le dije que no tengo ninguna intención de parecer un pavo real.

¡Que Dios me ayude!

—Así es como se visten los hombres. Esta tela es el máximo exponente de la moda. No puedo ayudarlo si es usted tan poco razonable.

—¿No tiene nada más oscuro? —le pregunta Eryx al sastre—. O, por lo menos, no tan colorido. O, mejor aún, ambas cosas.

—Por supuesto, alteza. —El señor Asker chasquea los dedos hacia sus ayudantes y estos se dirigen al almacén por más telas.

Me siento a esperar en una silla cercana y se me viene a la cabeza el rictus del señor Asker cuando nos vio entrar a su negocio. Inolvidable. ¡Qué cara le puso a las ropas de agricultor de Eryx y a su gabardina de piel! Tuve que reprimir la risa.

Cuando los ayudantes vuelven, traen consigo un montón de material negro, café y gris oscuro. Eryx parece más animado.

—Nada de eso —digo.

—Claro que sí —afirma Eryx—. Esto es mucho mejor.

—No puede hacerse todo un vestuario con tres muestras de tela. Todo el mundo pensará que siempre lleva la misma ropa. Y no sería adecuado para un duque. Necesita colores. Necesita variedad. Esto es muy aburrido. ¿De qué sirvo yo aquí si va a ignorar todo lo que le digo?

—¿Qué opina usted, señor Asker? —le pregunta al sastre.

—Es cierto que podría confeccionarle un buen número de prendas apropiadas con estos tonos —le contesta Asker con cautela—, pero me temo que la duquesa tiene razón cuando dice que los demás cortesanos pensarán que siempre lleva el mismo atuendo si nos ceñimos a estas telas. Es probable que llame la atención y que se convierta en el centro de los rumores.

—Como si esa manada de alzados no fuera a chismear igualmente cuando lo vean aparecer... —apostilla Dyson.

—Tienes que pasar desapercibido —asegura Argus.

—Lo sé... —gruñe Eryx.

—Sus altezas, ¿me permiten hacerles unas sugerencias? —pregunta el señor Asker.

—Por favor —responde Eryx.

El sastre se va, junto a sus ayudantes, por más telas. Me siento y me cruzo de piernas, manteniendo una posición erguida. Observo a Eryx sin perder detalle.

—Tenemos que corregir su postura —le digo.

—¿Mi postura?

—Se encorva demasiado. Y, cuando está tranquilo, su semblante es hostil. Nadie querrá acercarse a usted con ese aspecto de gruñón.

—¿Preferirán los cortesanos que les muestre una sonrisa falsa?

—No lo sé. Déjeme ver.

Levanta los labios y exhibe la mueca más perturbadora que he visto nunca.

—No, no la preferirán —aseguro—. ¿No tiene un gesto más natural?

—Esto es lo más natural que puedo ser.

—Pues no está capacitado para vivir en sociedad. —Eryx me da la espalda—. No se preocupe, trabajaremos en ello.

Me dan miedo las lecciones venideras. Aunque es la única manera que se me ocurrió de conseguir el dinero que necesito, estoy segura de que Eryx no me lo va a poner nada fácil. No sé cómo aguantaré frecuentarlo por obligación.

Al menos Eryx ya me ha transferido el dinero que le pedí. Espero que nadie se haya dado cuenta de que Kyros se ha escabullido para visitar al señor Tomaras y entregarle la suma que pidió.

Todo se ha puesto en marcha al fin.

Esta certidumbre me tiene que ayudar a pasar el resto del día.

Cuando el sastre vuelve, coloca sobre la mesa una serie de telas.

—Puede que esto ayude a aumentar las opciones del duque, sus altezas.

Estoy impresionada. El señor Asker ha encontrado telas conforme al gusto de ambos. Una tela negra con dibujos plateados, otra azul marino con elementos en bronce, otra gris con un brillo verde claro, otra café con puntadas moradas... Es un material elegante y oscuro, pero con algunos toques de color. Con gracia, pero discreto. Hay tantas opciones que ni siquiera Eryx es capaz de poner mala cara.

—Estas telas son otra cosa, sí —digo. El sastre y yo nos giramos hacia Eryx.

—Muy bien —dice—. Pero nada que sea rosa. Me llevaré...

—Todas —lo interrumpo antes de que diga que solo se lleva dos trajes o algo así—. Necesitamos todo un vestuario formal: camisas, sacos, chalecos, corbatas y pantalones de vestir. También necesitará ropa de día para los eventos menos formales, además de ropa de noche para cuando salga a pasarla bien.

Sin esperar ningún tipo de confirmación por parte de Eryx, doy un paso adelante para ayudar al señor Asker a elegir con qué telas se hará cada prenda. El sastre le toma las medidas al falso duque y después nos dice que la ropa estará lista en tres semanas.

Cuando salimos de la tienda, Eryx pregunta:

—¿Y ahora dónde vamos?

—Al zapatero. Necesitará zapatos que combinen con su ropa nueva.

—Ya tengo...

—Sí. Un par. Lo sé. Puede ponérselo para recorrer la hacienda cuando le dé uno de sus arrebatos. Pero en los actos sociales se pondrá los que yo considere adecuados.

Eryx aprieta tanto los puños que sus nudillos se vuelven blancos. Lo miro fijamente a los ojos, pero no aprecio en ellos ningún cambio.

Dyson da un paso adelante con intención de intervenir. ¿Habrá pensado que el duque podría pegarme? Creo que, si fuera violento, ya me habría hecho algo.

Argus le pone la mano en el hombro a su compañero para retenerlo. Los miro a ambos dubitativa antes de volver a concentrar mi atención en el falso duque.

—Podemos acabar con todo esto cuando quiera —le recuerdo—. Si prefiere marcharse de la hacienda y que yo retome mi papel como única propietaria de todo, podemos seguir cada uno por nuestro camino.

—No —me contesta obligándose a relajar las manos—. Vamos al zapatero. Tenemos que asistir a la boda. Espero que usted conozca en ella a alguien que le guste. Le esperan veinte mil necos.

—¿Por qué no aguanta la respiración hasta que los acepte?

Al volver de la ciudad, espero ansiosa a Kyros en mi habitación. Llega a última hora de la tarde, aunque el hombre no parece ni mínimamente cansado.

—Los recados me han salido muy bien, alteza —me dice—. Les expuse a los antiguos empleados las nuevas ofertas de contratación, y el señor Tomaras dice que empezará su trabajo de inmediato y que la pondrá al día tan pronto como pueda.

—Perfecto. Espero que seas consciente de cuánto aprecio la lealtad que me profesas, Kyros.

—Encantado de estar a su servicio.

No obstante, quiero darle una propina, así que le entrego una moneda. Cuando cierra la mano, me atrapa los dedos contra su palma. Lo miro interrogante.

—Siento lo de Sandros y los demás —dice—. De verdad. Sé que sus... invitados la hacían muy feliz. Pero no puedo evitar preguntarme si habrá por ahí alguien más que pueda satisfacerla. Alguien que no requiera ningún pago a cambio de su compañía porque su presencia le resulte recompensa suficiente.

Sus palabras parecen del todo inocentes, no así el fuego de su mirada.

—Téngalo en cuenta, alteza —continúa—. Yo no volveré a sacar el tema. Siempre seré su amigo y su siervo más leal.

Me suelta la mano y se marcha por el pasillo, dejándome con la mano extendida y la respiración agitada.

Vaya invitación, no como otras.

Pero viene de Kyros...

Su atractivo no me resulta indiferente, pero es mi empleado y sus ingresos dependen de mí, al menos hasta que Eryx apareció. Jamás se me habría ocurrido sobrepasarme.

Pero ¿me estaría «sobrepasando» si no soy yo la que sugiere el arreglo?

Creo que podría ser muy feliz con Kyros. ¿No es la amistad el mejor cimiento para las relaciones románticas? El hecho de que sea mi empleado es, en realidad, casi preferible. Siempre estaré por encima en cuanto a poder, dinero y seguridad. Eso hace de Kyros el candidato perfecto.

Nunca podría herirme o controlarme, lo que me parece maravilloso.

Pensaré en ello. Trataré de ver a Kyros con nuevos ojos.

No debería sorprenderme lo más mínimo que Eryx sea pésimo escuchando, incluso cuando se trata de lecciones por las que está pagando.

—Siéntese —le ordeno.

—Estoy sentado.

—No, está inclinado.

—Solo hay una manera de sentarse en una silla —asegura.

—Para nada.

Nos sentamos uno frente al otro en sillas diferentes sin que entre ambos haya una mesa ni ningún otro obstáculo. Argus y Dyson, como de costumbre, están de pie en una esquina de la sala observándolo todo.

La parte buena de su presencia es que me impedirán matar a Eryx aquí y ahora si no empieza a colaborar.

Me levanto y avanzo hasta el falso duque. Me acerco a él, le pongo las manos sobre los hombros y le empujo la espalda contra la silla.

—Espalda recta. Hombros contra la silla. Piernas juntas.

—¿Piernas juntas? Eso es imposible.

Le doy con el pie unos toques a sus botas hasta que adoptan la posición adecuada.

—Nadie quiere ver a un hombre con las piernas abiertas.

—Creo que eso es discutible —dice cruzándose de brazos.

—Descruce esos brazos y, por Dios, no se balancee en la silla.

—¿Se refiere a que no haga esto? —me pregunta con una expresión juguetona mientras echa su peso hacia atrás.

Mala idea lo de hacer eso en mi presencia. Hago tope con la zapatilla y empujo el respaldo lo suficiente como para que la gravedad termine el trabajo.

Eryx agita los brazos en el aire, pero no logra enderezarse a tiempo. La silla y él chocan contra el suelo.

—¡La voy a matar! —dice levantándose de un salto. Y aquello vuelve a pasar de nuevo: los ojos se le vuelven color ámbar cuando me mira.

Ahí estás.

Salgo corriendo y se me escapa una risotada.

Pero no soy lo bastante rápida.

Eryx me agarra de la cintura, me gira para verme de frente, me carga sobre un hombro y atraviesa conmigo la habitación. Me doy cuenta de que Argus y Dyson han abandonado sus puestos junto a la pared y se dirigen hacia nosotros. Eryx los detiene haciendo un gesto con la mano.

—Estoy bien —les dice.

¿Y qué pasa conmigo?

—¡Bájeme de aquí! —le grito golpeándole la espalda.

Eryx me echa, boca arriba, sobre el sofá más cercano. Se me ha soltado el pelo en la batalla y, mientras me lo aparto de los ojos, siento como si el mundo se inclinara.

Porque está levantando el sofá para hacer que se apoye solo en dos patas y yo me caiga. Salgo rodando por el respaldo y no dejo de dar vueltas hasta unos metros más allá.

Eryx muestra una sonrisa siniestra cuando me ofrece la mano para que yo pueda levantarme. Estoy atrapada entre el suelo y él, pero eso no me detiene. Lo agarro del brazo y lo tiro al suelo junto a mí. Uso su cuerpo para apoyarme mientras me levanto, pero me agarra los brazos y aterrizo encima de él.

—Juega sucio —me dice Eryx agarrándome las muñecas para que no pueda pegarle. Aunque no puedo verle la cara, sé que está sonriendo mientras habla—. Le habría ido muy bien en el ejército.

—¡Esto no es digno de un caballero! ¡Suélteme!

—Empezó usted. Yo solamente lo he acabado.

—No crea que va a acabar por encima de mí.

—¿Ah, no?

Hace que nuestros cuerpos giren y acabo atrapada bajo su silueta alargada y poderosa. El pelo despeinado le enmarca la cara.

—No lo decía en un sentido literal. ¡Apártese de mí!

—No hasta que se rinda.

—Jamás.

Intento apartarlo de mí, pero no lo consigo. Me tiene bien agarrada. Lo miro fijamente y veo que sus ojos despiden un ambarino resplandor lupino. Es curioso, ya que antes solo se lo había visto cuando estaba enojado.

Pero ahora no está enojado. Está juguetón. Bueno, juguetón... y algo más.

Tiene la cara muy cerca de la mía.

—Si espera que estas lecciones continúen, tiene que dejar de comportarse como un cretino —digo molesta porque estoy perdiendo la batalla.

Pero es como si Eryx no me oyera. Me está mirando a la cara con una expresión de lo más peculiar. ¿Está sorprendido? Es como si acabara de entender a quién tiene debajo, a quién está molestando.

Recorre mi rostro con la mirada, empezando por la barbilla y terminando en el nacimiento del pelo. Cuando sus ojos se posan en los míos, me dice:

—Si alguna vez vuelve a encontrarse en esta postura, duquesa, ataque a los ojos o a la garganta.

—Si alguna vez vuelve a hacerme algo así...

—No me refiero a mí. Usted y yo solo estamos jugando. Quiero decir que si alguna vez se topa con alguien que pretende hacerle daño, ataque a los ojos, la garganta o sus partes. Esas son las zonas más vulnerables de un hombre.

Ignoro cómo responderle. ¿Ahora imparte él las lecciones? No le voy a dar las gracias mientras siga encima a pesar de que le haya pedido que se aparte. Me retuerzo bajo su cuerpo tratando de liberarme, pero mis movimientos parecen despertarle algo.

Los ojos le arden, emiten un brillo tremendo. Y se ha quedado muy, pero que muy quieto.

Por un instante olvido quién es y quién soy. Percibo cosas que no había notado hasta entonces. Que huele como la tierra después de la tormenta. Las ondas naturales que se le forman en el pelo. El movimiento de su garganta. La forma en la que el brillo de sus ojos hace que sus facciones parezcan más afiladas, más masculinas. La curva de los músculos de sus brazos, tensos para mantenerse sobre mí.

Como un amante.

Esa última idea me saca del trance.

—Pero ¿qué hace? —le pregunto en voz baja, orgullosa de mí misma por mantener la voz firme.

Parpadea como si volviera en sí y se levanta. Ignoro la mano que me ofrece, me levanto sin ayuda y me aliso la falda. Pero la energía de la habitación ha cambiado. Eryx me sigue mirando como si acabara de verme por primera vez, y no puedo soportarlo.

Me marcho cerrando de un portazo la puerta de la sala. Me detengo cuando avanzo un par de metros porque oigo sus voces.

—¿Quieres hablar de lo que acaba de pasar? —pregunta Argus.

—Shhh, aún no se ha ido —gruñe Eryx.

Me alejo un paso y contengo el aliento.

—No ha sido nada. —Hace una pausa—. Simplemente me ha encontrado con la guardia baja, eso es todo.

—No sabíamos si quedarnos o salir de la habitación —dice Dyson.

—No ha sido para tanto —contesta Eryx con tono burlón.

—Si tú lo dices...

—Somos enemigos desde el principio. Nunca había tenido la oportunidad de verla como otra cosa.

—¿Y ahora qué? —pregunta Argus.

—Sigue siendo mi enemiga. Solo he perdido el control por un instante.

—¿Cómo que has «perdido el control»?

—Seguro que hasta tú eres capaz de admitir que es una de las mujeres más hermosas que has visto jamás.

—Que no te oiga decir eso —lo reprende Argus.

—¡Nunca! ¿Te imaginas lo insoportable que se pondría si se enterara? Ya es bastante inaguantable.

Dyson se ríe.

—Es por sus ojos —sigue Eryx—. Son hipnóticos.

—Imagino que eso no es lo único que te ha gustado cuando te has tirado encima de ella como si fueras un águila —dice Dyson.

—¡Vete al diablo!

Dyson se ríe.

Me alejo unos metros más antes de atreverme a volver a respirar. El corazón me late como si estuviera en peligro.

Y no es por Eryx, ni por la manera en que me agarró, ni por cómo nos rozamos, ni por cómo me miró al final del todo, ni por el hecho de que, al menos por un instante, pareciera que su único objetivo en la vida no fuera expulsarme de esta hacienda.

No, el peligro viene de mí.

Le devolví la mirada. Lo miré y vi a alguien que no querría que desapareciera de mi vida. Vi a alguien a quien deseaba, aunque fuera por una fracción de segundo.

Y eso es aterrador.

Evito a Eryx al día siguiente. Me niego a ir al comedor y hago que me traigan el desayuno a la habitación. Después me escondo entre los estantes de la biblioteca.

Tekla y Karla también están allí, con el plumero en la

mano, colocando libros y limpiando estantes. Karla estornuda por culpa de una mota de polvo y Tekla le aparta de la cara un mechón de pelo que se le ha soltado. Las chicas se sonrojan y se dan la espalda. Tekla se pone manos a la obra con otro estante, aunque estoy segura de que ya la había limpiado.

Cuando Kyros pasa por la biblioteca y empieza a buscar entre los libros, yo lo admiro a la distancia. Me lo imagino desnudo y en mi cama.

Sí, me hago a la idea perfectamente.

Tiene un hijo, así que está claro que sabe manejarse en la alcoba. Es amable y divertido, y adoro a su pequeño. Es muy fácil pasar el tiempo con Kyros. Tal vez estar con él en un sentido romántico podría ser igual de sencillo. Quizá podría llenar el hueco que Sandros dejó en mi vida.

Ese hueco que mi mente delirante, en un ataque de absoluta demencia, trató de llenar con Eryx.

Kyros me encuentra, tomándome desprevenida.

—Aquí está, alteza. El duque requiere su presencia en el estudio. —La expresión se me ensombrece ligeramente—. Aunque también podría decirle que me ha sido imposible encontrarla por más que la he buscado.

—No te preocupes —digo volviendo a sonreír—. Acudiré a su llamada. Al menos por esta vez. ¿Me acompañas?

Kyros parece sorprendido por la propuesta, pero me sigue a un paso de distancia en cuanto salgo de la biblioteca. Aminoro la marcha para que vayamos a la misma altura y nuestros cuerpos se muevan juntos y a la par. El lacayo se da cuenta, pero no intenta detenerme. Camina a mi altura y se me acerca tanto que podría rozarlo con solo extender levemente la mano.

—¿Cómo está tu familia? —le pregunto.

—Muy amable por preguntar, alteza. Mi madre se ha

recuperado de las fiebres y mi hermana acaba de aceptar una propuesta matrimonial de un comerciante de especias.

—Me alegro por ella. ¿Cuándo es la boda? Me gustaría enviarle un regalo.

—No es necesario, alteza.

—Pero quiero hacerlo.

—Entonces hágalo, por supuesto. Jamás se me ocurriría tratar de detenerla.

—Bien. Escríbemelo para que no se me olvide.

—Gracias, alteza.

Me muerdo los labios mientras subimos las escaleras. Me pregunto si seré capaz de decirle cuál creo que debería ser el siguiente paso en nuestra relación.

—Chrysantha —le digo, por fin.

—¿Perdón?

—Ese es mi nombre de pila. Me gustaría que me tutearas, por favor. Solo si quieres, claro. No es una orden.

Kyros detiene su andar y, aunque la inercia me empujaba a seguir nuestro camino, me detengo también y me giro para mirarlo. Tiene los ojos abiertos al máximo y no dice nada durante unos instantes.

—Chrysantha —me dice—. Me encanta cómo suena.

—Gracias, Kyros.

Seguimos caminando, pero ninguno de los dos dice nada más. Creo que, en el último par de días, ya nos hemos dicho demasiadas cosas capaces de cambiar nuestras vidas para siempre.

—No hace falta que me anuncies —digo, adelantándole cuando llegamos al estudio.

Argus y Dyson flanquean al duque como dos secuaces dispuestos a cumplir la voluntad de su malvado señor.

—Duquesa, ¿por qué no se sienta? —me pregunta Eryx señalando los mullidos sillones que están al otro lado de su escritorio. Pensé que lo encontraría de nuevo enterrado entre documentos, pero tiene las manos entrelazadas y apoyadas sobre la mesa como si no estuviera haciendo otra cosa que esperarme. Tiene puestos otra vez esos malditos anteojos. Esos que lo hacen parecer aún más atractivo.

—Me quedo de pie —le respondo, apoyando las manos sobre el respaldo del asiento por si acaso necesito un punto de apoyo. No sé el motivo, pero me siento tremendamente incómoda. Percibo que debería tomar alguna precaución y el sillón es la única barrera que tengo ahora mismo a mi alcance.

—Argus, Dyson, déjennos solos si no les importa.

—¿Está seguro? —pregunta Argus enarcando las cejas.

—Bastante seguro, sí.

—Estamos afuera por si nos necesita.

Dyson me guiña un ojo cuando pasa a mi lado. Oigo que la puerta se cierra tras esos dos hombres cuando salen de la habitación.

Esto no me da buena espina. Es como si estuvieran custodiando la puerta por si acaso quiero salir huyendo. ¿Por qué se me ha vuelto a acelerar el corazón? Se trata solo de Eryx. El niñito. El falso duque. Yo tengo las riendas de la situación. ¿Qué importa que haya dicho que soy la mujer más hermosa que ha visto nunca?

Eryx no dice nada durante un rato y soy incapaz de soportar ese silencio.

—¿Y bien? —le pregunto.

—Quiero disculparme por lo de ayer. Pensé que estábamos jugando, pero está claro que me pasé de la raya. Si me dice qué hice mal, prometo que no volverá a suceder.

—¿Y ahora qué quiere de mí? —le pregunto con los ojos en blanco.

—¿Perdón?

—Intenta ser cortés, así que imagino que quiere algo.

—Nada. Solo quiero saber qué hice mal ayer, para que así nuestras lecciones puedan continuar sin ningún tipo de tensión. Lleva todo el día esquivándome, así que doy por hecho que la ofensa fue grave.

Me mira con esos intensos ojos ambarinos y trato de encontrar una respuesta. Cualquier cosa mejor que «Me quedé embelesada con su físico y lo estoy evitando para que no vuelva a pasarme».

—Los caballeros no tocan a las damas sin que estas les den permiso —consigo decir por fin. A menos, claro, que estén casados. Si lo están, pueden hacer lo que les plazca siempre que cumplan con la ley. Me pregunto si Alessandra estará planeando cambiar también esa ley.

—¿Es solo porque la toqué?

—Se pasó de la raya. El revolcón por el suelo fue absolutamente inapropiado. —Pero absolutamente. Estamos en este agravio por su culpa.

—Recordará que fue usted la que me tiró al suelo.

—Pero fue usted el que se aprovechó de aquello. No importa lo «hipnóticos» que le parezcan mis ojos, considero que tendría que comportarse como un caballero.

—Soy un caballero, aunque haya perdido la práctica —me dice con la mandíbula tensa—. Le aseguro que no quería molestarla, duquesa. Lo que sucedió ayer no volverá a pasar. Siento mucho haberla hecho sentir incómoda.

—Me perdonará si no me creo del todo sus palabras. Nunca he conocido a un hombre honesto y me sorprendería que lo fuera un maestro de la estafa. —Pero ¿qué hago discutiendo con él? ¡Acepta las disculpas y sigue con tu vida!

Suspira, pero, por una vez, mantiene un tono de voz calmado.

—Piense lo que quiera de mí, pero le aseguro que no soy como mi abuelo. Me consta el tipo de hombre que era. —Se detiene un instante antes de continuar—. ¿Le hizo daño, duquesa? ¿Fue lo que ayer la asustó? ¿Él le...?

—Dejemos algo claro, Eryx —digo con la intención de que se calle inmediatamente—. No somos amigos. No vamos a tener esta conversación. Está intentando echarme de mi casa. Está tratando de apropiarse de todo aquello que solo debería ser mío. Los hechos privados que acontecieron durante mi matrimonio no son de su incumbencia, así que no me haga ese tipo de preguntas.

—Dice que no somos amigos, pero me ha llamado por mi nombre de pila —responde con la voz aterciopelada.

—No lo reconozco como duque —le contesto a punto de explotar—, así que no me voy a dirigir a usted ni con ese ni con ningún otro título. No le llamaré Pholios, porque así se llamaba el hombre que... —Me interrumpo a mí misma para no seguir por ahí—. Supongo que debería llamarlo por su apellido, pero me resulta extraño porque es también el mío. Tal vez debería prescindir de nombre alguno y dirigirme a usted mediante el apelativo que le dedico en mis pensamientos.

Sonríe como si encontrara divertida mi última ocurrencia.

—Pues si vas a llamarme Eryx creo que lo justo es que yo te llame Chrysantha.

¿Justo? ¿Cómo que justo? Los hombres son incapaces de entender el significado de esa palabra en un mundo que les favorece en todos los aspectos de la vida.

—No vas a llamarme de ninguna forma excepto para algo que se contemple en nuestro acuerdo.

Eryx cierra los ojos y vuelve a abrirlos lentamente.

—Muy bien. Te aseguro que no volveré a tocarte a menos que me des permiso.

—Descuida, no te lo daré.

—¿Ah, no? Entonces ¿cómo vas a enseñarme a bailar?

Me duelen los dientes de tanto como los he apretado durante los últimos minutos.

—No vuelvas a llamarme hasta la lección de esta noche.

—Entendido, duquesa.

Capítulo 11

Soy capaz de enfrentarme a un hombre iracundo. Puedo yo sola con un antagonista libidinoso.

Pero no estoy preparada para lo que sea que Eryx pretenda con su conducta. ¿Se está disculpando? ¿Trata de comprenderme? ¿Quiere conectar conmigo y mostrarme empatía?

Nada de eso me interesa. No voy a permitirle a Eryx que se humanice ante mí. No voy a caer en el truco de la falsa modestia y de la autoconsciencia artificiosa. Los hombres son tan capaces como yo de esconderse tras una apariencia. No me interesa descubrir lo que Eryx quiere de mí en esta ocasión.

Por la noche, el ambiente de la mesa está tenso, pero yo lo prefiero así. No pienso bajar la guardia con este hombre, no le voy a permitir hacerme más daño.

—Las cucharas no están hechas ni para sorberlas ni para metérselas enteras a la boca —digo en cuanto Eryx prueba el primer plato.

Examina el cubierto que sostiene entre los dedos.

—Muy bien. De eso creo que sí me acuerdo. En el ejército a menudo teníamos que comer lo más rápido posible. Me he acostumbrado a meterme la comida en la boca como si tuviera prisa por acabar. —Se corrige en la siguiente cucharada y la levanta hasta sus labios antes de hacer que el contenido pase del cubierto a la boca. Cuando traga, me dice—: Mi madre me enseñó todo esto, pero perdí los buenos modales mientras me preocupaba por mantenerme con vida. Y había cosas que no pudo enseñarme. Nunca tuvimos acceso, por ejemplo, a una elegante cubertería de plata, de ahí que no sepa usarla.

—Las cuberterías de plata —bromea Dyson— no eran un lujo del que disfrutáramos en los barrios bajos.

Pero ¿qué hace Eryx contándome cosas sobre su vida y su madre? Tiene que detenerse ahora mismo. No quiero que nos tengamos confianza. Solo estoy aquí para cumplir con una misión.

—Esto, al menos, está más sabroso que ese caldillo que nos hacían tragar en el ejército —dice Eryx mirando su sopa de apio.

—El general Kaiser y los nobles se daban unos festines enormes, con sus cinco platos de carne y cereales, mientras que a nosotros nos servían guisados mohosos —gruñe Argus.

Voy explicando, plato a plato, cómo proceder con cada alimento y cómo usar cada utensilio. Cuando la cena termina, estoy harta de verle la boca a Eryx. Tiene un trocito de apio cerca del mentón, y no le he dicho ni pío. En ocasiones miro el trocito de apio fijamente. Me produce cierto regocijo ser consciente de que él no sabe que lo tiene ahí.

Una lástima que por fin se lo quite al limpiarse la boca por quinta vez tras haber probado el cerdo a la brasa.

—Esos bocados son demasiado grandes —aseguro. Al siguiente mordisco, abre la boca un poquito menos—. Me refería, por supuesto, al tamaño de los trozos que te metes en la boca, no a cuánto abres la quijada —le digo impasible.

—Lo sé —dice sonriendo—. A veces me resulta divertidísimo incitarte un poco. No hace falta que estemos siempre tan serios.

—Si quisiera una buena incitada, me buscaría un marido.

Eryx se atraganta con mi respuesta. Se pasa un par de minutos tosiendo, mientras que Argus y Dyson se mueren de risa en la esquina.

—Duquesa, ¿acabas de hacer un comentario picante? —pregunta Eryx con las lágrimas resbalándole por las mejillas.

—Estaba siendo menos seria.

—No dejas de sorprenderme.

—Si dedicaras más tiempo a conocerme que a procurar deshacerte de mí, te acabaría cayendo bien.

Se hace el silencio. Puedo sentirlo, pesado, sobre mi piel, como si dijera: «No bajes la vista. Disfruta de la mirada que recibes».

No.

Yo lo decía de forma retórica. No quiero que me conozca. ¡Es que detesto que me deteste!

O, al menos, así era al principio, cuando me detestaba. Ahora mis ojos son «hipnóticos» y comparte conmigo anécdotas de su infancia y de su paso por el ejército. Y yo percibo matices como la forma de su boca o su aroma divino.

Maldita sea.

Nunca pensé que estas lecciones pudieran cambiar las cosas. No pensé que, para romper los silencios, querría contarme anécdotas o hacerme bromas.

Tiene que detenerse. Necesito que sea glacial, distante y odioso. Se acabó el compartir cosas y el actuar como si me importara. Tenemos que seguir siendo inaccesibles el uno para el otro y mantener en todo momento la distancia, como cuando nos sentamos en extremos opuestos de esta mesa.

Como de costumbre, intento seguir a Eryx después de la cena. Espero cinco respiraciones desde el momento en que desaparece por las puertas. Es menos tiempo del que suelo darle antes de empezar la persecución.

Mi calzado no hace ningún ruido en el suelo alfombrado, una ventaja que no había tenido en cuenta cuando elegí aquel suave tejido.

En cuanto salgo del comedor, la silueta de Eryx desaparece detrás de una esquina. Me acerco de puntitas hasta el final del pasillo y echo un vistazo desde allí.

Ha desaparecido.

Doy por hecho que ha subido por las escaleras más rápido de lo previsto, así que corro hacia allí. Subo el primer tramo y me detengo para tratar de oír algo.

Nada.

Absolutamente nada.

Sospecho que sabe que estoy intentando descubrir dónde duerme. Pone demasiado cuidado en asegurarse de que no lo pueda seguir hasta dondequiera que pase la noche. Deambulo sin rumbo por los corredores con la esperanza de encontrar algún rastro suyo, pero me temo que es inútil. Me conoce y eso me resulta desesperante.

Acabo echando un vistazo a los estantes de la biblioteca. Decido elegir alguna obra que me haga dejar de pensar en el hombre insoportable que vive en mi mansión.

La imagen de sus ojos ambarinos invade mi cabeza constantemente y decido centrarme en la sección de ensayo tras descartar la de ficción. La Historia nunca me ha interesado. ¿Por qué habría de hacerlo? Siempre trata sobre hombres robándose los reinos o matándose entre sí. Sobre hombres logrando grandes hazañas. Sobre hombres viviendo fascinantes aventuras. Estoy harta de que los hombres siempre sean los protagonistas. De la Historia de las mujeres apenas se habla, y por eso casi siempre me refugio en la ficción, donde por fin hemos conquistado el lugar que nos corresponde.

Aunque supongo que Alessandra tendrá un lugar preeminente en los libros de Historia de las próximas generaciones.

No sé por qué me molesto en revisar los títulos de la historia de Naxos, ni en hojear los volúmenes de la historia de los diferentes reinos que componen el mundo. ¿Qué espero encontrar exactamente? ¿La respuesta a la pregunta de por qué los ojos de Eryx refulgen en color ámbar cuando se enfurece? Aunque haya presenciado de primera mano algo así de antinatural, mi mente sigue tratando de encontrar una respuesta racional al asunto.

Quizá en otras partes del mundo haya gente con los ojos ambarinos. Solo he estado en Naxos. Mi conocimiento en este sentido es muy limitado.

Se me hace tarde mientras hojeo páginas y más páginas, índices y más índices, sin ningún resultado. Me acuesto en un sofá con un libro entre las manos y apoyo la cabeza contra mi antebrazo. Los ojos se me empiezan a cerrar, y estoy demasiado cómoda como para impedirlo.

Sé que estoy soñando porque emerjo en un paisaje imposible. El suelo está hecho de nubes. Las velas flotan sobre mi cabeza sin que nada las sujete. Oigo el relajante sonido del agua corriente, pero no hay ningún manantial cerca. De hecho, el único objeto que veo es una cama. No es una cama exactamente, sino un colchón apoyado en el suelo cubierto con sábanas y mantas que suben y bajan, acompasadas con la profunda respiración de quienquiera que esté durmiendo ahí.

Al ser un sueño, no experimento miedo, solo curiosidad. Me acerco a la cama hasta que por fin veo la cabeza que descansa sobre la almohada.

Es Eryx y, a la vez, no es Eryx.

Mientras duerme, su pelo alborotado está aún más revuelto que de costumbre. Su piel parece más oscura de lo habitual en contraste con el edredón blanco que lo cubre. En este estado, con las pestañas sorprendentemente largas posadas sobre sus mejillas, parece más un niño que un hombre.

Y entonces le veo los cuernos.

Son dos. Le salen de la parte superior de la frente y giran en ángulo hacia la parte de atrás de su cabeza. Miden unos diez centímetros y acaban en punta. Las raíces son negras y van cambiando de color progresivamente hasta las puntas, que son color púrpura. No me recuerdan a los de ningún animal que yo haya visto, así que no tengo ni idea de dónde se los ha sacado mi imaginación.

Como este es mi sueño y puedo hacer lo que quiera, me acerco a la silueta dormida, me arrodillo en el suelo, le acaricio el pelo con los dedos y le masajeo el cuero cabelludo. Ese gesto hace que se le mueva un mechón de pelo, que deja al descubierto una oreja sorprendentemente picuda. La mano se me enreda en un remolino de pelo y la criatura abre de golpe sus lupinos ojos de ámbar. Cuando me ve, Eryx se aleja rodando y está a punto de caerse sobre el suelo de nubes.

En ese mismo instante, aquel cúmulo blanco y esponjoso se transforma en la oscuridad más negra, oigo el sonido del trueno y veo bajo mis pies el resplandor del relámpago. Las velas flotantes se apagan por culpa de una brisa repentina que no siento en la piel, pero sigo viendo a Eryx sin ningún problema.

—¿Acaso nunca has visto un peine? —le pregunto, impertérrita ante la inesperada transformación del paisaje—. No puedo creer lo caótico que es el trapeador que te cubre la cabeza.

Eryx se sienta y las mantas le resbalan por el torso descubriendo un pecho que, desde luego, no tiene nada de infantil.

—Pero... ¿qué haces aquí? —pregunta mirando a su alrededor, como si no pudiera creer dónde estamos. Cuando abre la boca para hablar, noto que sus colmillos son más largos de lo normal.

—¿Yo? ¡Este es mi sueño! El intruso eres tú. ¿Ni durmiendo me puedo librar de ti? Eres incapaz de dejarme tranquila, ¿verdad?

Me siento en la cama, en el hueco tibio que su cuerpo ha dejado, y después me acuesto sobre el espacio libre. Las sábanas son suaves, pero el colchón es demasiado duro para mi gusto. Cierro los ojos esperando caer en un sueño más profundo, en el que no haya compañía ni visiones. Me caería muy bien un respiro de todo.

Eryx me quita el edredón de encima y se empeña en envolverse con él y recostarse al otro lado de la cama.

—Pero ¿qué haces? —me pregunta.

—Intento hacer que desaparezcas. Devuélveme eso.

—Esta cama es mía, así que debes irte. Vete ahora mismo de este lugar.

Pongo los ojos en blanco, me giro hacia él y apoyo la cabeza sobre mi mano. Se me abre un poco el escote, pero no hago nada porque, en fin, esto es solo un sueño. ¿Qué más da?

Eryx baja la mirada antes de rectificar y volver a subirla.

Levanto una ceja.

—¿Podrías no quedarte en esa postura? —me pregunta, volviendo a bajar los ojos como si no pudiera evitarlo. Al final decide, simplemente, cerrarlos.

—¿Qué llevas puesto? —le suelto, ignorando por completo lo que me ha pedido. ¿Por qué se habrá envuelto en el edredón tan apresuradamente?

—Solo la ropa interior —me contesta.

No puedo evitar sonreír. Estiro la mano hacia la orilla de la manta.

—Ni se te ocurra —me advierte.

—Este es mi sueño. Quita la manta.

—No.

—¿Qué intentas esconderme?

—¡Nada!

Jalo tan fuerte como puedo, pero ni en mis sueños puedo ser tan fuerte como él. Ni hablar. Me coloco la almohada bajo la cabeza y me acurruco en el colchón.

—En serio, no deberías estar aquí —me previene.

—¿Y dónde es «aquí»? —pregunto observando las nubes de tormenta—. ¿Este es uno de los cielos sagrados?

—Por supuesto que no.

—Cierto: no puede serlo si tú estás aquí. ¿En qué estaba pensando? ¿Y por qué no me cuentas qué ha creado mi cerebro?

—¿Tu cerebro?

—Sí, este es mi sueño. Presta atención, Eryx. Ni en sueños puedo evocar una versión más inteligente de ti.

Su apariencia es más peligrosa que nunca: los ojos y los dientes le resplandecen. Pero ni siquiera así le tengo miedo.

Mi subconsciente lo ha transformado en un monstruo. Un monstruo increíblemente atractivo, pero un monstruo al fin y al cabo

—¿Qué escondes bajo la manta? —le vuelvo a preguntar—. ¿Acaso te ha crecido una tercera pierna?

—No.

—¿Tienes los pies palmeados?

—No.

—¿Tienes cola?

Tarda un instante más de lo necesario en responder.

—No.

—¡Vaya que tienes cola! ¡Déjame verla!

—¡No! Chrysantha, ¡vete de aquí!

—Creía que ya te había dejado claro que no puedo irme de mi propio sueño, así que deja de comportarte como un aguafiestas y enséñame la cola.

Agarra su almohada y me la avienta a la cara. Tras aquella inesperada sacudida, agarro su almohada y la pongo sobre la mía.

—¿Por qué siempre estás de mal humor? —le pregunto.

Trata de acariciarse el pelo, pero se tropieza con el mismo remolino que le descubrí antes. Me habla en un tono más profundo.

—Pero ¿qué pasa contigo? ¿Por qué no me tienes miedo? Estás acostada a mi lado, eres presa fácil. Estás del todo expuesta. ¿No sabes que podría arrancarte la garganta?

—¿Ah, sí? Quizá eso me despertaría de este sueño horrible.

—Nunca te tomas nada en serio.

—Es que siempre he tenido que guardarme las bromas.

—¿Qué?

Como estoy en un sueño, me parece interesante ver qué pasa si digo la verdad.

—Siempre he tenido que guardarme todo. Las bromas, la ira, mi propio carácter..., a mí misma. Tenía que hacerlo si quería encontrar marido.

—No entiendo.

—Desde muy pequeña aprendí que los hombres prefieren a las mujeres que pueden controlar. Así que llevo toda la vida fingiendo que soy idiota para que la gente se relaje en mi presencia. Cuando padre confabulaba para encontrarme el marido perfecto, yo sabía todos sus planes y era capaz de modificarlos a mi antojo. Como sabes, no quería cazar a cualquier marido. Quería uno que fuera rico y al que no le quedara mucho tiempo entre nosotros. Pholios encajaba en el puesto. Sabía que moriría pronto y que yo podría heredarlo todo. Solo debía lograr que mi padre pensara que había sido idea suya. Llevaba ya tiempo tratando de emparejarme con alguno de sus amigos ricos. Orrin, lord Eliades, fue uno de los primeros con los que me intentó casar. Pero Orrin era joven y estaba sano; yo no quería que fuera con él porque me pasaría décadas atada a ese hombre. Sin embargo, yo tenía presente a Pholios y solo necesitaba que mi padre lo concibiera como una buena opción.

»¿Acaso crees que mi padre habría hablado de negocios en mi presencia si pensara que yo prestaba tanta atención? ¿Crees que me habría dejado sola en su estudio cuando él tenía que irse a resolver algún asunto? Robé sus sellos y le escribí a Pholios cartas en nombre de mi padre. Le pedía que viniera a nuestra casa y se presentara como era debido, ya que tenía una hija en edad casadera.

»Padre no sospechaba nada. Incluso cuando Pholios, de repente, empezaba a hablarnos como si ya hubiera tenido conversaciones previas con mi padre, él le seguía la corriente. Ni se le pasaba por la cabeza que detrás de todo aquello pudiera haber algo más.

»Lo planeé todo: desde nuestro primer encuentro hasta el cortejo y nuestra futura boda. Moví los hilos paso a paso. Padre y Pholios nunca se enteraron de nada.

»Entonces, Pholios murió y por fin, por primera vez en mi vida, fui libre para ser yo misma. Me pasé unos meses disfrutando de mis sirvientes y mis amantes. —Me giro hacia Eryx—. Y entonces apareciste tú. Me comporté como una persona atrevida e inteligente en tu presencia porque ignoraba quién eras... hasta que fue demasiado tarde. Tú ya sabías cómo era yo en realidad, por lo que ya no podía valerme de mi anterior manera de lidiar con la gente.

—¿Te refieres a cuando me dijiste que no eras capaz de

encontrar un amante que te hiciera gozar sin que interviniera el incentivo del dinero?

No termino de entender con qué intención pregunta eso, pero no me gusta nada lo patética que me hace parecer esa pregunta.

—No estoy buscando un idilio. Solo estoy interesada en los amantes. Presta atención, estaba hablando de mi pasado. Te estás concentrando en lo que no es.

Eryx parpadea aproximadamente cinco veces antes de que las palabras le salgan de su denso cerebro.

—Entonces ¿tenías a tu familia convencida de que eras tontita?

—No solo a mi familia, a todo el mundo. A toda la corte. A todos mis conocidos. Llevaba actuando así los últimos siete años.

—Demasiado tiempo fingiendo que eres otra.

—Habría valido la pena si no hubieras aparecido tú. Me habría pasado la vida siendo feliz.

—Solo alguien como tú podría decir que no es feliz —dice Eryx con una mueca—: Vives rodeada de lujos. Siempre tienes zapatos que ponerte, comida en el plato y un techo sobre tu cabeza. Quieres darme pena porque ya no puedes pagar a un hombre para que te chupe el c...

—¡Ni te atrevas a terminar esa frase horrible! ¡No es cuestión de dinero! La libertad es lo que siempre había querido, pero tú no dejas de intentar convencerme de que me case de nuevo... y eso volvería a hacerme sentir encadenada. Y, aun así, estoy en deuda contigo en muchos sentidos. Igual que me pasaba con tu abuelo.

—No estás en deuda conmigo como lo estabas con mi abuelo.

—Ah, ¿acaso debería estar contenta de pertenecerte a medias? No lo entiendes. Nadie lo entiende.

Muchas mujeres parecen contentas con sus vidas. Las intercambian por dinero. Las fuerzan a parir herederos. Viven vidas que no son del todo suyas. Ni siquiera lo ven como una carga. A algunas, de hecho, les gusta.

Yo no estoy conforme con vivir una vida que no es del todo mía.

Prefiero morir antes que vivir así.

—No eres la única que ha tenido una vida complicada —me dice—. No eres la única que ha tenido que vivir a expensas de los demás. No eres el centro del mundo.

—No, pero soy el centro de mi mundo... y es de mí de quien tengo que cuidar. Si no lo hago yo, nadie más lo hará.

Se calla un momento y me contesta.

—Pasa un día sin comer y después dime si eso no es peor que ser una dama.

—¿Crees que mereces apropiarte de lo que es mío solo porque creciste rodeado de carencias? Habría preferido pasar hambre a tener que lidiar con el hecho de que Pholios se pasara el día tocándome y tratando de arrastrarme a su cama. No lo entiendes y nunca lo podrás entender. Deja de comparar mi vida con la tuya. ¡Jamás entenderás lo que tiene que sufrir una mujer!

La última frase la digo a gritos y eso hace que me despierte.

Es de madrugada y sigo en la biblioteca. El libro que estaba leyendo reposa sobre mi pecho. Se cae al suelo cuando me levanto y me retiro a mi habitación.

Capítulo 12

Intento apartar de mi mente ese sueño absurdo, pero cuando miro al falso duque, incluso varios días después, me lo sigo imaginando con cuernos, orejas puntiagudas y colmillos.

—¿Qué? —me pregunta Eryx una noche mientras cenamos, después de que me haya pasado un buen rato mirándole la frente.

—Nada —le contesto, volviendo a concentrarme en la comida.

Eryx hace un gesto, probablemente haya intercambiado una mirada con sus guardaespaldas.

Afortunadamente, nunca me ha descubierto mirándole el trasero. Y eso que no dejo de imaginarme cómo sería su cola...

Cuando me choco con alguien en el pasillo, advierto que quizá estoy pensando en ese sueño más de la cuenta. Por fortuna, sujeto a mi ama de llaves antes de que se caiga al suelo.

—Señora Lagos, perdóneme, no miraba por dónde iba.

—No pasa nada —me dice. Se aplana la falda antes de colocarse bien el chal sobre los hombros. Le echo un vistazo a la prenda.

—¿Eso es cachemira? ¿Comprado en Michalis? —Se le

encienden las mejillas—. Señora Lagos, ¿tiene por ahí a algún admirador millonario del que nunca me ha hablado?

—No —me contesta sin mirarme a los ojos.

—No crea que se va a librar de mí tan fácilmente. Tengo que saber quién se lo ha regalado. ¡Creí que le gustaba conversar conmigo! —le digo haciendo un puchero.

—No es eso, alteza. Me temo que le provocaré cierta desazón si le cuento quién me lo ha regalado.

—No diga tonterías. Cualquiera que le regale algo así a una amiga mía es también mi... —Por fin sumo dos más dos—. ¿Ha sido el duque?

La señora Lagos mira al suelo como si estuviera avergonzada.

—Se sentía fatal por todo el estrés que me ha producido. Por prescindir de tantos empleados, por hacerme gestionar la hacienda con tan pocas manos... Solo quería que hiciéramos las paces.

—¿Está segura de que no la ha sobornado?

—Por supuesto que no, alteza. —Pero mientras lo dice no deja de acariciar su nuevo chal.

Me encamino hacia la entrada principal, ya que hoy había previsto dar un buen paseo. Damasus entra justo cuando estoy a punto de salir.

—Perdóneme, alteza —me dice. Al llevarse la mano al pecho, veo que tiene un broche en la solapa del saco.

—¿Es de plata? —le pregunto.

—No. —Hace una pausa—. Perdóneme, alteza. Era mentira. Sí es de plata.

—¿Te lo ha dado el duque? —Suena más a acusación que a pregunta.

Asiente en silencio.

—Eso me temía... —murmuro.

Así que voy en busca de Eryx.

Tardo cerca de un cuarto de hora, pero por fin lo encuentro en la biblioteca. Parece estar eligiendo su nueva lectura.

—¿Le estás regalando cosas a los empleados?

Se gira hacia mí con la mano en el revólver, pero afortunadamente no desenfunda. Me vuelve a dar la espalda.

—¿Y qué problema hay?

—Lo habrá cuando dejen su empleo porque tus regalos cuestan más que un año de su salario.

—No se irán. Les gustas demasiado.

—Sí, y me he ganado a pulso esa camaradería. Tú estás tratando de sobornar a la gente para caerles bien.

Vuelve a mirarme y se cruza de brazos. Se apoya contra un librero que tiene detrás.

—Primero te enojas porque me deshago de muchos empleados. Y ahora que les muestro cuánto aprecio sus esfuerzos, ¿también te enojas? ¿Te preocupa que los quiera poner en tu contra?

—No.

—Y entonces ¿por qué te ofendes? —Hace una mueca cargada de altivez—. ¿Es porque a ti no te he regalado nada?

—Por supuesto que no —respondo con los dientes apretados.

Sus ojos se inundan con un destello de ámbar y se gira para darme la espalda.

—Entonces ¿qué he hecho mal, duquesa?

—Todo. Siempre lo haces todo mal.

Y como no voy a dejar que quede por encima de mí, envío a Kyros a la ciudad con instrucciones específicas sobre los regalos que quiero comprarle a cada miembro del personal. No me importa si cuestan un mes entero de mi estipendio. Eryx no va a ganarme en esto.

Esa noche, cuando voy a mis estancias para dormir, me encuentro un paquetito en el suelo, delante de la puerta. Por alguna razón, el corazón se me acelera y aumenta mi temperatura corporal.

Miro alrededor para asegurarme de que no hay testigos y, entonces, me inclino para agarrarlo. Me encierro en mi habitación y me dispongo a examinar el regalo.

¿Qué me habrá comprado? ¿Unos aretes? ¿Un collar?

Le dije que no quería que me regalara nada. Fui muy clara al respecto.

Pero no tendría nada de malo abrir esa cajita. Solo para ver lo que hay dentro. ¿Habrá prestado atención al tipo de joyas que me gustan? ¿Habrá pensado qué regalarme o será cualquier cosa al azar que haya encontrado en la ciudad?

El cierre de la cajita se abre con solo rozarlo. Desenvuelvo el papel de seda y tan solo encuentro una nota breve colocada contra el terciopelo.

Parece que sí querías que te regalara algo.

Lanzo la caja al otro lado de la habitación.

—¡No! —digo a viva voz, como si él estuviera aquí para discutir conmigo. No quería hacerlo. De verdad que no. Solo estaba echando un vistazo.

Cuando me recompongo, devuelvo la nota al interior de la caja y la dejo exactamente donde la encontré. Como si nunca la hubiera abierto.

A la mañana siguiente, ha desaparecido.

—Ha desaparecido un segundo noble —me dice Karla antes de la reunión de nuestro club de lectura—. No ha sido fácil encontrar un ejemplar del periódico de esta mañana. Parece ser que se ha retirado de la venta. Creemos que ha sido cosa del rey.

—No puede permitir que la aristocracia entre en pánico justo cuando quiere que todos estén enfocados en sus inminentes nupcias —afirma Tekla.

—Oh, va a ser la boda del siglo —dice Karla, casi a punto de desmayarse.

—¿Qué noble ha desaparecido? —les pregunto.

—Ah, sí. Se trata de lord Kazan.

Otro vizconde que sirvió en el ejército. Hum.

—Si el rey retira los periódicos, es probable que no nos enteremos de la próxima desaparición.

—Supongo —contesta Tekla.

—Pero yo no me preocuparía, alteza —añade Karla—. Solo están desapareciendo hombres.

—No me preocupo —aseguro. Solo me inquieta lo que esto supone, así como el motivo por el que Eryx camina por la casa como si estuviera esperando una inminente invasión. ¿Sospecha que será el siguiente? ¿O lo que le preocupa es la persona que lo chantajea? ¿Y si el secuestrador y el chantajista son la misma persona?

Lo único que tengo claro es que, sea lo que sea lo que está pasando, Eryx tiene algo que ver.

Se termina el plazo para que Eryx pague a quien lo está chantajeando, pero ni él ni sus secuaces salen nunca de la mansión. Lo sé a ciencia cierta porque los sigo como un perrito faldero. Por desgracia, no soy tan sigilosa como pensaba.

Giro una esquina y me topo de frente con Eryx, que claramente me estaba esperando.

—¿Qué demonios haces, duquesa?

Me froto la nariz, que es la parte de mi cuerpo que ha chocado contra el recio pecho de Eryx. No me resulta complicado hacerme la inocente.

—Te estoy observando, obviamente.

—¿Con qué finalidad? —pregunta entrecerrando los ojos.

—No quiero que quedes en evidencia en la boda de mi hermana. Tengo que asegurarme de que estás practicando lo que aprendes en nuestras lecciones.

—No puedes esperar que actúe de la misma manera en privado que cuando estoy en un acto público —dice poniendo los ojos en blanco.

—¿Qué mejor manera de practicar que incorporando esos buenos hábitos a tu día a día en casa?

—No voy a cambiar todos los aspectos de mi vida solo para que estés más cómoda cuando se nos vea en público. Ahora. Vete. A. Freír. Espárragos.

—Usar esas expresiones delante de una dama no es...

Abre mucho las fosas nasales y algo cambia en su rostro. Antes de averiguar qué es, Eryx se acerca un paso más hacia mí, casi hasta pisarme, y yo me aparto de un salto.

—¿Está todo bien? —pregunta Argus, que acaba de aparecer mágicamente detrás de Eryx. El hombre pone la mano con firmeza sobre el hombro del falso duque—. ¿Eryx?

—Todo bien. Sí —contesta parpadeando—. Solo te pido que... la alejes de mí.

Dyson se materializa detrás de Argus. Los dos hombres se cuelan en el espacio que nos separa a Eryx y a mí. Yo los esquivo.

—Pero ¿qué es lo que te pasa? Has hecho algo muy raro con la cara durante un instante.

—Me estoy contagiando de algo. No creo que quieras que se te pegue también, así que mantente alejada de mí. La cabeza me va a explotar y ando escaso de paciencia.

—Siempre andas escaso de paciencia.

—Duquesa, ¡déjame ya en paz, por Dios!

Desaparece antes de que yo pueda añadir nada más y sus guardaespaldas me bloquean el paso cuando intento seguirlo.

—Déjelo en paz, alteza —dice Dyson.

—¡Yo no recibo órdenes de ti! —contesto dirigiendo mi ira hacia él.

—No era una orden, solo un consejo. Pero le sugiero que lo tome en serio por esta vez. Le prometo que, de lo contrario, no le gustarán las consecuencias.

¡Consecuencias! Ellos son quienes tendrán que enfrentarse a las consecuencias de ayudar a Eryx en su estafa. Me giro y me marcho.

No tengo un destino en mente, pero los dos hombres echan a andar detrás de mí.

—¡No voy a seguir a su alteza! —Hoy, al menos—. ¡No hace falta que me escolten!

Argus emite un ruido que no sé si es un gruñido o una burla. Es difícil concretarlo.

—¡Estupendo! ¡Ahora tengo un par de guardaespaldas!

Por el rabillo del ojo veo que el hombre hace una mueca.

—Ha entendido todo mal, alteza.

—¿No creerán que soy tan tonta como para pensar que son asistentes personales, verdad?

—No creemos que usted tenga ni un pelo de tonta —dice Dyson—. De hecho, es más lista de lo que le conviene, aunque a veces se obceque.

—¿Disculpa?

—Estábamos en el ejército con Eryx. Pertenecíamos al mismo regimiento. Él nos salvó la vida a ambos.

Argus se detiene en seco en mitad del pasillo, se agacha y se arremanga el pantalón. Estoy a punto de detenerlo para que no me enseñe su pierna desnuda, pero me muero por obtener alguna respuesta... así que aguardo hasta que se sube el pantalón hasta la rodilla.

—Estas son heridas de bala. Los guerreros de Pegai lucharon a muerte hasta el final. Nos hicieron salir corriendo y, al estar yo herido, me resultaba imposible seguir el ritmo... Pero eso no fue impedimento para un hombre como Eryx. Me cargó sobre los hombros y los enfrentó. Luchó contra esos bastardos mientras cargaba con todo mi peso. Él es la razón de que yo siga vivo.

Miro a Argus de arriba abajo y sopeso su considerable musculatura.

—¿Ya eras así de musculoso al conquistar Pegai?

—Eryx es más fuerte de lo que parece —me contesta entre risas— y, cuando está decidido a conseguir algo, ni mi propio peso le supone un impedimento.

¿Cómo es eso posible? Argus lo dobla en tamaño. Pero... ¿qué razón tendría para contarme una mentira así?

Dyson agarra el dobladillo de su camisa y se levanta la parte derecha hasta las costillas, donde aparece una línea larga de piel cicatrizada.

—Me abrieron en dos como a un pescado. Eryx alcanzó a ese bastardo antes de que terminara su tarea, y entonces me ayudó a ponerme a salvo. Yo seguía con el cuchillo clavado en la carne y él estaba casi tan mal como yo. Pero eso no lo detuvo en absoluto. Cuanto más herido está, más temible es.

—Así que ahora están con él porque le deben la vida... —les digo mirándolos.

—Sí, pero esa es una deuda que nunca podríamos pagarle a un hombre como Eryx —dice Argus.

—Y entonces ¿por qué están aquí si no es para protegerlo? —¿Son solo unos amigos suyos que han venido a sacar tajada de su estafa de hacerse pasar por duque?

Argus y Dyson se miran, y el primero dice con cautela:

—¿Se le ha pasado alguna vez por la cabeza que no estemos aquí por la protección de Eryx sino por la suya, alteza?

Me dejan sola en el pasillo con cara de tonta y me olvido de todo lo demás.

Me paso toda la noche analizando las palabras de Argus y veo a Eryx desde una nueva perspectiva.

¿Qué tipo de horrores presenció este hombre en la guerra? Al acordarme del chantaje también pienso en los horrores que él habrá cometido. Sé que los soldados pueden acabar traumatizados, que algunos son propensos a sufrir episodios de terrores nocturnos y cosas así. Quizá Eryx está sufriendo de maneras que no soy capaz de comprender. Tal vez, incluso, si lo presiono del modo erróneo, pueda despertar un temperamento que haya quedado sepultado por el trauma. Y si a todo esto añadimos la anomalía en sus ojos, ¿qué será lo que realmente le está pasando?

Si el problema es tan grave, ¿sería prudente dejar que se muestre en sociedad? ¿Y cómo accede a quedarse a solas conmigo a sabiendas de que le puede sobrevenir algún tipo de episodio violento?

¿Será este el motivo real de que despidiera a buena parte de los empleados y a los obreros? Quizá, cuanta menos gente haya, a menos personas podrá atacar violentamente.

Este asunto me enoja muchísimo.

No solo me está quitando todo lo que tengo, también me está poniendo en peligro con su mera presencia.

Mi ira y mi determinación siempre han sido mucho más fuertes que mis miedos. Para evitar atacarlo física o verbalmente, me alejo del camino de Eryx salvo cuando es absolutamente necesaria mi intervención. Continuamos con nuestras lecciones, siempre en presencia de Argus y Dyson. No presiono a Eryx más de lo indispensable, ya que tengo muy fresca la advertencia de Argus. Eryx, por primera vez, parece no querer convertir todo en una broma.

Ya sabe sentarse y comer sin dar vergüenza ajena. En un par de ocasiones, incluso, logra contenerse antes de lanzar algún improperio, aunque lo habitual es que ni siquiera repare en lo que suelta por la boca.

Tratamos los temas de conversación que son apropiados tanto en presencia de caballeros como en presencia de damas.

—Pero ¿cómo vas a saber lo que es apropiado decir cuando no hay damas delante?

—¿Cuándo vas a darte cuenta de que yo lo sé todo?

Cuando no estamos enfrascados en nuestras lecciones, trato de seguir indagando... pero no descubro nada nuevo en relación con dónde duerme o a por qué está siendo chantajeado.

Afortunadamente, no vuelvo a soñar con él. Ya es bastante horrible tener que lidiar con Eryx durante el día como para tener que hacerlo también durante la noche.

Conforme se acerca la fecha de la boda de mi hermana, más tiempo paso eligiendo los atuendos perfectos para Eryx y para mí. Aunque nos traen su nueva ropa, él no la toca. Está demasiado a gusto con sus prendas de trabajo y su chamarra de piel.

Todo avanza muy despacio. No tengo ni idea de lo que le diré a Kallias o a Alessandra cuando los vea, sobre todo en relación con el tema del falso duque. Lo único que puedo hacer es esperar mi momento. Mantener la cabeza gacha.

Y entonces llega el día que estaba esperando, o más bien la noche. Y no me refiero a la boda, sino a algo mucho mucho mejor.

Ilias Tomaras vuelve a la mansión.

Kyros me acompaña a la biblioteca y le pido que espere en la puerta por si lo necesito. Acepta su misión sin cuestionarla.

Ilias Tomaras tiene el mismo aspecto de la última vez. Va vestido de forma impecable a pesar de ser tarde. El hombre no exhibe ninguna muestra de cansancio.

—Señor Tomaras, me alegra mucho que haya venido. Gracias, de nuevo, por su discreción.

—Por supuesto, alteza. Tengo algunas cosas que contarle, aunque no tantas como me gustaría.

—Por favor, comience.

—Empecé por su madre, Ophira Demos, la hija de Pholios. Nació aquí, en la hacienda, y vivió aquí hasta los dieciocho años.

—Así que en efecto tuvo una hija... —¿Por qué nadie había oído hablar de ella?

—Sí, solo una. Pero su padre la desheredó y la desterró.

—¿Que la desheredó? ¿Y eso por qué?

—He acudido a los clubes para introducirme en los círculos de los antiguos amigos de Pholios. Nadie parece tener del todo claro qué pasó exactamente. Lo que sí he averiguado es que Ophira tuvo una aventura con el difunto Rey de las Sombras.

Me va a explotar la cabeza: ¿es Eryx el hijo bastardo del difunto Rey de las Sombras?

Cierro los ojos y veo su mirada ambarina. ¿Se debe a ese motivo? Pero, hasta donde yo sé, todos en la dinastía de los Maheras poseen la misma sombra mágica. No hay variaciones. Yo, en mi estancia en palacio, nunca vi que los ojos de Kallias refulgieran en ámbar... pero también es verdad que nunca lo vi enojado.

Todo eso me pasa por la mente en un segundo, justo antes de que Tomaras enuncie su siguiente frase.

—Pero, al parecer, ella se quedó embarazada un tiempo después de que el idilio terminara.

—Entonces su padre es otro, ¿no?

—Sin duda. Y si tenemos en cuenta que el difunto duque no se opuso a que su hija tuviera una aventura con el rey, cabe asumir que su nuevo amante no era de su posición. Debió de ser alguien que su padre consideraba muy por debajo de ella. Fuera quien fuera, no se casó con Ophira cuando esta se quedó embarazada, por lo que podemos dar por hecho que no podía costearse una esposa o que no estaba interesado en casarse. Creo que el embarazo es la causa de su ostracismo.

Este asunto es terriblemente triste. Qué destino tan horrible para una mujer.

—¿Y adónde fue?

—Eso es lo que más tiempo me ha llevado averiguar, pero al final la localicé en Dimyros, una ciudad remota de Estetia.

—Nunca había oído de ella.

—Ni yo tampoco. Investigué un poco. Es una ciudad pequeñita y su mayor orgullo son sus rebaños de ovejas.

—¿De ovejas?

—Allí las crían y compiten por ver quién tiene el mejor cordero del año. La mayoría de los productos de lana de todo el mundo provienen de Dimyros, y parece ser que Ophira encontró un empleo en la ganadería.

Es muy llamativo que, sola, llegara tan lejos, pero puedo entender su necesidad de alejarse de su padre. Me alegra que encontrara una alternativa vital.

—Ignoro si lo siguiente que voy a decirle pudiera tener alguna relevancia, pero en Dimyros circulaban unos rumores muy raros —dice Tomaras.

—Me encantaría escucharlos.

—Había extrañas desapariciones. Desaparecían ovejas, otras cabezas de ganado y hasta algunos ciudadanos. Cuando se encontraban los cadáveres, en ellos no quedaban más que los huesos y unas extrañas e inexplicables marcas de mordiscos.

Se me erizan los vellos de la nuca.

—¿Y a qué viene esa información?

—A que, según los registros, esos ataques no comenzaron hasta que Ophira llegó a la ciudad, aunque resulta difícil precisar la cronología. Empezaron unos años después de su llegada... así que nada está claro. Hay rumores de que no solo su padre maldijo a Ophira. Las desgracias la perseguían allá donde iba.

—¿Y cree que en todo esto hay algo de cierto?

—Yo no creo ni en demonios ni en dioses.

—¿Y en el Rey de las Sombras?

—Soy un hombre de ciencias, de hechos y de razón. Nunca he visto al rey con mis propios ojos, pero sé que Naxos está lleno de grandes inventores. Si alguien quisiera aparecer entre sombras, estoy seguro de que encontrarían la manera científica de lograrlo.

No diría eso si estuviera en presencia del rey y lo viera atravesando gruesos muros, pero no es momento de discutir.

—Entonces ¿qué? —le pregunto—. ¿Dio Ophira a luz? ¿De verdad tuvo un niño?

—Ah, sí. Eryx es, sin duda alguna, hijo suyo.

Me quedo sin palabras. Entonces ¿es, de verdad, el heredero del duque? ¿En serio? Con lo segura que estaba de todas mis sospechas...

—¿No hay ninguna posibilidad de que el hombre que ocupa esta casa sea un impostor?

—Siempre existe alguna posibilidad, alteza. Pero en esta

ocasión lo veo muy poco probable. Lo que usted me contó encaja a la perfección con todo lo que he investigado. El niño creció en Dimyros y se unió al ejército de Naxos con, creo, trece años, cuando ya había crecido lo suficiente como para aparentar quince. Quería darle a su madre una vida mejor, así que se marchó. Y, hasta donde yo sé, ella no le puso impedimento. De hecho, muchos de sus vecinos decían que ella quería que el chico fuera un buen guerrero.

—Qué curioso.

—A mí también me lo pareció. Tal vez quería impresionar a su padre y así hacer que este la perdonara a ella y a su hijo.

—Tiene sentido, la verdad.

—Por lo visto, Eryx era un buen asesino. Ascendió con rapidez en la carrera militar y muy pronto empezó a recibir todo tipo de reconocimientos. —Lo sé, los he visto—. Y entonces su madre murió hace unos dieciocho meses.

¿Hace tan poco? Eso no me lo esperaba.

—¿Y cuál fue la causa?

—Hay quien dice que suicidio. Otros dicen que se fue apagando. He oído rumores de que dejó de comer. Dejó de levantarse de la cama. Dejó de todo. El chico no se enteró hasta que ella ya había muerto.

—Una mujer no deja de cuidarse hasta ese punto así como así. ¿Cuál podría haber sido el motivo? —pregunto.

—Tal vez se volvió loca. O quizá se creyó la noticia falsa de que su hijo había fallecido en la guerra. Fuera cual fuera la razón, parece que se murió de tristeza.

Me doy cuenta de que tampoco fue por la muerte de su propia madre, ya que la esposa de Pholios murió mucho antes.

—La verdad es que al nuevo duque le rodean un montón de asuntos extraños. Creció en una ciudad donde se producían inquietantes desapariciones, su madre murió en extrañas circunstancias, su unidad en el ejército presentaba una insólita capacidad para mantenerse con vida, que muchos atribuyen a las destrezas de Eryx...

Por alguna razón, me viene a la mente la imagen de los cuernos y los colmillos que presencié en el sueño. Trato de borrarme todo eso de la cabeza.

—Entonces, ¿eso es todo? —pregunto—. ¿No puedo hacer nada más? ¿De verdad todo le pertenece y es quien es? —Suspiro decepcionada y siento que la esperanza me abandona con cada exhalación.

—Hay una vía más que quiero explorar en profundidad antes de aceptar la segunda mitad del pago, alteza, pero creo que es mejor que se haga a la idea —dice el señor Tomaras—. Las pruebas no apuntan en la dirección que usted desea.

Siento como si el cuerpo me pesara el doble cuando esas palabras se asientan en mi mente. Eryx Demos existe de verdad. Él es el duque.

Pero ¿qué otra cosa es, en realidad?

Por fin me dejo invadir por los pensamientos que he tratado de rechazar. Ojos ambarinos. Muertes misteriosas. Un sueño que, cuanto más pienso en él, menos sueño parece. Los guardaespaldas que están aquí por mi seguridad.

¿O están aquí para evitar que descubra la verdad?

—Me despido de nuevo, alteza. Hasta la próxima. —Hace una reverencia y lo acompaño fuera de la biblioteca.

Acto seguido, Kyros me acompaña de regreso a mis estancias. Estoy inmersa en los pensamientos concernientes a cuanto me acaban de revelar, y él me pregunta:

—¿Has descubierto lo que esperabas?

—Por desgracia, parece que Pholios tiene un nieto. Eryx es quien dice ser.

—¿Y qué hay de la cara de culpabilidad de Vander cuando te reuniste con él?

—Ni idea —contesto con honestidad—. El señor Tomaras

tiene un hilo más que jalar, pero me ha dicho que me vaya haciendo a la idea. —Suspiro—. Puede que ya esté muerto, pero Pholios me sigue haciendo daño desde la tumba.

—Lo siento mucho, Chrysantha.

—Era un cerdo. Abandonó sin nada a su hija embarazada. Era más despreciable de lo que imaginaba.

Y me ha dejado otro desastre del que ocuparme. Eryx y yo estamos luchando por una hacienda y por un título que solo pueden pertenecer a uno de nosotros.

Sigo queriendo ganar, cueste lo que cueste.

¿La ley no me puede quitar a Eryx Demos de encima?

Muy bien.

Pues activaré el plan B.

Eryx es peligroso y en él hay algo sobrenatural. Puede que yo aún no sepa lo que es, pero resulta innegable que permitir que siga en esta hacienda es mala idea.

Debe morir.

Ya tengo un chivo expiatorio: su misterioso chantajista. Toda la aristocracia sigue pensando que soy idiota. Es hora de actuar.

—¿Puedo hacer algo más por ti, Chrysantha? —me pregunta Kyros mientras me acompaña a la puerta.

Lo miro a los ojos y los tiene en llamas.

Por culpa de todo lo que está pasando, casi me olvido de su propuesta no del todo verbalizada. Extraño tener compañía en mi alcoba, pero sé que este no es el mejor momento; ahora mismo no puedo librarme de mis instintos asesinos.

Alargo la mano para agarrarle a Kyros la suya, cubierta por el guante.

—Esta noche no, pero quizá... más adelante.

Dejo esa sugerencia flotando en el aire, y de momento es más que suficiente.

Capítulo 13

Me pongo un par de botas resistentes y me ato las agujetas a las pantorrillas. No llamo a Medora para que me ayude a cambiarme de vestido ni a ponerme la capa.

No quiero que nadie se entere de lo que voy a hacer hoy. Sin embargo, cuando estoy a punto de introducirme en la espesura del bosque cercano, oigo un grito:

—¡Duquesa!

El pequeño Nico baja del árbol más cercano. Da un salto desde una rama y aterriza con las manos y los pies sobre el terreno musgoso. Se sacude las palmas para deshacerse de la suciedad y me echa los brazos a las faldas.

—Qué alegría verte, duquesa —me dice.

—A mí también me alegra mucho. ¿Qué harás por la tarde?

—He visto un nido de pájaro en este árbol. Estoy esperando a que nazcan los pajaritos.

—¿Alguno se ha movido ya?

—No, y su madre no ha vuelto desde que la asusté cuando descubrí el nido.

Le agarro la manita y empezamos a caminar.

—Será mejor que dejes los huevos en paz; si no, puede

que la madre no vuelva. Y entonces los pajaritos podrían morirse.

—Oh. La madre estaría indignada si sus crías murieran. Voy a dejar ese árbol en paz.

—Sabia decisión.

—Entonces ¿qué hacemos? —me pregunta.

Mientras avanzamos por el antiguo sendero, el niño salta sobre los palos para que se rompan bajo sus pies y avienta piedras a las ramas de los árboles. No había tenido relación con niños pequeños hasta que llegué a la hacienda, pero parecen mostrar unos instintos muy destructivos con las cosas pequeñas.

—Voy a recoger algunas flores silvestres —le digo—. Seguro que te parece un plan muy aburrido.

—¡Para nada! ¡Te ayudaré a encontrar las mejores flores!

No quiero tener público en lo que voy a hacer, pero dudo que Nico cuente como tal. Después de todo, ya se ha olvidado por completo del nido de pájaros de hace dos minutos.

Atravesamos el bosque hasta que llegamos a un valle repleto de flores. Margaritas, dientes de león, campanillas y lirios. Nico se apresura a agarrar puñados de plantas y, en su entusiasmo, arranca algunas de raíz. No parece importarle que ciertas flores ya estén algo marchitas o que otras parezcan necesitar más agua. Todas ellas son iguales a ojos de un niño de cuatro años.

Le enseño a hacer coronas de margaritas y se pasa un ratito perfeccionando su nueva habilidad antes de salir corriendo hacia un arroyo cercano para capturar bichos y ranas. No le quito el ojo de encima mientras elijo mis propias flores.

Dedalera. Cicuta. Belladona.

Todas crecen silvestres en los pastos salvajes que rodean la mansión. Desde pequeña me enseñaron a mantenerme alejada de esas plantas, a no tocarlas y, desde luego, a no comerlas. Con la mano enfundada en un guante, selecciono hermosas flores de dedalera, bayas de belladona y racimos de cicuta.

Me aseguro de que Nico no está mirando en mi dirección y guardo mis hallazgos en una bolsita de piel que he traído para la ocasión. Volteo los guantes antes de guardármelos en el bolsillo. Entonces recojo algunas flores inofensivas para llevarlas conmigo de vuelta a la mansión. Aviso a Nico cuando he acabado. Apenas me oye porque está concentrado tratando de cazar zancudos de agua en las zonas más tranquilas del arroyo. Está empapado hasta la cintura y rebosa felicidad.

Su infancia es totalmente diferente a como fue la mía. Mucho más libre, a pesar de que no pueda pasar tiempo con otros niños de su edad. Es el único de la hacienda. Tal vez podría encontrar la manera de que eso cambiara. Podríamos contratar a nuevos ayudantes. Quizá a madres solteras que necesiten un trabajo. Pensaré en ello cuando Eryx esté fuera del juego.

Le paso mi ramo a Tekla en cuanto entro a la mansión y le pido que busque un jarrón donde ponerlas. Esa noche, cuando nadie me ve, robo una pequeña tetera de la cocina. Como visito las cocinas a menudo, a nadie le extraña mi presencia en aquel lugar. Me gusta hornear algo de vez en cuando, así que me paso frecuentemente por allí para probar alguna de las recetas de los libros de Cook.

Lleno la tetera con agua y la dejo sobre el fuego que ruge en mi habitación. Agrego el contenido de la bolsa: pétalos, bayas y racimos. No estoy segura de cuánto se necesita para matar a un hombre, pero estoy segura de que es buena idea echar un poco de cada cosa, dejar que todo se cueza en el agua hirviendo y extraer el veneno de las plantas en lo que espero que sea su forma más concentrada.

Un cóctel de las tres plantas más mortíferas que crecen en la hacienda.

Cuando considero que el brebaje ya se ha cocinado lo suficiente, lo vierto en un frasco de cristal y lo tapo con un tapón de corcho. Tiro por el retrete los restos de las plantas, limpio la tetera y la devuelvo a las cocinas en plena noche.

No sería prudente por mi parte envenenar al duque justo después de haber ido a recoger flores. Tengo que esperar un poco más. Que no quede ningún cabo suelto.

Yo no soy como Alessandra.

Si mato a un hombre, no van a descubrirme.

Espero una semana completa antes de poner mi plan en marcha. La boda de mi hermana es este fin de semana. Se me ha hecho más tarde de lo previsto, pero este retraso era imprescindible. Hay que tomar todas las precauciones posibles cuando lo que se está planeando es un asesinato.

Cuando estoy organizando el plan de comidas con Cook, me las arreglo para que el jueves se sirva un plato extremadamente picante y potente: un curry extranjero con un motón de hierbas y verduras. Esa comida podrá camuflar el sabor y el olor de mi veneno casero.

Lo más complicado, por mucho, será poner el brebaje en el cuenco de Eryx cuando nadie se dé cuenta. Alrededor de la mesa hay varios sirvientes de pie, esperando a ser reclamados para algo. La cocina está llena de empleados que preparan las comidas para todos los habitantes de la hacienda.

Llego pronto al comedor y tengo que hacer una escenita para quedarme a solas con la comida de Eryx. Tiro una copa de vino y esta se derrama sobre una de las sillas y la alfombra que está debajo.

Mientras todos se apresuran a ayudar con la limpieza, destapo mi frasco, vierto el veneno en el cuenco de Eryx, lo muevo un poco y vuelvo a mi lugar antes de que nadie se levante del suelo. Hay que retirar la mesa para sacar de allí la alfombra, ya sea para mandarla a limpiar o para tirarla. La silla está destrozada: es imposible eliminar las manchas de vino tinto de la tela blanca con la que está tapizada.

Cuando todo está casi listo, Eryx aparece junto a sus secuaces.

—¿Qué ha pasado?

—Se ha derramado un poco de vino, alteza —dice Xandria.

—Gracias por cubrirme las espaldas, Xandria —le digo—, pero ha sido culpa mía. Me temo que la silla no ha sobrevivido y la alfombra tampoco luce bien.

—¿Vas a insistirme en que me gaste dinero en reemplazarla, verdad? —pregunta Eryx pellizcándose el puente de la nariz.

—Deja de actuar como si fueras un menesteroso. ¿Acaso quieres cenar en un comedor vacío? ¿Qué pensarán nuestros invitados cuando vean que tenemos un número impar de sillas?

—¿Que la duquesa no sabe contar?

—¡Exacto!

Eryx sonríe y se sienta. Olisquea la comida que tiene delante.

—¡Huele fenomenal! Felicita a Cook de mi parte —le dice al sirviente más cercano.

Agarro mi servilleta y pronuncio las palabras que he preparado para esta noche.

—Necesitas un corte de cabello. —Miro con desagrado la maraña de pelo castaño que se enreda sobre la cabeza del falso duque. (No me importa que Tomaras considere que

Eryx es el legítimo heredero que dice ser, para mí siempre será el falso duque porque el título debería ser mío.) Hablo sobre eventos futuros con un hombre al que no tengo planeado volver a ver solo para cimentar aún más mi inocencia.

—Y tú necesitas un buen bozal —me contesta.

—La boda es este fin de semana —digo suspirando con impaciencia—. Tienes que estar presentable. Hemos avanzado mucho con tus modales, pero tu apariencia es igual de importante. Por favor, ve a que te corten el pelo. ¡Y que no te lo corten Argus o Dyson! Dudo que ninguno de los dos haya sujetado nunca un par de tijeras. Acude a un barbero. Pídele que te haga algo propio de un caballero. No podemos dejar que la gente te vea con ese trapeador en la cabeza.

Eryx me lanza una mirada tan gélida que enfría la habitación.

—De acuerdo —sentencia.

Se queda un instante con los ojos cerrados, respirando con pesadez, como si tuviera que controlar su temperamento antes de agarrar cualquier cubierto. Parece que cada vez tiene menos tolerancia, aunque ignoro por completo cuál puede ser la causa de ese cambio.

Yo ya le he dado unas cucharadas a mi comida. No le quito ojo a Eryx, como de costumbre, por si es necesario corregir sus modales. Cuando se dispone a comer y agarra la cuchara, las piernas me tiemblan bajo la mesa. Me sube la temperatura del cuerpo al verlo acercarse la comida a la boca.

Hay un instante en el que dudo. Dudo de si detenerlo y avisarle que no debería probar el curry. Hay un segundo en el que puedo revertir lo que he hecho y evitar la muerte de un hombre.

Y, como no digo nada, ese momento pasa de largo. Eryx se traga su primera cucharada haciendo una mueca.

—No estoy acostumbrado a los sabores tan fuertes, pero seguro que pronto le agarro el gusto —dice.

Entonces bebe un sorbo de vino y da otra cucharada.

Y otra.

Y otra más.

El temblor de mis piernas se intensifica. ¿Cuánto tardará el veneno en hacer efecto? Repaso la reacción que había ensayado y me dispongo a mostrar sorpresa y conmoción.

Eryx se lleva una mano al estómago y la respiración se le acelera.

«Por fin», pienso.

Una convulsión le recorre el cuerpo y agarra la copa de vino de nuevo para dar un largo sorbo. Entonces se lleva la mano a la boca.

—Pero ¿qué haces? —le pregunto—. Para limpiarte la boca usa siempre la servilleta, no la mano.

—Yo no... —Sufre una nueva convulsión y echa algo por la boca. Al principio creo que está vomitando... pero nadie vomita negro.

Y entonces me doy cuenta de que lo que sea que le sale de la boca no está cayendo al suelo. La gravedad no lo reclama como líquido. Porque no es un líquido.

Es humo.

No, no es humo.

Es sombra.

He estado lo bastante cerca del Rey de las Sombras como para reconocerla.

El hilo de sombra negra le sale a Eryx por los labios y flota hacia arriba, hacia abajo y hacia delante. Eryx se tapa la boca con las dos manos cuando ve la negrura que emana de él, pero ese gesto no la frena. La sombra le empieza a salir también por las fosas nasales.

¿Qué demonios le he hecho?

—¿Eryx...? —le dice Dyson.

Todos los sirvientes dan un paso hacia él.

—¿Qué está pasando? —pregunto con verdadera alarma en mi voz.

Sale corriendo del comedor seguido de Dyson y Argus. Cuando miro al lugar de la mesa por el que había empezado a fluir la sombra, me doy cuenta de que se ha desvanecido. Es como si nunca hubiera estado allí.

—¿Han visto eso? —pregunto a los lacayos.

—Su alteza tenía muy mal aspecto —responde Xandria.

—¿Era humo lo que le salía de la boca? —pregunta otro sirviente, no sé exactamente cuál.

—Eso parecía, pero nunca he visto a su alteza con una pipa entre los labios —responde Xandria.

Todo el personal parece igual de confundido por lo que sea que haya sido aquello. La mente es muy rápida a la hora de buscar argumentos racionales cuando lo imposible se presenta ante nuestros ojos, pero yo ya estaba prevenida de antes.

—Voy a ver cómo está —anuncio levantándome de la silla—. Por favor, limpien el comedor. No creo que ninguno de los dos vayamos a seguir comiendo.

Corro tras los tres hombres en cuanto salgo del comedor temiendo que se hayan escabullido hacia dondequiera que Eryx pasa las noches. Pero los oigo. En concreto oigo a Eryx escaleras arriba.

Los gruñidos me guían en la subida mientras me agarro con una mano al barandal y uso la otra para sujetarme las faldas. Resulta que el falso duque solo ha conseguido llegar a una de las habitaciones de invitados, donde se ha refugiado provisionalmente.

Pongo una mano sobre la puerta y empujo.

—¡¿Eryx?! —grito—. ¿Estás bien?

Alguien cierra de golpe la puerta que estoy abriendo, lo que me devuelve al pasillo. Casi pierdo el equilibrio por la fuerza del empujón.

—Será mejor que se mantenga al margen, alteza —dice la voz de Argus—. El duque ha enfermado y no querrá que se lo contagie.

—Eso no tiene ni pies ni cabeza —contesto furiosa tras haber sido echada de una habitación de mi propia casa—. Déjame entrar ahora mismo, Argus.

—No puedo, duquesa. Por su seguridad, tendrá que permanecer al otro lado de la puerta.

Un quejido de dolor se desliza por debajo de la puerta y a mí me recorre una leve punzada de culpabilidad. Nunca pensé que su muerte fuera a ser dolorosa. Me lo imaginaba cayendo desplomado en cuanto el primer bocado tocara sus labios.

—Parece que se está muriendo —murmuro—. Ahora mismo llamo al médico.

—¡No! —se oye que alguien grita. Esta vez ha sido Eryx—. Nada de médicos.

—¿De verdad que eres tan orgulloso como para no aceptar la asistencia médica? ¿No dicen que estás enfermo? Pues déjame que pida ayuda.

—¡Duquesa, te lo prohíbo! —me grita, antes de que una tos terrible lo haga callar.

—Tranquilo, tranquilo... —le dice Dyson. Me parece oír cómo le da unas palmaditas en la espalda.

—¡Tú no puedes prohibirme nada!

—¡Maldita mujer! —Más toses—. ¡Volveré a quitarte el estipendio si llamas a un médico!

No creo que se atreva.

—¿No quieres que llame a un médico? Perfecto, pues déjame entrar.

—No —responde Argus.

—Muy bien. Pues ahora mismo envío a Kyros.

La puerta se abre de golpe. Eryx apenas se mantiene en pie: Argus lo sujeta de un lado y Dyson del otro. El falso duque mira hacia el suelo y puedo ver cómo pequeñas espirales de sombra se alzan y desaparecen girando por encima de su cabeza.

—¿Qué eres? —le pregunto, aunque sé que es una pregunta ridícula.

Eryx tose y de la boca se le escapa un poco más de sombra.

—Solo estoy teniendo una reacción alérgica a lo que sea que lleve ese curry.

—¿Una reacción alérgica que te hace exhalar sombras?

—No seas absurda. Tengo aquí una pipa. Se supone que es un buen remedio contra estas reacciones.

—También exhalabas sombras en el comedor.

—No digas tonterías.

—¿Por qué me mientes? ¿Por qué no quieres que venga un médico? ¿Qué demonios está pasando?

Da un gruñido que se convierte en otra tos.

—Ya me ha pasado antes. No te preocupes. Me pondré bien. Solo necesito que mi cuerpo lo solucione. Eso sí, no vuelvas a incluir ese curry en el menú.

—Voy a preguntarte de nuevo y esta vez no me mientras. Los ojos te cambian de color. Te salen sombras de la boca. ¿Qué eres? ¿Eres el bastardo del Rey de las Sombras?

El señor Tomaras dijo que no era posible, pero ¿y si se equivocaba? No puedo ignorar esas sombras.

—No soy... —Eryx se pone rígido—. Pero ¿cómo has...? ¡No! —Eryx suelta un lamento cuando el dolor vuelve a invadirlo.

¿Va a seguir negándose a darme respuestas? Estupendo.

—Espero que no sigas enfermo para el día de la boda —le digo—. No me gustaría nada que el Rey de las Sombras viera lo que eres capaz de hacer. De ser así, no creo que te conceda el ducado.

Eryx posa los ojos sobre mí y estos vuelven a refulgir en ámbar. Me gruñe como si fuera un animal y entonces veo sus colmillos alargados.

Como en mi sueño.

Argus y Dyson vuelven a meterlo en la habitación antes de que pueda suceder nada más. Me cierran la puerta en las narices.

El corazón me late muy rápido cuando me marcho de allí. ¿Qué me habría hecho Eryx si Argus y Dyson no lo hubieran sujetado?

Este hombre no está traumatizado por la guerra. De hecho, no es un hombre. Es otra cosa. Y tiene a dos empleados para ayudarlo a que no lo revele en público. ¿Qué haría sin ellos? ¿Le saldrían los cuernos de la frente? ¿Me abriría la garganta con los colmillos?

¿Y qué haría el Rey de las Sombras si se enterara de que existe alguien con semejantes poderes? ¿Vería al falso duque como una amenaza?

Probablemente.

Necesito respuestas.

A pesar del miedo y de la incertidumbre, me meto a la habitación que está al lado de la que ocupa Eryx. Pongo la oreja contra la pared y trato de bajar el ritmo de mi respiración, aunque dudo que sea capaz de oírme en el estado en el que está.

—¿Y ahora qué hacemos? —pregunta Dyson.

—Nada —contesta Argus—. Dejemos simplemente que el veneno se elimine de su sistema.

—Ha tenido que ser el bastardo de Sarkis.

Sarkis. Ese debe de ser el nombre del chantajista.

Eryx vuelve a gruñir.

—Es absurdo. Ha tardado menos en recuperarse de heridas de bala que de esto —dice Dyson.

—No está luchando contra un ataque localizado. El veneno se está moviendo por su torrente sanguíneo.

Pasan otros cinco minutos y la respiración de Eryx empieza a suavizarse. Contengo el aliento.

—¿Estás bien? —pregunta Dyson.

—Ahora sí. —La voz de Eryx suena perfectamente normal.

—Atraparemos a Sarkis —afirma Argus—. Ese desgraciado pagará por lo que ha hecho.

—Ahora tenemos un problema mayor: ella lo sabe.

—No lo sabe —asegura Dyson—. Solo sabe que pasa algo raro.

—Deberíamos matarla —dice Argus, y yo tengo que ingeniármelas para que no se me escape un grito ahogado.

—¡No! —responde Dyson—. Me cae bien. Además, es demasiado guapa para morir.

Hay una pausa. Probablemente se giran hacia Eryx para recibir órdenes.

—No la maten. La vigilaremos de cerca en la boda. No le dirá nada a nadie. Dyson tiene razón. Ni siquiera sabe qué sabe.

—Muy bien —dice Argus.

Aunque necesito tomar aire, me obligo a esperar un momento.

—Ella cree que eres el bastardo del Rey de las Sombras. Tal vez deberías reforzar esa historia —dice Dyson.

—Es algo mejor que la verdad —asegura Argus.

—Es mucho mejor que la verdad —afirma Eryx.

Entonces se abre una puerta. Cuando ya no oigo sus pisadas, tomo aliento.

No lo he matado. Está perfectamente.

No sospecha de mí, pero eso no significa que no esté en peligro.

Mierda.

No puedo concentrarme en ninguna idea porque la sugerencia de Argus absorbe toda mi atención.

¡Quería matarme!

Cuando llego a mi habitación, cierro la puerta y me la quedo mirando.

Me pregunto si debería llamar a Kyros. Me sentiría mucho mejor con un cuerpo de refuerzo en mi habitación, pero sé que no lo estaría invitando por los motivos adecuados. Además, ni siquiera la fuerza de dos hombres logró reducir a Eryx. Y seguramente el falso duque se contuvo para no hacerles daño. Albergo la sospecha de que Kyros no le duraría a Eryx ni una embestida si este se presentara en mi habitación.

Ordenó a sus hombres que no me mataran.

Por ahora me tendré que conformar con eso.

Mientras me acuesto en la cama tratando de dormir, los gemidos de dolor de Eryx me acompañan hasta adentrarse en mis sueños.

Capítulo 14

Me paso el día siguiente encerrada en mi estancia. Medora no lo cuestiona y Eryx no viene a buscarme. Gracias a los dioses. O a los demonios, mejor dicho, que probablemente sean los responsables de que Eryx haya aparecido en mi vida.

No es el bastardo del Rey de las Sombras.

Pero entonces ¿qué es?

¿Hay alguna otra dinastía con poderes? ¿Quién era el padre de Eryx? Me pregunto si es ese el asunto que el señor Tomaras quiere explorar en profundidad. ¿Qué encontrará si por fin descubre la verdad?

Por primera vez desde que Eryx se mudó aquí, me enfrento a la realidad de mi situación.

No estoy a salvo.

Eryx no es humano. No oye como un humano (¿qué humano podría oír a otro respirar detrás de una puerta?). No se cura como un humano. No tiene ojos humanos. No tiene colmillos humanos. Cuenta con algún tipo de poder para transformarse, ya que su aspecto físico no es el mismo todo el tiempo.

Y entonces recuerdo mi sueño.

Si, de alguna forma, aquello fue real, entonces todo este asunto tiene algún componente mental añadido. ¿Podrá leerme el pensamiento?

Desfallezco ante semejante idea, pero me convenzo a mí misma de que no es posible. Si ese fuera el caso, sabría que lo he envenenado yo y no ese tal Sarkis.

Si doy un mal paso, Eryx tal vez resuelva deshacerse de mí. Tiene trabajando para él a dos hombres con un físico de lo más intimidante. Dos hombres que morirían por él, que protegerían sus secretos a toda costa, que matarían por él.

Creía que sabía a lo que estábamos jugando, pero esto parece ser mucho más letal de lo que yo pensaba.

¿Qué opciones tengo?

Pienso en todas las posibilidades: podría abandonar la hacienda y volver con mi padre; volver a casarme y mudarme con mi nuevo esposo; o seguir tal como estoy y fingir que todo va bien con Eryx, esperando que ni él ni sus secuaces alcancen a verme como una amenaza demasiado grande.

Ninguna de esas opciones es buena. No son más que maneras de mantenerme a salvo. De seguir estando a la merced de los deseos de los hombres.

Antes prefiero morirme.

Lo que significa que tengo que seguir con toda esta farsa para ver dónde me lleva.

A Eryx le preocupa que yo vaya a contarle al Rey de las Sombras lo que creo que sé. Aún no tiene ni idea de que a Kallias le importará un comino lo que yo le diga.

Tomaras no podría ayudarme. El rey tampoco.

Lo que me deja una única opción.

Tengo que recurrir a mis habilidades teatrales. Si me puedo acercar a Eryx, convencerlo de que confíe en mí y enterarme de todo lo que está pasando, sucederán una de estas dos cosas: o encontraré la prueba que necesito para demostrar que no es humano (algo que ni el mismísimo Rey de las Sombras podría ignorar) o entenderé cuáles son sus debilidades y descubriré cómo matarlo.

Esos son los únicos resultados que me permitirían seguir con vida.

Desde hoy, necesito engañar a Eryx Demos como lo he hecho con otros hombres. La mejor manera de que me revele sus secretos es hacerle creer que estoy locamente enamorada de él. Jamás lo contemplaría como opción si no supiera que me considera atractiva. Tengo muy claro con qué ojos me mira.

Pero puede ser peligroso. No debo ser demasiado obvia o mi teatrito se caerá en un segundo. Tengo que seguir tratándolo con desdén y conseguir que esto le parezca encantador. Tengo que seguir comportándome como si lo odiara mientras lo convenzo de que me desea porque nunca podrá conseguirme.

Mientras armo mi plan, paso del miedo al entusiasmo.

Aún tengo una oportunidad de conseguir todo lo que siempre he querido.

Nunca quise asistir a esta maldita boda. Alessandra seguro que está insoportable. Mi boda fue muy pequeña, solo asistieron unos pocos invitados. Tuvo lugar en esta misma hacienda, ya que el duque no podía viajar. Alessandra no dudará en comparar tanto el entorno (su boda en un palacio, la mía en una hacienda) como a nuestros maridos: el suyo, joven y guapo; el mío, como ella misma dijo, marchito y anciano.

Pero, por ahora, las consecuencias de no asistir serían peores que las de asistir. No quiero recibir otra carta de mi hermana describiendo lo grandiosa que fue su boda y acusándome de no haber acudido por estar celosa de ella.

Además, me he dado cuenta de que hablar bien de Eryx en presencia del rey me podría proporcionar dos ventajas. La primera: cumpliría mi trato con el falso duque, por lo que pensaría que estoy jugando limpio. La segunda: cualquier cosa que yo le diga al rey será ignorada, ya que es muy probable que Alessandra lo anime a hacer lo opuesto a lo que yo quiera. ¿Qué pasaría, por tanto, si yo comentara que mi mayor deseo es que Eryx sea oficialmente reconocido como el duque de Pholios?

Será interesante ver cómo avanzan las cosas.

Me levanto temprano, así dispongo de toda la mañana para prepararme. No me han visto en sociedad desde mucho antes de mi boda. En mi retorno, tengo que estar perfecta. He oído que es de mal gusto ir de blanco a una boda a menos que seas la novia, así que, por supuesto, encargo un vestido color alabastro. Es de manga larga, pero tiene los hombros al aire. Tiene espirales de perlas a lo largo de todo el corpiño y de la falda. El cuello en uve muestra mis delicadas clavículas y me llega hasta el pecho. Me tapo la nuca con un levísimo tul que es lo bastante sutil como para que nadie se fije demasiado, pero lo bastante evidente como para que Alessandra repare en él por su intencionada apariencia de velo nupcial.

Me pinto los labios color rojo intenso. No llevo guantes, pero me pongo un collar y unos aretes de diamantes. Medora también me coloca algunos en el pelo, decorando así un intrincado recogido que derrama sobre el cuello algunos rizos.

Bajo las escaleras hasta un vestíbulo vacío. Parece que he tardado menos en arreglarme que el falso duque.

Así que espero.

Y espero. Y espero.

La ansiedad me encoge el estómago. Ya es bastante malo estar nerviosa por volver a ver a mi hermana, sobre todo teniendo en cuenta que no voy a ir acompañada de Sandros. No tengo a nadie de quien presumir. A eso hay que sumarle el hecho de que Argus me quiere muerta, que Eryx es algún tipo de monstruo y que puede que lleguemos tarde a una boda a la que tengo cero interés en asistir.

Empiezo a dar vueltas por la sala. Damasus se queda de pie cerca de mí. Echo un vistazo al antiguo reloj que se apoya en la pared.

—Damasus, ¿podrías revisar por qué se tarda? —le pido al mayordomo.

—Por supuesto, alteza.

Sube las escaleras con agilidad y yo vuelvo a mirar el reloj.

Ojalá pudiera ir sola en mi carruaje, pero si llegamos por separado corremos el riesgo de que Eryx nos deje a ambos en ridículo. Resultaría imprudente perderlo de vista en un evento social. Eso sin mencionar que un paseo privado en el carruaje será la ocasión perfecta para mostrarle mis encantos.

Impaciente, doy golpecitos con el pie. Justo entonces aparece Kyros con un ramo de flores del jardín. Se detiene cuando me ve.

Me mira de pies a cabeza. Nuestras miradas se encuentran.

Espero que un montón de mariposas me revoloteen en el estómago debido a ese momento de conexión, como tantas veces me pasó con Sandros.

Pero no siento ninguna mariposa.

—La boda es hoy —dice Kyros por fin, como si acabara de recordar por qué estoy vestida tan elegante.

—Creía que era tu día libre.

—Lo es.

—¿Y qué haces recolectando flores?

—Te las iba a dejar para que las encontraras después... —confiesa avergonzado.

—Oh.

Kyros luce tan guapo y tan encantador como siempre, pero cuando lo miro no siento nada. ¿Cómo puede ser? Pensé que mi cuerpo y mi mente necesitaban algo de tiempo para acostumbrarse a verlo como algo más que a un amigo..., pero no siento amor cuando lo miro.

Debo decir algo. Debo decir algo, pero tengo la mente en blanco.

—Espero que lo pases muy bien, Chrysantha. Que el reencuentro con tu hermana no sea muy doloroso y que puedas bailar un poco. Todo el mundo merece verte así vestida.

Entonces sigue su camino por la mansión. Me siento muy confundida por la falta de respuesta con la que mi cuerpo ha reaccionado.

¿Qué diablos pasa conmigo?

Damasus baja las escaleras y se pone a mi lado.

—Ya vienen, alteza. El retraso solo se ha debido a su falta de pericia a la hora de hacer el nudo de la corbata.

—¿De la corbata? —Me cuesta no fruncir el ceño.

—Sí. Al parecer, ni su alteza ni sus asistentes personales sabían cómo hacerlo. Después de haberles dado una breve lección, y de haber gastado un tiempo más que considerable en desanudar sus intentos previos, ya están listos.

Típico de Eryx lo de no saber ponerse ni su propia ropa. Este hombre es incorregible.

En serio, no sé cómo puede vivir de esta...

Se me olvida cualquier pensamiento cuando veo su figura aparecer en las escaleras. Frente recia, cuello ancho, rasgos hermosos. Desciende con toda la gracia que le he obligado a desarrollar durante nuestras lecciones. Baja erguido, no se encorva.

Parece muy alto en esas escaleras. Es increíble lo que un buen traje le hace al físico de alguien. El saco y el chaleco se extienden sobre su ancho pecho. El pantalón le marca los músculos de los muslos. El pañuelo resalta sus rasgos faciales. Labios carnosos, pómulos marcados, ojos penetrantes. Con su ropa de trabajo intimida y casi asusta. Pero con ropa de gala resulta letal. Parece lo bastante peligroso y lo bastante rico como para destruir a cualquiera.

Y su pelo...

Lo tiene bastante más corto, apenas le pasa de las orejas. El producto que le puso el peluquero ha aguantado toda la noche: le echa hacia atrás los mechones delanteros y muestra, por primera vez, la lisura de su frente.

—Eryx... —se me escapa.

Da un paso precavido hacia mí, como si diera por hecho que fuera a escaparme en cualquier momento. Al principio no entiendo el motivo, después me acuerdo de que él cree que le tengo miedo. Porque sé que tiene poderes. Porque intentó atacarme la última vez que lo vi.

Y debería tenerle miedo. Y lo tuve cuando Argus sugirió asesinarme. Pero ahora, viéndolo así, no siento ningún temor.

Lo que siento son... mariposas.

Me enderezo todo lo que puedo, mantengo mi aire de superioridad e ignoro esa sensación en el estómago.

—¿Te has cansado ya de intentar que llegue tarde al evento del siglo? ¿También necesitas que te enseñe a abrirle la puerta a una dama?

Me mira impactado y se dirige hacia la puerta principal mientras yo lo observo por detrás. El traje que le he elegido le queda perfecto. Pantalones negros, chaleco rojo y un saco con dibujos de espirales blancas que combina con mi vestido sutilmente. El pañuelo negro remata el conjunto. Se gira hacia mí mientras abre la puerta e inspecciono su parte delantera.

Espectacular. La ropa combina con su figura y sus facciones, por lo que él luce...

—Lo sé —dice Eryx mirando hacia abajo, desde donde yo lo contemplo—. Me he convertido en un pavo real. —Se da un tirón del pañuelo como si este no lo dejara respirar.

Es cierto. Por eso no puedo dejar de mirarlo. No tiene nada que ver con él. Las mariposas agitan las alas con fuerza.

«Deténganse», les ordeno.

—Se ve usted muy elegante, alteza —le dice Damasus.

—¿Te ha pagado ella para que digas eso? —pregunta con los ojos entornados.

—La verdad es que no —respondo tratando de recomponer mi voz—. Ni que necesitaras que alguien te aumente ese ego enorme que tienes.

—Me veo ridículo.

—Luces... Bueno, ¿quién iba a saber que escondías todo eso debajo de tu habitual mata de pelo? —le digo señalándole la cara.

Eryx gruñe. Es como si no tuviera ni idea de lo guapo que es.

Gracias a Dios.

—¿Nos vamos? —dice antes de dirigirse hacia el carruaje.

—Espera —le digo—, tienes que tomarme de la mano.

Se gira y me mira la mano como si fuera una serpiente.

—¿Es obligatorio?

—Sí, cuando acompañas a una dama a un evento, tienes que tomarla de la mano.

—Pero aún no estamos allí.

—Pues tómatelo como un ensayo. En serio, ¿crees que esto me hace más ilusión a mí que a ti? —Seguro que no, pero tengo que darle alguna excusa para que me toque.

Lanza un suspiro exagerado y, con su mano enguantada, agarra la mía. Me mira como si estuviera esperando una reacción por mi parte. No en vano, la última vez que me tocó se metió en problemas.

Y cuando eso sucede, cuando me mira, cuando lo toco...

Un calor eléctrico me atraviesa la yema de los dedos y me inunda el cuerpo.

¡Santo Dios!

—¡Vámonos! —digo jalando de él y volviendo a ponerme en el papel de tutora—. Puedes sujetarme la mano con el hueco de tu brazo o con tu propia mano, justo así —le digo demostrándoselo con gestos—. Cuando lleguemos al carruaje tienes que ayudarme a subir. Cuando bajemos, tú lo harás primero y me ofrecerás la mano para ayudarme a bajar.

—No sabía que las damas necesitaran tanta ayuda —dice con el ceño fruncido.

—Y no la necesitamos. Es solo una oportunidad que les damos a los hombres para que piensen en algo más que en ellos mismos.

Uno de los sirvientes baja los escalones escondidos del carruaje. Eryx me ayuda a subir y después también entra al vehículo. Veo que Argus y Dyson se sientan junto al cochero en el asiento del conductor. Ambos van vestidos de lacayos para pasar desapercibidos. Están a un breve grito de distancia.

Tomo asiento en uno de los sillones acolchados y Eryx en el opuesto. Nuestros cuerpos se miran de frente, pero nuestras caras se orientan en distintas direcciones. Cuando el carruaje echa a andar, noto que Eryx me mira.

Como no me queda de otra, yo también lo miro.

—¿Qué? —le pregunto.

Me mira como si no estuviera seguro de qué decir, pero al final se anima.

—Pensé que era de mal gusto ir de blanco a una boda.

Sonrío sin decir nada. Eryx no tiene ni idea de mi relación con mi hermana. No la entendería, y no se me antoja explicarle cómo es.

—Al menos no es rosa —murmura.

—Pero ¿qué te ha hecho a ti el color rosa?

—Es horripilante. Y no me digas nada más. No quiero que me contestes que yo sí soy horripilante.

Cierro la boca, casi avergonzada de que haya sido capaz de averiguar exactamente lo que le iba a contestar.

—Recuérdame a qué distancia está el palacio —me pide.

—A varias horas.

—No creo que sobreviva al viaje —me dice masajeándose las sienes.

Tiene gracia, si tenemos en cuenta que él es el único que no es humano y que puede matarme con sus colmillos afilados. Aunque lo cierto es que sus dientes, por ahora, son normales.

Abre los ojos de golpe y me sorprende mirándole la boca. De nuevo.

—¿Quieres algo? —me pregunta en voz baja.

Sigue tratando de provocarme una reacción. ¿Qué se cree? ¿Que voy a gritar? Supongo que le he hecho pensar que me he escondido en mi habitación solo porque le tengo miedo y no porque estoy planeando su muerte.

Tal vez debería tenerle miedo, pero, de momento, lo único que me parece terrorífico es que Argus sugiriera que me mataran. El lado monstruoso de Eryx no me preocupa.

¿Y cómo es eso posible?

—Quiero respuestas.

—Eso no va a suceder.

—Oh, Eryx, vamos. ¿Qué daño te haría responderme algunas preguntas? Empezaré con algo sencillo: ¿te duele cuando te crecen los colmillos?

No responde.

—¿Sueles tener el pelo largo solo para esconder que cuando pierdes el control las orejas se te vuelven puntiagudas?

No responde.

—¿Tienes la cola peluda?

Los ojos se le ponen color ámbar y se cruza de brazos, como si con ese gesto fuera a mantener guardadas en su pecho todas las verdades.

Me acerco y le doy un golpecito en la rodilla.

—Detente —me dice.

—¿O qué? —Le doy otro golpecito.

Me agarra de la cintura. Uso la mano que tengo libre y le doy otro golpecito, esta vez en el pecho. Mueve con rapidez su otra mano y me inmoviliza los brazos.

Le doy una patada.

Cuando suelta un gruñido, veo un resplandor en sus colmillos crecidos. Me pisa los pies y me empuja las rodillas con las suyas, para que no pueda seguir molestándolo.

O eso cree él.

Le doy un soplido en la cara que hace que un mechón de pelo se le revuelva en la frente.

Y, de repente, ahí están sus cuernos. Le brotan desde la parte superior de la frente, igual que en el sueño. Suelta un gruñido.

—Aquí estás —le digo fijándome en cada detalle, como si estuviera presenciando algo extraordinario. Y, de alguna forma, supongo que lo es.

—Pero ¿qué pasa contigo? —pregunta con un tono desesperado—. ¿Estás tratando de que te mate? —Se inclina hacia mí, me agarra los brazos y me los sujeta, por encima de la cabeza, contra la pared del carruaje.

—No vas a matarme.

—Sobreestimas mi autocontrol.

Está muy cerca, tengo esos dientes a un centímetro y, aun así, no tengo miedo. Al contrario. Siento... que controlo la situación. Porque he conseguido exactamente lo que pretendía. La prueba de lo que Eryx es. Puedo hacer salir al monstruo con solo chasquear los dedos.

Y es tremendamente excitante.

—No vas a matarme —repito, esta vez con más intención.

—¿Tan segura estás de ti misma? —Sonríe. Es una sonrisa malvada. Una sonrisa seductora. Una sonrisa letal.

Y, entonces, ataca.

Va directo a mi garganta y yo siento un vuelco en el estómago y me encojo sobre mí misma. Parece que no he calculado bien y que estoy a punto de morir.

Pero no siento dolor. Siento una presión, eso sí, pero nada más. Dos puntos de contacto: sus caninos inferiores. Tardo un segundo en darme cuenta de que sus dos dientes están en contacto con la base de mi garganta. La presión no es suave, pero no llega a lastimarme.

Antes de que me dé tiempo a pestañear, empieza a subir sus dientes por el lateral de mi garganta. Algo parecido a un gemido se me escapa cuando por fin llega al filo de mi mandíbula, y ese ruido lo hace retroceder.

Me mira con los ojos centelleantes antes de soltarme y volver a su lado del carruaje.

Solo entonces me invade una verdadera sensación de terror.

¿No ha seguido por ese sonido, por ese gemido?

No era un gemido de miedo. Y eso es lo que más me asusta de todo.

Capítulo 15

Está claro que necesito un nuevo amante. Si mi cuerpo está empezando a encontrar atractivo a Eryx, entonces llevo muy mala racha.

Pero lograrlo me resultará difícil mientras lo intento seducir. Si lo hiciera, seguro que se daría cuenta de mi jugada.

No lo presiono para que me dé más información durante el resto del viaje. Él ni siquiera se molesta en mirarme. De hecho, parece que está muy concentrado en no mirarme, como si hacerlo fuera a provocarle algo.

Durante todo el viaje siento cierto hormigueo en el lateral de mi cuello. Imposible no sentirlo, es como si él hubiera dejado una marca. Pero al tocar la zona no encuentro ningún rastro físico.

No puedo no pensar en sus dientes y en su boca. Hace ya un buen rato que le han desaparecido los cuernos y los caninos, pero en mi mente los veo a la perfección. Sabe que lo estoy mirando, pero lo único que hace es cerrar los ojos.

—Maldita mujer... —musita más de una vez.

Y entonces, tras el paseo en carruaje más lento de la historia, llegamos al palacio de Naxos.

Se abre la puerta del carruaje, pero Eryx no se mueve.

—Tienes que salir primero, ¿te acuerdas? —le digo.

—Me acuerdo de todo —dice en el tono más exasperante del mundo. Entonces baja y me ofrece la mano para que baje yo. Al agarrarlo, la misma sensación que tengo en el cuello se extiende a mi mano.

¿Qué demonios me está haciendo?

Cuando mis pies tocan el suelo, lleva mi mano al hueco de su brazo.

El palacio de Naxos es una enorme estructura gótica en la que hasta las tejas son negras. Las gárgolas nos vigilan desde las alturas y algunas de ellas me recuerdan a Eryx cuando se transforma. Observo la cola de una: es larga y de piel suave, y culmina en un triángulo de piel.

Los guardias armados nos observan entrar por la puerta principal. Llevan un fusil al hombro y visten el uniforme blanco y negro de los guardias de palacio.

Atravesamos una larga alfombra roja por el enorme recibidor. En la entrada se alinean cientos de jarrones y en cada uno de ellos hay una docena de rosas negras. El candelabro refulge con velas azabache y alguien ha derretido cera en los barandales creando unas espirales negras.

Un lacayo nos acompaña por un corredor que sé que conduce al salón del trono. Entiendo que celebren aquí la boda, así la coronación posterior de Alessandra será mucho más fácil.

La estancia se ha decorado según los siniestros gustos góticos de mi hermana. Todo es rojo y negro. Pétalos de rosa de medianoche salpican las alfombras carmesíes. Hay sillas de ébano con cojines escarlatas para todos los invitados. Las columnas están rodeadas de flores sujetas con algún tipo de alambre para dar la apariencia de espirales que se elevan como sombras. Miro a Eryx para saber si todo esto le produce alguna reacción.

Aparenta estar totalmente relajado, pero puedo percibir la tensión de su cuerpo porque sigo con la mano enganchada a su brazo.

Nos acompañan a nuestros lugares, sorprendentemente relegados al fondo de la estancia. Mi hermana me dijo en la carta que me guardaría asientos de primera fila, pero parece haber cambiado de opinión.

—¿No sería más lógico que un duque estuviera cerca de la primera fila? —me pregunta Eryx inclinándose sobre mí.

—Aún no has sido reconocido como duque, ¿o es que se te ha olvidado?

No tiene por qué saber el motivo de que se nos haya relegado atrás del todo. Mi hermana me quiere aquí para poder regodearse, pero sin que yo ocupe ningún lugar de honor.

Y no puedo culparla.

—Pero si tú eres su hermana, ¿por qué no te quiere más cerca?

No respondo.

Somos de los últimos en sentarnos, lo que, gracias a los dioses, nos libra de interactuar con el resto de los invitados. Además, la atención de todo el mundo se dirige hacia delante, donde están los tronos. Nadie es consciente de la llegada del misterioso nuevo duque y de la duquesa recientemente viuda.

Desde una esquina de la estancia, un cuarteto comienza una pieza lenta y romántica. Debe de ser la señal para el rey, ya que una figura sombría aparece atravesando uno de los muros de la parte frontal. Toma sitio en el estrado, justo delante de los dos enormes tronos.

Kallias Maheras es todo un espectáculo, incluso sin las sombras que lo suelen envolver como si fueran llamas vivas. Pelo negro, piel de bronce, rasgos celestiales. Está completamente vestido de negro: desde la vaina donde guarda la espada en su costado hasta las botas brillantes y el pañuelo de seda.

Pero apenas me demoro mirándolo. Estoy más interesada en ver la reacción que provoca en Eryx.

Examina al rey con una concentración absoluta e insólita. El rostro no le cambia, pero sus ojos refulgen en ámbar durante un breve instante. Evalúa al rey como si compitiera con él.

¿Y por qué motivo habría de competir con él?

Eryx se da cuenta de que lo estoy observando, así que aparta la mirada del Rey de las Sombras.

Dejo de lado este asunto para reflexionar sobre él más tarde.

A la izquierda del rey hay dos hombres: Rhouben Contos, heredero de un vizcondado, y Petros Leva, segundo hijo de un conde. Tienen que ser amigos muy íntimos del rey si este les permite ocupar un puesto tan notable. Es raro que yo no conociera ese vínculo. El año pasado estuve bastante tiempo en palacio tratando de ganarme el favor del rey y no vi que tuviera una relación tan estrecha con nadie.

En el lado opuesto de esos hombres están Rhoda Nikolaides, una marquesa viuda, y Hestia Lazos, hija de un vizconde. Las dos van vestidas exactamente igual: con unas sobrefaldas rojas y unos pantalones negros. Las amigas de mi hermana. Es un círculo muy pequeño si lo comparo con todos mis empleados, que en este tiempo se han convertido en personas a las que aprecio mucho.

Tras el rey se encuentra una especie de oficiante. Ambos intercambian cumplidos: el hombre está encorvado por la edad y el rey es alto y fuerte. Las sombras titilan y giran a su alrededor como si celebraran la emoción del rey.

Son exactamente iguales que las sombras que emanaron de la boca de Eryx la noche en que lo envenené.

No es el hijo del difunto Rey de las Sombras. Eso ya lo tengo claro por dos vías distintas, pero es innegable que en entre los dos hay algún tipo de vínculo familiar.

—Detente ya —murmura Eryx.

—¡No estoy haciendo nada!

—No dejas de mirarnos al rey y a mí.

—¿Y qué?

—No sé qué estás pensando, pero te equivocas.

—Estoy pensando que te pareces aún menos a Kallias Maheras que a tu abuelo. No comparten ningún rasgo.

Con una mueca, Eryx da a entender que está harto de mí.

Cuando las sombras del rey se evaporan de repente, sobreviene el silencio en la habitación. Kallias se gira para observar la puerta que está al final del pasillo principal y se queda petrificado, como si un poder del más allá lo hubiera poseído.

La gente se apresura a observar qué ha capturado su atención.

Y entonces nos levantamos.

Mi hermana hace su aparición.

Y no está vestida de blanco.

No, el vestido de Alessandra es negro como una noche sin luna. Lleva una falda amplia, unas mangas largas y ajustadas, y tantas capas de gasa que el material se mueve a su paso.

Como si fueran sombras.

Lleva el pelo suelto y le cae por la espalda. Un collar de rubíes le adorna la garganta y hace juego con unos aretes que le cuelgan casi hasta los hombros. Como yo, lleva los labios pintados de rojo.

Alessandra avanza sola por el pasillo. Me doy cuenta de que padre no ha sido invitado a entregarla y que, además, no parece ocupar ninguno de los asientos que tenemos delante. A mi hermana le pega haber tomado esa decisión. Atraviesa el pasillo como si no necesitara nada ni a nadie. No le pertenece a nadie. Elije que su vida sea con el rey. No repara en mi presencia cuando pasa a mi lado. Solo tiene ojos para el hombre que la espera al final del pasillo.

Y, por primera vez, me doy cuenta de que está enamorada de él.

Mi hermana no es buena actriz. No tiene ese talento. No es como yo. La devoción de su mirada y la determinación absoluta con la que camina hacia el rey no son fingidas.

Siento lástima por ella.

Al amar al rey le está cediendo su poder. Si él es consciente de cuánto le importa, lo usará para controlarla.

Mi hermana tendría que haber sido más cuidadosa.

La ceremonia es aburrida y la coronación es más aburrida todavía. Sin dejar entrever mis emociones, presencio cómo a mi hermana le ponen una corona en la cabeza. Los invitados aplauden como si de verdad se alegraran de tener una reina y no como si simplemente estuvieran haciendo un numerito ante el rey.

O, al menos, las mujeres. Muchos de los hombres no parecen muy satisfechos. Les revienta que mi hermana esté promulgando leyes que les prohíban explotar a las mujeres en cualquier sentido.

Alessandra está radiante cuando se levanta ante los aplausos del público. Parece que, de verdad, está feliz, parece tener todo lo que siempre ha querido.

Y, entonces, entre el clamor de los aplausos, los silbidos y los gritos, posa en mí su mirada.

Sé cómo habría actuado la anterior Chrysantha. Habría levantado la mirada y apartado la vista. Al exhibir superioridad, lograba que Alessandra nunca me prestara demasiada atención. Me preocupaba que descubriera mi verdadera naturaleza. Una parte de mí quiere seguir tratándola de ese modo; justo la parte que sigue sin aceptar que ella haya cazado a un rey mientras yo trabajaba noche y día para conseguir que me emparejaran con un duque baboso y lascivo.

Pero al verla de nuevo por primera vez en años, me doy cuenta de que ya no tengo que seguir siendo esa chica. Hacerme la tonta ya no me sirve de nada. Como viuda, por primera vez tengo el control de mi propia vida... y solo una persona me separa de conseguir todo lo que siempre he querido. Y puede que ahora vaya a usar a mi hermana y a su marido para conseguirlo.

Así que, en señal de respeto o incluso de felicitación, inclino la cabeza ante Alessandra.

Abre mucho los ojos durante un segundo. Entonces se recompone y mira a su marido. Ambos lideran la comitiva para pasar del salón del trono al salón de baile, donde beberemos y bailaremos todos.

De fila en fila se nos va pidiendo que nos unamos a la reina y al rey en la celebración. Veo cómo duques, marqueses, condes, vizcondes y el resto de los invitados los siguen en petulante cortejo. Ninguno de ellos se molesta en echar un vistazo a la parte de atrás, donde están los barones y el resto de la baja nobleza, mientras salen de la habitación.

Cuando por fin es nuestro turno, Eryx me vuelve a tomar del brazo. Desde las puertas abiertas del salón de baile se oye la música de toda una orquesta. Un heraldo va anunciando a los invitados de uno en uno antes de hacerlos entrar. Eryx y yo esperamos nuestro turno.

—Preciosa ceremonia —me dice. Emito un sonido que no muestra acuerdo ni desacuerdo—. ¿No te lo ha parecido?

—Ha estado bien.

—Si no es la ceremonia, entonces ¿qué es lo que no te ha gustado? ¿No estás de acuerdo con las decisiones de tu hermana? ¿Crees que debería haber aspirado a alguien más importante que... el rey?

—No me importan demasiado sus decisiones.

Hubo un tiempo en que me importaron y eso me llevó a matar. Pero estar aquí y volver a verla me proporciona cierta claridad de ideas. Antes pensaba que éramos competidoras, que si jugábamos al mismo juego solo una de las dos podía ganar.

Pero, quizá, la realidad es mucho más complicada. Siempre quisimos cosas diferentes. No tiene que ser o ella o yo. Aunque me duela verla en esa posición de respeto y poder mientras yo sigo trabajando duro por obtener un final feliz, eso no implica que la tenga que culpar a ella. No. La culpa reposa sobre los hombros de los hombres que nos llevaron a tomar aquellas decisiones.

Cuando por fin llega nuestro turno, le decimos nuestros nombres al heraldo.

—Sus altezas, Eryx Demos, duque de Pholios, y Chrysantha Demos, la duquesa viuda.

Las cabezas se giran hacia nosotros, incluso las de las parejas que ya están bailando. Echo un vistazo rápido al entrar en el salón. Me fijo en muchos rostros, sobre todo en los de los supuestos admiradores que me mandaron cartas. Fijo la vista por encima de sus cabezas para eludir el contacto visual. No deseo darles falsas esperanzas. Los nobles ya son bastante audaces como para encima darles alas.

Cuando por fin consigo ignorar a todos los hombres que

me observan, me doy cuenta de algo que hasta ahora no había tenido en consideración.

Eryx es joven, rico y soltero. Solo eso ya sería suficiente para causar revuelo en un acto público. Pero si a ello le añadimos que resulta peligrosamente atractivo, todo se vuelve una pesadilla.

Ahora que Kallias Maheras es un hombre casado, Eryx Demos es el soltero más codiciado del mundo.

A las damas y a sus madres se les cae la baba ante la presencia de Eryx. Cuando por fin se tranquilizan lo suficiente como para cerrar la boca, empieza una lucha por ver quién es la primera que se le acerca.

—Alteza, ¿no va a presentarnos al duque?

—Por supuesto, lady Petrakis —contesto—. Este es el duque de Pholios. Alteza, estas son la marquesa Petrakis y sus hijas, lady Violetta y lady Evadne.

Ambas jóvenes dedican una reverencia exagerada a Eryx y lo miran a través de sus pestañas coqueteando de la manera más obvia. Eryx les responde con otra gran reverencia. Ese gesto casi me llena de orgullo, ya que se lo he hecho practicar cientos de veces.

—Encantado de conocerlas. Lo siento mucho, pero nos van a tener que excusar. El rey y la reina nos esperan.

No nos esperan, pero no voy a arruinarle la mentira. Me hace sentir incómoda observar cómo las damas se pisan las faldas unas a otras solo para acercarse a Eryx. No se me antoja en lo más mínimo quedarme a presenciarlo.

—Por supuesto —dice la marquesa—, pero espero que pase a saludarnos antes de que termine la velada.

Parece que Eryx se muere por hacer una mueca, pero logra mantener su sonrisa.

—Haremos lo que esté en nuestra mano, pero me temo que ya he hecho demasiadas promesas esta noche. Un caballero jamás promete nada a menos que esté del todo seguro de que lo podrá cumplir.

Una de las hijas suspira a modo de respuesta. Cierro los ojos para no ponerlos en blanco.

Eryx me arrastra hasta el interior de la estancia antes de que podamos decir nada más al respecto.

—Has estado maravillosamente diplomático —le digo—. Desde que te conozco, nunca te he visto ser tan paciente con nadie.

—Solo me has visto interactuar contigo —apunta.

—¿Así que puedes ser paciente con todo el mundo menos con la mujer con la que compartes casa?

—Exacto.

Un hombre maniobra con maestría entre las faldas bamboleantes para ser el siguiente que se nos acerca. Me sorprende que consiga hacerlo sin chocar contra nadie.

—Mira y aprende —le susurro a Eryx antes de que aquel hombre nos intercepte.

—Alteza —dice el duque de Simos mirándome de arriba abajo—, al no recibir respuesta a mis cartas, me había temido lo peor.

—Perdóneme, alteza —le digo observando su flamante pañuelo—. Quería responderle, pero me sentía abrumada cada vez que me ponía a escribir y me imaginaba su impresionante figura.

Eryx apenas puede reprimir un resoplido, pero a mí no se me escapa porque estaba esperando su reacción a mis palabras.

Al principio, Simos no sabe qué decir. Por fin, murmura:

—Gracias por el cumplido, alteza. ¿Me concede el honor de bailar conmigo?

—¡Oh! —respondo dando un ligero paso hacia atrás—. Si no soy capaz de escribirle una carta, sé que no resistiría un baile sin desmayarme. Y estoy segura de que un caballero jamás permitiría que eso me ocurriera delante de tanta gente, ¿verdad?

La voz de Simos se vuelve más grave. Si lo estuviera mirando, sin duda advertiría que está cabizbajo.

—Por supuesto que no, alteza. Espero que recobre su equilibrio. Por favor, escríbame... si es que alguna vez vuelve a ser capaz.

El hombre se aleja con la confianza mermada.

Cuando me vuelvo hacia Eryx, veo que está estupefacto.

—¿Qué acaba de ocurrir? —me pregunta.

—Se llama «actuar».

—¿Cómo es posible que haya funcionado?

—Es un jueguito tan simple como efectivo que he perfeccionado a lo largo de los años. Consiste en dar una información decepcionante mientras apelo a la vanidad de la otra persona. Así nadie puede discutir conmigo ni seguir rogándome nada sin rechazar el halago que le ofrezco. La mayoría de los hombres son demasiado presumidos como para discutir sobre el poder de su apariencia.

—¿Cómo es posible que te tomen en serio? ¿Cómo vas a desmayarte tú... por ese hombrecillo incapaz de dar un buen apretón de manos?

—Ignoraba que habías tenido la oportunidad de darle la mano.

—No necesito tocarlo para saber que no ha trabajado ni un día de toda su vida —gruñe Eryx.

—¿Y eso es malo?

—Digo que no es como para desmayarse por él.

—¿Y quién sí es como para desmayarse? ¿Tú?

Se le atora la respuesta, como si dudara entre alentar la idea o protestar contra ella de forma vehemente.

Antes de que balbucee una réplica, se nos acercan más cortesanos pidiendo que les presente al nuevo duque. Escucho cómo Eryx rechaza las insinuaciones nada sutiles de las madres babosas que le piden que baile con sus hijas. En cuanto un grupo se marcha, lo sustituye otro. Se me acercan algunos hombres pidiéndome un baile, pero los rechazo con palabras amables que alimentan su ego.

Después de que bastantes mujeres se alejen, rechazadas, algunos de los hombres del salón deciden aproximarse a Eryx pensando que quizá no se haya animado a bailar porque sus preferencias se inclinan en otra dirección.

—¿Me concede este baile? —le pregunta Petros Leva, un amigo del rey, sin el menor preámbulo. No se molesta en presentarse a pesar de que Eryx no tiene ni idea de quién es. Petros observa al falso duque de arriba abajo antes de mirarlo a los ojos.

Eryx parece haber perdido la voz por la propuesta. Petro se gira hacia mí y me pregunta sobre él:

—¿Se encuentra bien?

—Puede que esté a punto de desmayarse.

—No sería la primera vez que me pasa. Nadie está preparado para encontrarse de frente con alguien como yo.

—Es por esas juguetonas pecas que adornan sus pómulos. —Sonrío—. ¿Por qué no me ha sacado a bailar a mí? —Todo el mundo sabe que a Petros le gustan tanto los hombres como las mujeres. Jamás pensé que competiría con Eryx en una situación como esta..., pero me molesta sentirme relegada a un segundo plano.

—Usted es más guapa que él, pero yo le soy leal a su hermana.

Esa respuesta es lo último que esperaba oír. Ha de ser muy cercano a Alessandra si conoce tan bien la naturaleza de nuestra relación.

—Gracias por la invitación —dice Eryx antes de que pueda cambiar de tema—, pero mis intereses no van por ahí.

—Qué pena —responde Petros—. Pues diría que les está dando esperanzas a muchos otros hombres de esta sala por el hecho de no estar bailando con mujeres.

—Me temo que el baile no me interesa lo más mínimo. Vamos de camino a hablar con el rey y la reina.

—¿Ah, sí? —dice Petros echándole un vistazo a la multitud.

Kallias y Alessandra están sentados en unas sillas que están colocadas contra la pared del lado opuesto de la sala. A este ritmo, nos llevará otra media hora llegar hasta ellos.

—Pues eso no me lo pierdo. Síganme.

Petros echa a andar hacia nuestros monarcas, y Eryx y yo nos apresuramos a seguirlo. Cuando alguien trata de acercarse a nosotros, Petros lo espanta.

—¡El rey y la reina han requerido la presencia de ambos, ya los acosarán después! Y no me mires así, Leta Trakas. Ya has atosigado hoy a demasiados jovencitos en este salón de baile, ¡baila con tu marido!

Antes de que pueda mentalizarme, ya estoy frente a mi hermana, que mira a su esposo como si se debatiera entre quedarse en la fiesta que ha planeado o trasladarse a una localización más privada. Nadie la puede culpar por ello.

—Alessandra.

Los ojos de mi hermana se posan sobre mí. En tono altivo me dice:

—Soy «su majestad», Chrysantha.

—«Alteza».

—¿Qué?

—Que si vas a insistir en que te llame por tu título, entonces tendrás que llamarme por el mío. Al fin y al cabo, soy duquesa.

—Por Dios, como si no fuera suficiente con una... —murmura Eryx, tan bajito que solo yo puedo oírlo.

Alessandra no dice nada, está claro que mi sarcástica respuesta la ha tomado desprevenida.

—Gracias por la invitación —le digo para aliviar la tensión creada—. Me alegra verte feliz. Estás radiante. ¿Te has hecho tú misma el vestido, verdad? Siempre has cosido muy bien.

Ladea la cabeza como si no supiera qué pensar sobre mí. ¿Lo he dicho en serio... o hay alguna trampa escondida en mis palabras? ¿O acaso la estaré adulando porque quiero sacarle algo?

Como sigue callada, continúo:

—Y a ti, mi rey, también me alegra mucho verte. No podrías haber encontrado a nadie mejor que mi hermana.

—Lo sé —dice, y entonces, cuando mira a Alessandra y ve que tiene una expresión extraña, se inclina hacia delante murmurando algo que no logro oír. Me pregunto si Eryx habrá descifrado sus palabras.

Alessandra responde que no con la cabeza a lo que sea que el rey le ha preguntado.

—¿Quién es tu acompañante? —me pregunta—. Me han contado que tienes una aventura con un hombre. ¿Lo sacaste de Casa Zanita?

En su tono deja claro que me considera una hipócrita. Y supongo que lo soy porque, después de haberla regañado mil veces por ir por ahí acostándose con hombres, yo he hecho lo mismo. Ella ignora que esas reprimendas eran solo un numerito de mi parte.

—No, por desgracia tuve que dejar ir a Sandros —le contesto—. Este es Eryx Demos, el nieto de mi difunto marido y el hombre al que pertenece el título de duque de Pholios. Tenía intención de presentarlos.

Alessandra examina a Eryx con detenimiento. El rey no se pronuncia y deja que su mujer lleve las riendas en este asunto.

—¿Tu amante era más guapo o menos guapo que este hombre? —pregunta la reina.

Sorprendida por la pregunta, miro a Eryx, que parece igual de perplejo. No sé a qué está jugando mi hermana, pero voy a hacer cuanto esté en mi mano por mantener la calma y salir airosa de este encuentro.

Así que otorgo a la pregunta la consideración que merece. Me imagino a Sandros de pie junto a Eryx. Puede que sea algo más bajo y menos musculoso, pero su cara rebosa poesía.

—Igual de guapo —contesto.

—Hum.

Alessandra agarra la mano de su marido. Juguetea con los dedos del rey mientras me sigue observando.

—¿Qué es lo que quieres? —me pregunta por fin.

«Que Eryx desaparezca de mi vida», me gustaría decir. Pero contesto:

—Al principio quería pedirte que le revocaras a este hombre su título para que el ducado siguiera a mi cargo. —Eryx se queda sin respiración—. Pero, tras conocerlo durante un tiempo, tengo que admitir que será muy buen duque. Es mi deseo que se reconozca formalmente a su alteza como el nuevo duque de Pholios.

Alessandra está perpleja. Sigue sin saber qué pensar de mí. Se gira hacia Eryx.

—Déjanos.

Me pregunto si será capaz de desobedecerla, dado que lo último que Eryx quiere es dejarme a solas con la reina y el rey.

—No me iré muy lejos —me dice.

Suena más a amenaza que a promesa.

—Tú también —le dice Alessandra a Petros, que lleva todo este rato a una distancia desde la que puede oírlo todo.

—¡Aguafiestas! —le contesta él, de buen humor, antes de hacerle caso.

Y por fin me quedo a solas con mi hermana y su marido.

Capítulo 16

Una vez que Eryx se ha ido, Alessandra se inclina en su silla.

—¿A qué juegas? —me pregunta.

—¿Cómo que a qué juego?

—Sí, te estás comportando de una forma muy extraña.

—Por primera vez en mi vida, me puedo comportar como soy realmente.

—¿Y eso qué quiere decir, que por fin te has bajado de tu pedestal para subirte a la cama de un hombre?

No puedo evitar sonreír. Esta es la primera conversación real que tenemos en años.

—No. Significa que ya no dependo de padre ni de ninguna otra persona para mi supervivencia..., así que no tengo que actuar como la mujer que los hombres quieren que sea.

—¿Y qué mujer es esa? —pregunta Alessandra con los ojos entornados.

—La chica guapa descerebrada que solo piensa en satisfacer a su padre porque es demasiado tonta como para tener sus propios deseos.

Alessandra se endereza en su asiento. Me mira de pies a cabeza como si me estuviera viendo por primera vez. Y creo que, de alguna forma, eso es justo lo que ocurre.

—Me he pasado años manejando a padre para que hiciera lo que yo quería —continúo—. Ni siquiera tú te percataste de mis tretas. Engañé a todo el mundo y ahora poseo todo lo que siempre quise. —Casi—. Así que ya no tiene ningún sentido seguir con el teatrito. Al menos, no contigo.

Le sostengo la mirada. No quiero apartarla ni bajarla. Esta soy yo.

Kallias se voltea hacia su esposa como esperando que esta haga algo. Mi hermana se recompone y me pregunta:

—¿Y qué es lo que siempre has querido?

—Libertad. Como duquesa viuda, ningún hombre puede decirme lo que tengo que hacer. Mi vida me pertenece. —Lo único que ahora necesito son los fondos ilimitados que me permitirían materializar mis aspiraciones.

—¿Estás diciendo que querías casarte con Pholios?

—¿Quién crees que plantó esta idea en la cabeza de padre?

—Deja que me asegure de haberlo entendido —me dice tras una pausa—. Te has pasado siete años actuando como si fueras idiota para así poder tomar las riendas de tu vida... ¿y te ha funcionado? —En la pregunta agudiza el tono sin querer.

—Sí —respondo—. Y te debo una disculpa. O cientos, en realidad. No ignoraba que si alguien podía descubrir mi argucia, serías tú. Así que te mantuve a cierta distancia para protegerme. Actuaba como una santurrona porque sabía que con esa conducta, que tú odiabas, te mantendría a cierta distancia. Solo era maleducada, condescendiente y prejuiciosa debido a mi plan. Y tú no te merecías aguantar eso. Elegí mi supervivencia por encima de mi hermana. Y no creo que tuviera otra opción. Siento lo mucho que te he herido a lo largo de estos años.

Alessandra se levanta.

—Kallias.

—¿Sí, querida?

—Me gustaría bailar contigo.

—Pues bailemos.

Él le ofrece la mano y la lleva hasta el centro del salón de baile. Mi hermana no me dice nada más, pero me sigue mirando hasta que una pareja de baile se interpone entre nosotras.

Alessandra no es de las que se guarda las opiniones. Sin duda, la he dejado conmocionada y no puede articular palabra. Supongo que necesita tiempo para procesar todo.

Al menos, no me ha enviado a la cárcel o algo así de drástico. No esperaba que nuestra conversación fuera a adoptar este cariz, pero una vez que he empezado a hablar no he podido evitar soltar todo. No entiendo el motivo.

¿Será porque si logro encontrar una aliada en Alessandra, ella me ayudará a deshacerme de Eryx? Quizá.

Ya veremos. Tengo que localizar a Eryx. Espero que no haya encontrado la manera de dejarme en ridículo en el poco rato que llevamos separados. Me giro y me dispongo a buscar su cabeza encerada. Está cruzando la habitación, no muy lejos del estrado.

¿Estaría escuchando la conversación a escondidas?

Por supuesto. ¿Qué otra forma tendría de cerciorarse de que no desvelo sus secretos? Espero que este sea el primer paso para que empiece a confiar en mí. Aunque todo podría haberse ido al demonio si el rey y la reina lo hubieran descubierto.

No mira en mi dirección cuando se aproxima a un pequeño grupo de hombres. ¿Será porque de verdad quiere hablar con ellos o porque no quiere mirarme a la cara después de haber estado espiándome? Lo observo durante un instante. Le da una palmadita en el hombro a uno de ellos y se estrechan las manos antes de abrir el círculo para incluir a Eryx. O está haciendo amigos a una velocidad sorprendente o ya los conocía de antes.

Me sorprende no reconocer a la mayoría de ellos. Pensaba que conocía a todos los cortesanos.

Para introducirme cordialmente en la conversación, me aproximo a él y tomo el brazo de Eryx cuando estoy segura de que ya me ha visto. Aunque estimo difícil que esconda el revólver y el cuchillo en el apretado atuendo que lleva puesto, no lo doy por imposible. Asustarlo a mitad de una multitud podría desatar una tragedia.

Eryx pone su mano sobre la mía y me jala para incluirme sin ningún esfuerzo en la conversación que está teniendo lugar.

—Caballeros, permítanme presentarles a su alteza lady Chrysantha Demos, duquesa viuda de Pholios.

Los cuatro hombres me hacen una reverencia.

—Debes de ser uno de los hombres más afortunados de Naxos —dice el primero. Es mayor que los demás. Tiene las sienes plateadas y arrugas en la comisura de los labios—. Has heredado un ducado que incluye a una encantadora señora de la casa.

Creo que lo dice a modo de cumplido, pero no me gusta que se me relegue a «señora de la casa». Soy su legítima dueña.

—Alteza —me dice Eryx—, permíteme presentarte al general Kaiser y a sus dos subalternos, el capitán Rodis y el capitán Zogafros. Y este es...

—Lord Barlas —termino la frase por él. Es otro de los hombres que me envió cartas tras la muerte de mi esposo. Ya tiene una amante, a la que lleva años manteniendo. No sé si quiere cambiarla por mí o si solo buscaba una aventurilla. En cualquier caso, no estoy interesada. No es feo, pero nunca me ha gustado su carácter. Hago una reverencia a todo el grupo.

—Me temo que nos ha sorprendido a la mitad de una conversación sumamente aburrida —dice uno de los capitanes. Ya he olvidado su nombre.

—Sí —afirma el otro—. Estábamos hablando de los esfuerzos bélicos en Estetia, lo que supongo que debe de ser aburridísimo para alguien como usted, alteza.

Dudo entre corregir al hombre o precisar que lo único que me parece aburrido respecto a ese tema es su propia presencia. Pero lord Barlas toma la palabra:

—¿Por qué no me concede un baile, alteza, y así dejamos a nuestros guerreros charlando de sus cosas?

Abro la boca, lista para soltarle alguna respuesta cortante, pero Eryx me aprieta la mano.

—Qué amable ofrecimiento, lord Barlas. La duquesa está encantada de aceptar.

Me pasa al otro hombre como si yo fuera moneda de cambio.

Estoy tan estupefacta por lo que acaba de ocurrir que soy incapaz de protestar. Hasta ahora, Eryx y yo habíamos disfrutado del juego de rechazar a nuestros admiradores... ¿y ahora me entrega a uno de ellos?

Pero ¿cómo se atreve?

Voy a matarlo. Lo tengo clarísimo.

Lo último que veo es a Eryx desapareciendo tras un grupo de personas. Sigue absorto en la conversación con esos hombres del ejército.

Y ya no me queda otro lugar donde mirar que a la cara del conde que tengo delante.

—Alteza, debo confesar que esta noche luces divina. Haces que el resto de las mujeres de la sala parezcan horribles.

—Para hacerme un halago no hace falta que insultes al resto de las mujeres de la sala —le respondo.

Se ríe como si yo hubiera dicho algo gracioso.

—¿Dónde has dejado esta noche a tu amante? —le pregunto tratando de mantener un tono cordial.

—Esperándome en casa. Las fiestas la saturan. No le gusta salir por ahí. —¿No le gusta o él no la deja?—. Dime, alteza, ¿recibiste mis cartas?

—No las recibí. Debieron de perderse por el camino.

—Pues qué pena. Tendré que escribirlas de nuevo.

—Quizá deberías dedicar ese tiempo a ocuparte de la mujer a la que ya mantienes.

—No te pongas celosa. Ahora mismo solo tengo ojos para ti. Disfrútalo mientras dure.

Pero ¿quién se cree que es, un regalo de los dioses para el mundo? Nada más lejos de la realidad.

Juro que tengo la sensación de que es el baile más largo en el que he participado. No me ayuda haber visto de reojo a mi hermana y al rey bailando juntos.

Se aproximan de una manera casi indecente. Él tiene la mano puesta en una parte demasiado baja de la espalda. Se miran a los ojos como si nunca se cansaran de mirarse.

Siento que me invade la ira de siempre. Ahí está mi hermana con el hombre que la ama y que la trata bien. ¿Cómo ha sido Alessandra capaz de conseguirlo? ¿Qué secreto conoce que a mí se me escapa? ¿Cómo ha conseguido lo que quería mientras que yo, de nuevo, vuelvo a estar sometida a alguien que piensa más en el brillo de sus botas que en mí?

Tardo un instante, pero por fin consigo dirigir mi ira hacia el lugar apropiado. Le lanzo una mirada asesina al hombre que me tiene entre sus brazos.

Cuando termina el baile, que dura como cinco minutos, el conde me agarra con más fuerza.

—Bailemos otro.

—Como hermana de la reina, tengo que atender muchos deberes esta noche. Permíteme ir a comprobar si necesita algo.

—La reina se dispone a seguir bailando con el rey.

—Estoy exhausta, necesito beber algo.

—Después del baile.

Me arrastra a la siguiente canción. No le importa que trate de apartarlo. Me aprieta demasiado y ha bajado la mano izquierda de manera indecente.

Aprovechando uno de los pasos del baile, le doy un pisotón bien fuerte.

Gruñe sorprendido, aunque no me suelta.

Así que le doy otro pisotón.

—Alteza, estoy seguro de que conoce los pasos de este baile —me dice.

—Y yo estoy segura de que sabe cuándo una dama le está diciendo que no.

Me ignora y yo empiezo a ver todo rojo mientras planeo cómo será mi venganza hacia este hombre que se atreve a tocarme sin mi consentimiento.

Este baile es más largo que el anterior, y yo siento que se me está formando un moretón en la zona del brazo por donde me ha agarrado para sujetarme mejor.

Cuando empieza la tercera canción, estoy a punto de darle una patada en sus partes. Entonces percibo que se nos acerca una sombra.

Levanto la vista sobresaltada y me encuentro con Eryx, que tiene los ojos refulgiendo en ámbar.

—Permítame —dice con contundencia.

Cuando el conde balbucea alguna excusa para no soltarme, Eryx alarga la mano, lo agarra de la muñeca y empieza a apretar.

Oigo un chasquido.

Lord Barlas suelta un lamento mientras se dobla sobre sí mismo. Se agarra el brazo herido y, por fin, me suelta. Afortunadamente, el grito se pierde entre el sonido de la música. Pero parece que Eryx no ha terminado con él. Le pone una mano en el hombro y yo me muero por ver lo que le va a hacer al conde, pero entonces recuerdo que estamos en público y que no deberíamos protagonizar una escenita.

Me abalanzo para colocarme entre ambos y aparto el brazo que Eryx tiene extendido. Me lanza una mirada asesina.

—Baila conmigo —le pido.

Parece que no me ha oído, pero me atrevo a agarrarle una mano y a ponérsela sobre mi cintura. Entonces, lo tomo de la otra. Un instante después lo hago girar para alejarlo del noble herido, al que nadie parece estar prestando atención.

Los ojos de Eryx siguen encendidos cuando los posa sobre mí. Tiene el cuerpo rígido, pero se las arregla para moverlo al ritmo que le marco. Es obvio que no se sabe los pasos de esta canción. ¿Cómo iba a sabérselos si yo no se los he enseñado?

—Los ojos, Eryx. Retoma el control —le digo inclinándome hacia él. Los cierra de golpe.

—No había acabado con él.

—Estás en un lugar público.

—No me importa. Te estaba haciendo daño.

—Me encargaré de él más tarde.

—¿Cómo planeas hacerlo?

—Ya se me ocurrirá algo. Puede que le pague a su amante para que lo deje.

Eryx abre los ojos. Por fin están un poco menos ambarinos y un poco más cafés.

—Ese no es castigo suficiente.

—Es el único tipo de castigo que puedo permitirme.

—Por eso me iba a encargar yo de él. Los hombres como él no merecen vivir.

Me confundo con el paso del baile.

—¿Estás diciendo que matarías a ese hombre por mí?

Abre mucho los ojos como si advirtiera lo que acaba de decir. Y lo que significa.

Vuelvo a sentir aquellas mariposas en el estómago.

Le aparto la mirada y me fijo en nuestras manos entrelazadas. La camisa blanca le sobresale por su saco. Su manga está teñida de rojo.

—¿Es sangre lo que tienes en la muñeca?

Sigue la dirección de mi mirada y me contesta:

—No.

—¿Qué es entonces?

No alcanza a improvisar ninguna mentira. ¿Acaso hay algo que se pueda confundir con la sangre?

—¿Estás herido? —le pregunto.

—No, no es mía.

Ignoro si eso es mejor o peor.

—¿Dónde has estado?

—En el baño de caballeros.

—Al menos esa mentira es un poco más creíble. —Se le tensa el cuerpo—. Detente ya. Concéntrate en recobrar el control. Entonces podremos irnos.

—No puedo —dice entre dientes—. Sigo queriendo matarlo.

—No pienses en él. Piensa en mí. Concéntrate en el baile.

Un par de parejas ven el estado de Barlas y lo ayudan a salir de la pista de baile. Si alguien sospechara qué le ha pasado, nos evitaría. Parece que, al menos, el conde ha tenido el buen criterio de no acusar al duque.

—Esto... no es horrible —dice Eryx.

—¿Y por qué iba a ser horrible bailar un poco?

—La mayoría de la gente no suele disfrutar haciendo aquello que no domina.

—Creo que ambos podemos afirmar sin miedo a equivocarnos que tú no formas parte de esa mayoría.

—Eras buena para distraerme —dice Eryx tras respirar profundo por la nariz.

—¿Mejor que a Argus y a Dyson?

—Mucho mejor.

—¿Qué suelen hacer cuando tú... sufres un cambio?

Empieza a decir algo, pero se calla al instante, como si acabara de recordar que está hablando conmigo.

—Eryx, los ojos te siguen brillando. Tenemos que hacer algo para que te calmes.

—¿Cómo se supone que tengo que calmarme si acabo de liberarte de un hombre que...?

—Porque de lo contrario me vengaré. Cuando lleguemos a casa, voy a hacer que desees no haberme conocido nunca.

—No lo dudo —dice sonriendo, entonces vuelve a ponerse serio—. Debes saber que no tenía ni idea de lo que me iba a pasar. No sabía que algo así podía suceder en un lugar lleno de gente.

—Eso es porque nunca has presenciado todos los trucos que usan los hombres en público para disimular sus atrevimientos. Cómo lo ibas a saber. No intentan hacerle ese tipo de cosas a quienes tienen la fuerza suficiente como para enfrentarlos.

Sus ojos se encienden de nuevo y yo echo un vistazo a nuestro alrededor para asegurarme de que nadie se ha percatado. Estamos a salvo de momento, pero debo hacer que esto llegue a su fin.

—Nadie —me dice—, nadie va a volver a tocarte jamás de esa manera. Te lo garantizo.

Quiero reírme de sus palabras, pero no lo hago. Advierto

que no lo dice con afán posesivo. No, Eryx lleva tratando de librarse de mí desde el primer día. Lo dice con hambre de justicia. Él daría la cara por cualquier mujer a la que trataran de esa manera.

Así que no lo corrijo, ni le digo que deje de decir tonterías de ese calibre. En lugar de eso, me burlo un poco de él:

—¿Y cómo lo vas a conseguir? ¿Vas a seguirme a todas partes? ¿Vas a matar a todos los hombres que me toquen de manera inapropiada? ¿Vas a hacer una lista con los hombres que me han tratado así en el pasado? Pues van a quedar pocos cortesanos vivos en Naxos...

—¿De quiénes hablas? —me pregunta apretándome contra su cuerpo.

—Por Dios, estaba bromeando. Relájate.

—¿De quiénes hablas? —repite—. ¿Están en esta sala?

—Por favor, tienes que calmarte si quieres que salgamos de aquí sin levantar sospechas. Estaba tratando de hacerte reír con una broma, no quería provocarte aún más.

—¿De repente te importa mi bienestar?

—Después de la escena que has hecho con respecto al mío, sí.

Por fin noto que se le relajan los músculos. El ritmo de la música se acelera y Eryx debe concentrarse mucho para seguirme. Tiene los dedos extendidos sobre mi espalda, y me pregunto si es consciente de ello. Es como si tratara de agarrarme más fuerte.

También intenta no pisarme, claro.

—Mírame a mí —le digo—, no te mires los pies.

—Si no me miro los pies, te voy a hacer daño.

—Ya verás como no —le respondo sonriendo—. Entenderás mejor mis movimientos si me miras. Confía en mí.

Levanta la vista y una sensación opresiva me invade el pecho.

La ignoro y procuro recrearme en la graciosa arruga que se forma en su frente cuando se concentra. Baja los ojos hasta mi boca.

—¿Te estás riendo de mí? —pregunta.

—No, es que me pareces adorable cuando estás concentrado.

—¿Adorable? —La palabra suena ridícula al ser dicha con una voz tan grave como la suya.

—Sí.

—Ahora sí te estás burlando de mí.

—Relájate —le digo con los ojos en blanco—. Ya casi ha acabado.

Y lo hace, al menos durante un instante. Su cuerpo se destensa y sus extremidades me siguen con fluidez. El resplandor ambarino desaparece de sus ojos.

—Muy bien.

Entonces la música se ralentiza de nuevo y él no deja de mirarme. Porque le he dicho que lo haga.

Eryx me acerca más a su cuerpo sin pensarlo demasiado. Me masajea la espalda haciendo círculos con el pulgar y su mirada se intensifica. Un destello de ámbar regresa a su iris.

Le aprieto la mano con la mía, como si quisiera distraerlo, pero Eryx confunde el gesto y me devuelve el apretón.

—Tus ojos... —susurro.

Parpadea y, tan rápido como ha aparecido, aquel resplandor se desvanece. Echo otro vistazo a nuestro alrededor para asegurarme de que nadie nos ha visto.

Mis ojos se posan sobre mi hermana y el rey, que bailan a dos parejas de distancia de nosotros. Kallias está mirando a Eryx, y mi hermana me está mirando a mí.

Se me cierra el estómago, pero le ofrezco a Alessandra

una sonrisa cordial. ¿Por qué me estaba mirando? ¿Por qué el rey observa a Eryx? ¿Lo ha visto todo? Y, si ha sido así, ¿por qué no ha hecho nada al respecto?

Cuando la canción acaba, arrastro a Eryx hacia la puerta antes de que ocurra algo más.

Capítulo 17

En el carruaje advierto de repente que nos falta algo.

—¿Dónde están Argus y Dyson?

Nos acompañaron a la boda. Esperaron durante la ceremonia con el resto del personal. Y recuerdo que nos escoltaron hasta el salón de baile. ¿Qué pasó con ellos después?

—Querían quedarse en la ciudad para disfrutar de la noche.

—Hum, esta ha sido la mejor.

—¿Qué?

—La mejor de las mentiras que me has contado hoy. Ha sido casi creíble.

Eryx se masajea las sienes mientras el vehículo inicia su marcha.

—¿Y por qué estás tan segura de que es mentira?

—¿Quieres que crea que te han dejado solo en mitad de un evento público en el que podrías haberte desenmascarado (como casi hiciste, me gustaría añadir) solo para irse a disfrutar de la ciudad? ¿Después de que no te perdieran de vista en tu propia casa y de que incluso llegaran a protestar por esas pocas veces en las que te has quedado a solas conmigo? No, esta noche estaban tramando algo. Algo ilegal, supongo, si tenemos en cuenta el hecho de que desaparecieras del salón de baile durante más de diez minutos y volvieras con la manga manchada de sangre... A lo que le sumamos que Argus y Dyson ni siquiera volvieron. —Y, entonces, cambio el tono y le hago una pregunta cargada de ironía—. ¿Acaso se estaban deshaciendo de un cadáver por ti?

Eryx se queda helado. Y yo ojiplática ante su reacción.

—¡Lo decía en broma!

Pero ya es tarde. Ha dejado entrever la verdad y es consciente.

Me mira con ojos de asesino.

—Tienes. Que. Salir.

—¿Te refieres a que me salga de este carruaje?

—Me refiero a que salgas de mi vida. Vas a arruinar todo.

Pierdo la cabeza. Durante un instante me olvido de todos los planes que tengo en mente y no puedo evitar responder a esa afirmación con la contundencia que merece.

—¿Que yo voy «a arruinar todo»? ¿Te olvidas de la parte en la que te presentaste en mi vida y me robaste la casa, el dinero y la paz? ¡Llevo meses dándote clases de etiqueta! ¡Te he ayudado a tener un armario decente! ¡Le he hablado al rey en tu favor! ¿Qué más quieres? No pido que confíes en mí, pero ¿qué más tengo que hacer para que, por fin, me respetes?

Mi reacción no lo ablanda.

Gira la cabeza para mirar por la ventana, dejando claro que da por terminada la conversación.

Hasta que el carruaje llega a la mansión no me doy cuenta de que ni siquiera he sacado a colación el hecho de que es un monstruo y de que yo lo he mantenido en secreto, además.

Es curioso que no se me haya pasado por la cabeza.

No había previsto las consecuencias de asistir a la boda de mi hermana. Al parecer, antes la gente evitaba ponerse en contacto conmigo pensando que aún estaba de luto por mi difunto esposo, pero mostrarme en un evento social y bailar con dos jóvenes distintos era la invitación que estaban esperando mis posibles pretendientes.

Parece que la totalidad de la población de este maldito país da por hecho que el misterioso duque y la duquesa viuda de Pholios aceptan visitas.

El día posterior a la boda, Damasus se me acerca cuando estoy leyendo en el jardín.

—Alteza, lord Varela ha venido a verla.

Me entrega la tarjeta de visita del conde y ni siquiera la miro. Me niego a recibir a ningún caballero. Lo mejor es dejarlo claro desde el principio. Este es mi hogar y no quiero enturbiarlo con la presencia de dandis ansiosos.

—Hoy no estoy en casa, Damasus.

—Desde luego que no. Ahora mismo le informo que usted no está en casa.

—Gracias.

Mi mayordomo se despide con una reverencia.

Veinte minutos más tarde, Damasus vuelve.

—Ahora hay un tal lord Regas en la puerta.

—Sigo sin estar en casa.

—Por supuesto, alteza.

Una hora más tarde, Damasus vuelve de nuevo.

—Tiene que ser una broma.

—Soy consciente de que hoy no quiere visitas. Bueno, ni hoy ni nunca, en realidad. Pero me temo que el duque ha permitido a lord Moros entrar a la mansión antes de que yo pudiera informarle que usted no está en casa. El duque requiere su presencia en el comedor.

Cómo no. Después de la conversación de anoche, estoy

segura de que el falso duque hará lo indecible por propiciar que me visiten todo tipo de caballeros, con la esperanza de predisponerme hacia la tentación del matrimonio.

Maldito idiota.

Señalo la página en la que interrumpo la emocionante novela romántica sobre dos caballeros que tienen que luchar contra sus diferencias de clase para poder estar juntos y me encamino hacia el comedor.

Eryx se está riendo de algo que el barón acaba de decir, y esa me resulta una visión de lo más extraña. No solo me saca de quicio, sino que incluso llega a molestarme. ¿Cómo se atreve a divertirse a costa de mis miserias? Sin embargo, como tenemos compañía, fuerzo una sonrisa.

Lord Moros me ve antes que Eryx y se levanta cuando entro a la estancia. Eryx tarda un segundo de más en recordar las normas que aprendió en las clases de etiqueta.

—Aquí está —dice Eryx—. Sabía que la duquesa se moría de ganas de charlar contigo. Chrysantha, no te imaginas cuántas fascinantes historias sobre incidentes de pesca tiene lord Moros para contarte.

—No creo que a la duquesa le interesen los incidentes de pesca, pero seguro que encontramos algún tema en común —responde aquel hombre tan guapo. Debe de tener treinta y algo, pero se mantiene muy bien. Un atrevido bigote le decora el labio superior, conserva todo el pelo y tiene unos dientes muy rectos y la mirada seductora.

—Entonces, tal vez sea mejor que los deje a solas —dice Eryx rodeando la mesita de té que hay ante el sofá en el que los dos hombres estaban sentados.

—Ni se te ocurra hacer tal cosa —le respondo.

—Duquesa —me dice Eryx, avergonzado, mientras intenta bloquear mi visión del barón, como si todo mi ser le resultara ofensivo, no solo mis palabras y mi tono—.

Parece un hombre encantador. Dale una oportunidad —susurra.

—Ese es el barón de Moros —le respondo en el mismo tono.

—Sí, ya lo sabía.

—Eryx, está casado.

Eso hace que Eryx gire sobre sí mismo y mire de frente al hombre.

—No puede ser... —murmura para sí mismo—. Lord Moros, ¿es verdad que ya estás casado?

—Sí, ya llevo casado diez años —contesta el noble—. Pero me he sentido muy solo. Estoy buscando una nueva amante. Pensé que la duquesa y yo podríamos llegar a un acuerdo.

Eryx vuelve a girarse hacia mí con los ojos como platos.

—A menos que tu intención sea convertirte en mi proxeneta —le digo a Eryx—, regreso a mi jardín. La próxima vez igual prefieres preguntarme antes de invitar en mi nombre a ningún caballero a que venga a la mansión.

Salgo con prisa de la estancia, con el libro aún bajo el brazo.

Trato de volver a mi novela, de verdad que lo intento, pero estoy terriblemente enojada. De todas las escenas posibles, me han interrumpido justo en la del primer beso. Y ahora soy incapaz de disfrutarla porque me asaltan un montón de pensamientos relacionados con arrancarle los ojos a Eryx.

No estoy segura de cuánto tiempo llevo ahí sentada compadeciéndome de mí misma, cuando vuelvo a ser interrumpida. Juro por Dios que si Damasus viene con noticias de una nueva visita...

—Lo siento, Chrysantha. —Es Eryx, por supuesto.

—Has arruinado mi hora de lectura.

—No tenía ni idea de que ese hombre ya estaba casado.

No estaba tratando de venderte ni nada por el estilo, lo juro. No soy ese tipo de hombre.

Me río de él porque no es capaz de advertir lo ridículas que son esas palabras.

—Eryx, eso es exactamente lo que estás intentando hacer. Me has ofrecido veinte mil necos para que me case. Te da exactamente igual a quién tienes que pagarle para poder deshacerte de mí. Solo estás molesto porque te has equivocado y no has encontrado a nadie que me pueda quitar de en medio para siempre.

Me levanto. De repente, necesito ponerme en movimiento. Echo a andar hacia el camino que atraviesa los campos y que llega hasta los bosques cercanos.

Él me sigue.

—Eso no es así y tú lo sabes —asegura—. No soy como tu padre. No te quiero vender al mejor postor. Estoy tratando de ofrecerte una vida cómoda con alguien a quien ames y tenga el suficiente dinero como para poder ofrecerte lo que quieras. Con todo lo que sabes ahora de mí, supuse que estarías más que deseosa de marcharte cuanto antes de esta hacienda. Solo lo hago por ti. ¿Por qué no eres capaz de verlo?

—No estás tomando en consideración lo que yo quiero. Eso es lo que importa. Y justo por eso eres exactamente igual que mi padre.

—¿Y qué es lo que quieres? —me pregunta y, de los árboles que nos cubren, todos los pájaros salen volando.

—Quiero que me devuelvas mi mansión. Quiero que me devuelvas mis tierras. Quiero que me devuelvas mi dinero. Quiero averiguar quién eres en realidad. Quiero estar a salvo y vivir cómodamente. ¡Quiero que te marches!

Pero él no me puede ofrecer nada de eso. ¿Por qué habría de hacerlo? No le importa lo más mínimo. Y, en cierto sentido, tiene todo el derecho del mundo a actuar así.

—¡No estás poniendo nada de tu parte! —me grita—. ¡Podrías tener todo eso! Pero no en esta hacienda. Podrías encontrar el amor y la felicidad con algún joven que te respete y te ame.

—¡No quiero ni amor ni felicidad! Quiero libertad. Quiero que me dejen en paz. No quiero «poner de mi parte». Me he pasado la vida actuando como una persona que no soy para darle a mi padre lo que él quería. No para conseguir lo que quería yo. Y ya estoy harta. Tuve que aguantar a Pholios durante dos largos meses, hasta que la muerte por fin lo reclamó. Se suponía que ahora podría convertirme en la mujer que yo quería ser, y sin embargo dependo de ti. Hoy has «requerido mi presencia». Solo he acudido para librar a Damasus de tu ira. ¡Tienes demasiado poder sobre la gente que me importa!

El bosque que nos rodea se queda en completo silencio tras mi arrebato.

—¿Qué fue lo que tuviste que aguantar? —me pregunta con delicadeza.

—No quieres saberlo.

—Te lo estoy preguntando, quiero entenderlo.

—¿Por qué? ¿Qué cambiará el hecho de que lo entiendas? ¿Me vas a dejar en paz cuando te enteres de que Pholios se pasaba el día criticándome y gritándome? ¿Vas a subirme el estipendio cuando te cuente que me metía mano cada vez que podía? ¿Vas a devolverme el ducado cuando te hable de los moretones que me dejaba? ¿Es que si empiezo a darte lástima vas a empezar a comportarte como una persona decente?

Cuanto más hablo yo, más cambia él. Primero, sus ojos. Después, sus orejas. Los cuernos y los colmillos emergen cuando uso la expresión «meter mano».

Me asalta el impulso de dar un paso atrás, de interponer

espacio entre su enorme silueta y yo. Pero me mantengo firme, determinada a aferrarme a mi legítima furia.

Con la voz más grave que antes, dice:

—Si no estuviera muerto ya, lo mataría con mis propias manos.

—¡No puedes decir algo así!

—¿Por qué no?

—Porque esas cosas hacen que parezca que te importo, cuando está claro que no es así.

Me gruñe. Es un ruido a medio camino entre lo humano y lo animal, como si quisiera contradecirme solo con ese sonido.

Alargo la mano, lo agarro del cuerno e inclino su cara hasta mi altura.

—No me importa el aspecto que tengas, Eryx Demos. No vas a ganar ninguna discusión solo por transformarte en mi presencia.

Me mira la boca, tal y como yo pretendía. Pero mi cuerpo traicionero reacciona a esa mirada. Me quedo sin aliento y el corazón me late como si quisiera abandonar mi pecho. Siento que me empiezo a acercar a él como si desprendiera una fuerza gravitatoria que me atrapa.

Recuerdo a la perfección cómo fue sentir contra mi cuello sus caninos crecidos. Ahora me los imagino conquistando mis labios.

En ese momento, mi razón ocupa un lugar remoto... pero parece abrirse paso entre mis pensamientos traidores hasta alcanzar el primer plano en mi mente.

«Es muy pronto para darle lo que quiere. Tiene que rogármelo. Solo así me contará sus secretos».

En el último segundo, aparto su cara de la mía.

—Arregla esto antes de que alguno de los jardineros te vea.

Eryx parpadea y cierra los ojos de golpe para concentrarse. Los cuernos se le hunden bajo la piel como si fueran espadas envainadas. Las orejas pasan de ser picudas a redondas. Sus caninos se retraen. Cuando abre los ojos, siguen siendo de color ámbar, pero ya no relucen.

—¿Y esto es todo? —pregunto, por seguir con la conversación—. ¿Hoy no hemos progresado en nada? ¿Estamos exactamente en el mismo punto que hace veinte minutos?

—Siento mucho cómo te trató mi abuelo —dice Eryx en un tono amable—. Aquello no estuvo bien. Cometió abuso de poder y espero que arda por ello en el infierno. Pero solo porque un hombre se haya comportado así, no significa que todos los hombres...

—No. Termines. Esa. Frase.

Entorna los ojos al percibir mi tono. Se me escapa una risa amarga.

—¿Quieres que deposite mi confianza en otro hombre? ¿Que cometa la ingenuidad de creer que el próximo no abusará de su poder? Quiero ser yo la que ostente el poder: el poder de alejarme de aquellos que me traten mal, el poder de protegerme, el poder de tomar todas las decisiones relativas a mi cuerpo y a mi vida. Ni tú ni nadie puede ponerle precio a esa libertad. Así que tú y tus veinte mil necos se pueden ir al infierno.

Mis palabras provocan un denso silencio.

Eryx, por una vez, parece haberse quedado sin palabras. Nos miramos el uno al otro. Tengo la respiración entrecortada por la intensidad con la que he enunciado ese discursito.

Eryx baja la mirada y me dice:

—Te mereces ese poder. Por supuesto que sí. Siento no poder renunciar al mío en tu favor. Pero ahora mismo lo necesito.

—Te odio —susurro.

Lo oye, pero no me quedo esperando una respuesta. Me marcho, y esta vez no me sigue.

Dedico el resto del día a relajarme. Algo me pasa cuando estoy cerca de él. Pierdo la razón y me transformo en un caótico torbellino de ira.

Metí la pata. La idea era ir seduciéndolo poco a poco, pero exploté en su presencia. Le dije que lo odiaba, lo cual es cierto pero poco útil en mi misión de seducirlo.

Debo encontrar alguna manera de hacer que confíe en mí. Como mínimo, tengo que encontrarlo con la guardia baja. Eryx no tomará otra vez las riendas de la situación. Estoy harta de que invada mi espacio personal cuando quiere. Solo concibo un vínculo en igualdad de condiciones.

O, mucho mejor, en el que yo tenga la sartén por el mango.

Decidida a comprobar una teoría, me llevo esa noche una manta a la biblioteca. La última vez que dormí allí, soñé con Eryx. Bueno, mejor dicho, de alguna forma Eryx me visitó en sueños. O lo visité yo a él. En todo caso, parece ser algo que le molesta. Tiene que ser horrible que alguien invada tu espacio seguro.

Me acurruco en el sofá y me dispongo a dormirme.

Por supuesto, tardo horas en conseguirlo, porque hasta mi propio cuerpo conspira contra mí.

Pero cuando por fin estoy en la más profunda oscuridad, sucede. Abro los ojos en una habitación rodeada de esponjosas nubes blancas. Me inclino para agarrarlas, pero mis manos no tocan nada. Me encojo de hombros y me dirijo hacia la cama.

Me planteo cuál es la mejor manera de proceder. Estoy tentada a arrancarle las sábanas para, por fin, verle la cola...

pero quizá sea una línea que no debo cruzar. Resoplo y me decido por darle una patada al colchón.

Eryx se despierta de golpe, tan transformado como la última vez que nos encontramos en este lugar.

—Otra vez no —me gruñe.

—Me temo que sí —digo cruzándome de brazos—. Tenemos que hablar.

—Acabamos de hablar hace tan solo unas horas.

—Pues quiero hablar otra vez.

Eryx mira hacia la orilla de la cama como esperando que su ropa se materialice allí. Pero no tiene esa suerte. El poder de los sueños es limitado.

Me fastidia que su musculosísimo pecho quede al descubierto durante nuestra conversación.

—Puedes cubrirte con las mantas hasta la barbilla si lo que quieres es mantener la decencia —le ofrezco.

—Di lo que quieras y vete de una vez.

—Antes de nada, quiero disculparme —le digo procurando no atragantarme con semejante falsedad—. Me pasé. Dije algunas cosas que no quería decir.

—¿Te refieres a cuando me dijiste que me odias?

—No entremos en detalles. Creo que ambos decimos cosas que no queremos decir cuando estamos enojados. El asunto es que creo que tú y yo podemos llegar a un punto de encuentro ahora que los dos sabemos más sobre las circunstancias del otro.

—¿Qué quieres decir?

—Sabes que no me voy a ir de esta hacienda. —Jugueteo con un mechón de mi pelo mientras hablo—. Sabes que mi mayor deseo es tener control sobre mi propia vida, escapar de las restricciones que los hombres me han impuesto. Conozco tu secreto. —Eryx se estremece—. Al menos, parte de él. Y esto nos brinda una oportunidad.

—Se nos va a hacer de día si prolongamos esta discusión. ¿Quieres soltarlo ya?

Este chico me saca de quicio.

—Tienes ojeras muy a menudo. ¿Es porque no duermes bien? ¿Te pasa con frecuencia?

—Concéntrate, Chrysantha. Tienes una propuesta que hacerme.

—Cierto. Si me dejas en paz para que viva mi vida como yo quiero y me permites controlar al servicio, la mansión y el dinero, te ayudaré. Pero se acabó lo de querer casarme y ese tipo de cosas.

—¿Y para qué crees que necesito ayuda ahora? —me pregunta masajeándose la frente.

—Para seguir guardando tu secreto. No lo digo como una amenaza, me ofrezco como ayuda para controlarte. Ya han sido muchas las ocasiones en que te he ayudado a mantener a raya el resplandor de tus ojos. Parece que, de alguna forma, soy capaz de domar a la bestia, y creo que podría ayudarte a ir mejorando para no volver a tropezar en el futuro. Si sigues así, el personal va a acabar dándose cuenta de que pasa algo raro.

—Lo que tú haces es despertar a la bestia. ¿Y ahora dices que eres capaz de domarla?

—Lo hago a propósito. Me divierte mucho sacarte de tus casillas. Creo que, con práctica, podrías mantenerla bajo control.

—¡No tienes ni idea de con qué estoy lidiando! ¿Cómo puedes querer ponerte en peligro de esa forma?

Miento. De nuevo.

—Me protegiste de lord Barlas. Nunca me has herido y no sé por qué habrías de empezar a hacerlo ahora. Y, en fin, podrías contarme a lo que me enfrento. Ayúdame a ayudarte.

—¿Para que tengas más munición en mi contra?

—¿Qué quieres decir?

—Si supieras todo, tendrías la sartén por el mango. Sentiría como si nos enfrentáramos en condiciones desiguales.

—Pero ¿cómo dices eso? ¿Por qué me consideras una amenaza tan grande? ¡Nadie me creería si le contara lo que he visto!

—Porque tienes un vínculo con el Rey de las Sombras y, aunque nadie más te creyera, quizá él sí. Y entonces podría considerarme una amenaza para su reino. Ya viste cómo me miraba durante la boda.

Sí, vaya, como si el rey me fuera a conceder una audiencia. Puede que lo que todo el mundo ignora sobre mi relación con mi hermana sea lo único que me mantiene con vida en este momento.

—¿Y por qué iba a considerarte una amenaza el Rey de las Sombras?

Tengo mis propias teorías, pero quiero escuchar las suyas. Eryx baja la mirada hasta fijarla en la manta.

—La dinastía de los Maheras asegura que sus sombras son el derecho divino que les permite reinar, aunque en realidad esas sombras no son más que la maldición de un diablo. A los demonios les encanta enredarse en las vidas de los humanos, aunque pocos son lo bastante fuertes como para manifestarse en el plano físico. Los que lo consiguen se han pasado siglos acrecentando su fuerza. La dinastía de los Maheras fue maldecida por el más poderoso de ellos, y no quieren que nadie ponga en jaque su corona. Si cualquier persona con ciertas habilidades las exhibe, es inmediatamente ejecutada en privado. ¿Cómo podrían defender que las sombras son la demostración del derecho divino a la corona si hay más gente con poderes?

—¿Eso es todo? —susurro—. ¿Sufres la maldición de un demonio?

—No, Chrysantha. Es algo mucho mucho peor.

Se me ponen los vellos de punta.

—¿Por qué me estás contando esto?

—¡Para que sepas a lo que te estás enfrentando! Te aseguro que no quieres estar conmigo en este asunto, que no quieres ayudarme. Deberías estar cuidando de ti misma.

Parece que me cuesta poco desafiarlo.

—¿Y qué pasa si te digo que te equivocas y que quiero justo lo contrario? Sí quiero estar en este asunto. Ya estoy cuidando de mí misma. Pero también quiero cuidarte a ti. No tengo miedo de tu persona ni de las habilidades demoniacas que posees.

Eryx se agarra los cuernos muy frustrado.

—¡No me estás escuchando! No sé de qué otra manera decirlo. Mi habilidad para contener al monstruo es, como mucho, moderada. Puede que no sea capaz de contenerlo en tu presencia.

—¿Quieres decir que hay dos seres viviendo en tu cabeza? —le pregunto mirando su frente.

—No, solo estoy yo. Pero así marco la diferencia entre mi yo controlado y el otro. A veces me confundo, me transformo, me desquicio.

—¿Y ahora mismo?

—Ahora estoy dormido. Siempre me transformo cuando estoy dormido. La inconsciencia me impide aferrarme a mi forma humana. —Sonrío—. ¿Qué? —pregunta a la defensiva.

—Me hace feliz entenderlo y haber conseguido algunas respuestas.

Cierra los ojos con fuerza.

—Estoy dormido y no controlo mis palabras como quisiera. Así que no deberías estar aquí.

—¿Significa eso que si continúo indagando obtendré toda la verdad?

—No. No estoy tan cansado.

—Bueno, ¿podemos llegar a un acuerdo?

—Pero ¿cómo puedes querer seguir con esto? —me pregunta anonadado—. ¿Qué tengo que decirte para que salgas corriendo despavorida?

—¿Qué tengo que decirte yo para que entiendas que no me das miedo? —digo cruzándome de brazos—. Acepta de una vez por todas que estoy hablando en serio.

—Es una idea nefasta. La peor de todas —afirma mirándome a la cara.

—Intentémoslo, ¿qué es lo más horrible que podría pasar?

—¡Podría matarte!

—Has tenido mil oportunidades para hacerlo. Está claro que ni tú ni el monstruo quieren matarme.

Murmura algo que suena a:

—Te horrorizaría saber lo que quiere el monstruo... —Eryx se estremece.

—¿Qué es lo que quiere el monstruo? —pregunto sin el menor pudor.

Eryx traga saliva y me responde con determinación:

—Nada que yo no pueda controlar.

Por algún motivo, vuelve a mi memoria la imagen de sus dientes contra mi cuello, así que ahora soy yo la que se estremece.

—Pues, entonces, decidido —afirmo—. Mañana empezamos. Lo que significa que debería dejarte en paz para que puedas dormir bien.

—¡Pero si yo no he aceptado nada!

—No, pero tampoco te has negado... me conformo con eso. Mañana nos vemos. Y nada de asistentes personales. Con suerte, seguirán en la ciudad deshaciéndose de ese cuerpo.

Eryx me muestra los dientes y me gruñe justo en el momento en el que cierro los ojos con fuerza, confiando en que eso me despertará.

Capítulo 18

Estoy demasiado alterada para dormir, aunque haya vuelto a mi habitación. Y tengo claro el motivo: por fin, Eryx ha empezado a abrirse. No estoy así por las nuevas evidencias de su versión monstruosa. Ni por haber tenido tan cerca su pelo alborotado, sus rasgos arrogantes o su cincelado cuerpo.

Mi pragmatismo me lo impide.

Aún en camisón, atravieso la estancia, incapaz de seguir en la cama. Me siento en mi escritorio, enciendo la lámpara y busco un pergamino en blanco.

No sé muy bien por qué medio irá la carta, solo tengo claro que deseo escribirle a mi hermana... y puede que sea porque necesito ablandarla ahora que, por fin, tengo información para desenmascarar a Eryx.

Querida Alessandra (¿o en privado también tengo que dirigirme a ti como «su majestad»?):

Al escribir esto me doy cuenta de que hemos pasado gran parte de nuestras vidas conversando a través de cartas. Siempre nos hemos escrito en cumpleaños y ocasiones especiales. O cuando teníamos algo de lo que presumir.

Me gustaría que eso cambiara.

Hoy no te escribo para vanagloriarme de nada ni para enviarte por compromiso buenos deseos. La verdad es que no estoy del todo segura de por qué te estoy escribiendo. Pero me encantó verte en tu boda. Aunque nuestra charla fuera breve, me pareció muy auténtica. Y me gustaría que mantuviéramos más conversaciones similares.

Así que aquí va mi intento por compartir más charlas auténticas.

** Me encanta leer. Es mi actividad favorita. Me gusta que mis historias contengan romance y acción, supongo que porque en mi vida real carezco de ello.*

** Me encanta vivir en el campo. Mi jardín es uno de mis lugares preferidos. Adoro oler las flores y observar las mariposas.*

** Uno de mis lacayos tiene un niñito de cuatro años y es una preciosidad. Le estoy enseñando a tocar el piano. Le encanta ayudarme a recoger flores y pasear conmigo por la propiedad.*

** Sentirme segura y controlar todo son dos cosas que he aprendido a valorar.*

Puede que todo esto te suene demasiado sencillo. Tú estás gobernando todo un país y yo envidio las agallas con las que lo estás haciendo. Siempre he querido una vida ajena al escrutinio de los demás. Me hace muy feliz haberla alcanzado por fin.

Si tienes tiempo, me encantaría saber de ti.

Atentamente,

Chrysantha

Vuelvo a leerla varias veces sopesando si debería enviarla o no. ¿Se reirá de mí? ¿Llegará siquiera a leerla? Supongo que nunca lo sabré a menos que lo intente.

Cuando Doran se despierte, haré que la envíe.

Me paso leyendo el resto de la madrugada. No estoy del todo segura de cómo debería ser nuestra primera sesión de entrenamiento de monstruos. Pero está claro que será muy distinta al resto de las lecciones previas. ¿Cómo voy a lograr que Eryx se abra ante mí mientras me esfuerzo por ayudarlo?

Espero que se me ocurra algo cuando llegue el momento.

Cuando bajo las escaleras para ir a desayunar, echo un vistazo por el gran ventanal que da a la parte oriental de la mansión y veo a Eryx encaminándose hacia los bosques.

Gruño y pongo los ojos en blanco. Seguro que pasan horas antes de que regrese. Con toda certeza, ha ido a ver qué ha pasado con Argus y Dyson. Aún no han vuelto y es posible que algo haya salido mal.

Mis empleados no parecen darse cuenta de lo rápido que termino de desayunar. Me levanto de la silla mientras me meto en la boca el último bocado. El tiempo es oro. Me sujeto las faldas con una mano mientras corro hacia la biblioteca. Cuando llego a la puerta, me giro y observo a ambos lados del pasillo.

Yo estaba en la biblioteca las dos veces que he soñado con Eryx. Y esto probablemente revela que él no debe de dormir muy lejos. Si no duerme en la habitación principal, seguro que es porque teme aparecerse cada noche en mis sueños y no descansar nunca. Lo que me hace suponer que tiene que dormir cerca de este punto, pero lo bastante lejos de los sirvientes.

Las cocinas están a mano derecha, bien avanzado el pasillo. Y a continuación, las habitaciones del servicio. Así que no puede estar durmiendo en ningún sitio que se encuentre en esa dirección. A mano izquierda está mi sala, el vestíbulo, el comedor, la sala de recepciones y el salón de baile.

No puede dormir en ninguno de esos lugares. El personal o yo lo habríamos notado.

Justo en el piso de arriba están las habitaciones de invitados, pero las he revisado ya.

¿Qué posibilidades me quedan?

Necesito exprimir el ingenio. Salgo de la casa y observo

las ventanas de la biblioteca. Mientras examino la mansión desde fuera, espero tener un soplo de inspiración.

Pero no se me ocurre nada.

¿Habrá excavado una madriguera en el bosque? No, esa zona está demasiado lejos de la biblioteca y de la mansión en general.

Empiezo a caminar y observo las preciosas flores y los árboles tan bien cuidados. Desde que se volvió a contratar a los paisajistas, el exterior de la mansión luce mucho más bonito.

Me detengo en seco al ver unas puertas de madera casi a ras de suelo.

El sótano.

No puede ser.

Me aproximo a la cerradura con trepidante expectación. No creo que sea aquí. Es un lugar muy poco higiénico y probablemente esté lleno de arañas. ¿En serio que voy a tener que bajar al sótano por su culpa?

Mi llave maestra entra a la perfección en la cerradura y apenas rechina cuando la giro. Tan abajo, el sol no alcanza con su luz, la oscuridad invade todo. Es la única zona de la mansión a la que no llega la electricidad. No tenía sentido hacer la instalación.

Pero justo al entrar veo que hay un farol colgado de un gancho: está cargado de aceite y no presenta ni una mota de polvo.

Está claro que alguien habita este lugar.

Lo enciendo antes de emprender mi cauteloso descenso. Hileras y más hileras de estantes albergan enormes cantidades de vino y de comida. Casi todo está cubierto de polvo, pero en el suelo se intuye un caminito. Alguien se ha desplazado por aquí.

La estancia es interminable. Nunca antes había tenido que bajar aquí y, cuando veo la enésima telaraña, empiezo a rezar para que esta sea mi primera y última visita.

Trato de orientarme deduciendo qué hay sobre mi cabeza. Las habitaciones del personal habrían quedado atrás. Así que aquí arriba estarían las cocinas. Sí, percibo el rumor de los empleados que se afanan en limpiar todo después del desayuno y que ya empiezan a preparar el almuerzo.

Eso significa que la biblioteca debería estar...

Giro un recodo y freno en seco.

Alguien ha colocado unas tablas en el suelo para protegerse del cochambre. Un colchón humilde con un edredón blanco encima descansa sobre el suelo. Cuando me acerco a esta zona, percibo un olor.

El inconfundible aroma a tierra después de una tormenta.

Él ha estado viviendo aquí, entre dos estantes de frutas en conserva. Estoy horrorizada. Jamás permitiría que uno de mis empleados durmiera en un sitio como este. Sin embargo, él se ha pasado aquí todo este tiempo para impedir que yo descubriera su secreto. ¿Dormiría en Dimyros en un sitio mejor o peor que este? ¿Y a mí qué diablos me importa?

A un lado tiene una escoba con la que mantiene limpio el suelo. En un baulito cercano hay un par de pantalones y varias camisas. Junto a una cubeta de agua encuentro un espejo de mano, una cuchilla de afeitar y jabón.

Santo Dios.

Al inspeccionar el resto de aquel cuartucho, encuentro un trozo de pergamino clavado en la pared con una daga similar a la que Eryx siempre tiene a mano.

Me acerco y leo lo que está escrito:

BEMUS ANDRIS
~~*TARASIOS KAZAN*~~
~~*URIAN STRATOS*~~
~~*TYPHUS VALIS*~~

~~CALLISTUS LIAKOS~~
~~KYMUS PANOS~~

Los dos primeros son los nombres de los nobles que han desaparecido, aquellos que Karla y Tekla dijeron que habían visto en el periódico. ¿Ha encubierto el rey el resto de las desapariciones? Intento recordar si vi a alguno de estos hombres en el baile. Creo que no, pero no estoy segura. Sigo leyendo.

ORESTES SARKIS
~~GENERAL KAISER~~

Estos dos nombres aparecen resaltados en la lista. Los conozco. Sarkis es la persona que Eryx cree que lo envenenó. Es quien lo ha estado chantajeando. Y al general lo conocí anoche, en el baile.

Su nombre está tachado y el trazo de tinta es más oscuro que los demás.

Porque se hizo anoche.

Es una lista negra.

También parece más oscuro un nombre que se acaba de añadir. Está escrito de lado, en el margen, porque ya no queda espacio.

ZOSIMO BARLAS

Siento un calor repentino.

Eryx añadió ese nombre anoche. Después de que el conde me tratara mal. A pesar de que le rompió la muñeca, Eryx dijo que no había recibido suficiente castigo.

Y parece que lo dijo en serio.

Me siento tan ligera que podría empezar a flotar ahora

mismo. Es como si el corazón se me estuviera expandiendo. El pecho se me llena de mariposas mientras pienso en el hombre que quiere protegerme aunque se muera de ganas por deshacerse de mí.

Y, por fin, mis ojos llegan al final de la lista y leo el último de los nombres de la columna.

KALLIAS MAHERAS

Rompo a reír de forma incontrolable.

Todo empieza a encajar: el motivo por el que Eryx estaba tan en contra de que me quedara con él en la mansión; la razón de que no durmiera en las estancias del duque; la rapidez con la que aceptó acompañarme a la boda.

Necesita el título de duque para acercarse a esos hombres. Para poder matarlos. Se escabulló de la boda para poder eliminar al general. Argus y Dyson están enterrando su cuerpo por ahí para que nadie lo encuentre.

Y a Eryx ya solo le quedan dos nombres por tachar si no contamos el de Barlas. Sarkis, que por alguna razón se ha escapado de las hábiles garras de Eryx. Y el rey.

¿Cómo espera salir airoso tras matar al rey? ¿Y quién gobernará el país cuando eso pase?

Está claro que Alessandra sería capaz de hacerlo, pero ella y el rey no tienen herederos. No existiría nadie a quien legarle el reino. Además, si Kallias no está para protegerla, Alessandra sería un blanco fácil.

La verdad es que no me preocupa mi hermana. Ella es capaz de arreglárselas solita. Ni siquiera me molesta demasiado que el rey vaya a morir.

Pero no soporto la arrogancia de Eryx. ¿Qué demonios cree que está haciendo? Es imposible que se salga con la suya. Es estúpido y ridículo. Además, ¿por qué? ¿Qué le han podido hacer a él todos esos hombres? ¡Apenas lleva unos meses en la ciudad!

Debe de ser algo relativo a su pasado en el ejército. ¿Qué otra conexión podría unirlo al general? Y Kallias tiene el control del ejército, por lo que esa debe de ser su conexión con el resto de los hombres de la lista.

Trato de memorizar el nombre de Orestes Sarkis. Haré que Kyros le dé ese nombre al señor Tomaras para que lo investigue. Tal vez él sea capaz de encontrar la conexión entre Sarkis y Eryx.

Me recojo las faldas y salgo de allí igual que entré. No quiero que me descubran y tengo mucho en que pensar.

Me pongo cómoda en el jardín de las flores, desde donde tengo una perspectiva clara de los bosques, y me dispongo a esperar. Por una vez, consigo lo que quiero.

Unas tres horas después, el trío más tonto del mundo emerge de entre los árboles.

Están llenos de suciedad, sangre y sabe Dios qué más. Eryx, sin la menor ayuda, arrastra un gran ciervo muerto.

—¡Esta noche cenamos venado! —proclama Eryx mientras se acercan y se dirigen a las cocinas.

—¡Qué buena encubierta! —lo alabo—. Estás adquiriendo destreza en el arte de mentir. Cuando acabes de limpiarte la sangre del general de las manos, no olvides que tenemos una sesión para domesticar monstruos.

Argus murmura una palabra muy fea y Dyson exclama:

—¡Pero ¿cómo es posible que ella lo sepa?!

Eryx le da a Dyson un golpecito en el pecho para pedirle que se calle.

—¿Cuándo van a darse cuenta, idiotas, de que soy una buena aliada? Si fueran listos, contarían conmigo en lugar de intentar mantenerme al margen de sus planes. Y, Argus, antes de que vuelvas a proponer que me maten, he informado a mi hermana de que si algo me pasa tú eres la primera persona a la que tendría que investigar.

Es una mentira descaradísima, pero sirve para que se calle.

—¿Y ahora qué quieres, Chrysantha? —pregunta Eryx sin alterarse.

—No te estoy amenazando. Aunque te cueste creerlo, no siempre albergo segundas intenciones. Solo quería hacerte una sugerencia.

—¿Y cuál es?

—Haz que las pruebas del asesinato del general apunten a lord Barlas. Se le vio hablando con el general en el baile y se merece todo lo peor.

Digo eso y me marcho hacia la mansión, dejando que los tres hombres recapaciten.

Cuando Eryx, por fin, viene a buscarme, lleva puesto un pantalón nuevo. Es negro y sencillo, pero está cosido de una forma muy estilosa. Lo combina con una camisa blanca de manga larga arremangada hasta los codos.

—Mmmm... Parece que hemos encontrado un buen motivo para tener más de un par de pantalones —le digo.

—¿Para disponer de un reemplazo si se manchan al cometer un asesinato?

—Exacto. —Sonrío.

—¿Cómo puedes bromear sobre este asunto? —me pregunta Eryx, estupefacto—. Está claro que sabes que acabo de matar a alguien. ¿No te inquieta ni siquiera un poco?

—Estoy segura de que tenías una buena razón.

—Creo que deberías ir al médico. —Arqueo una ceja—. Algo malo te pasa. Permaneces impasible aun sabiendo que tienes un monstruo, literalmente, delante. Ni pestañeas ante la idea de un asesinato. Estoy empezando a pensar que aquí la inhumana eres tú.

Me río un poco mientras miro a mi alrededor en busca de mi taza de té.

—A lo mejor es que nunca le has confiado a nadie tu secreto. De todas las personas que lo han descubierto por sí solas, ¿cuántas te han rechazado por ser así?

—¿Incluyéndote a ti? Dos.

Sarkis debió de ser el primero.

—Pues a eso me refiero —le digo—. Yo no estoy en tu contra por lo que eres. Te odio por tu papel en mi vida. Son dos cosas completamente diferentes. Además, estamos aquí para cambiar eso. Tienes que aprender a confiar en mí.

—Si traicionaras la confianza que he depositado en ti, podrías arruinar todo.

—Tus malvados planes de venganza ocupan una posición ínfima en mi lista de prioridades.

—¿Es eso lo que crees que estoy haciendo, matar a hombres que hirieron mis sentimientos?

—¿Acaso no es así?

—El general Kaiser era un maldito egoísta que trataba a sus hombres peor que a los perros —me contesta Eryx apretando los dientes—. Han muerto muchos grandes hombres de forma innecesaria solo porque él tenía demasiado poder y muy poca supervisión.

Un poder que le era otorgado por Kallias Maheras.

—Y ahora has hecho justicia. —Eryx asiente orgulloso—. ¿Querías matarlo tú o dejaste salir al monstruo? —pregunto, aunque ya sé que fue premeditado. Estoy haciéndome la tonta para que no sospeche que he averiguado dónde duerme.

—Fue intencionado.

—¿Y alguna vez... no ha sido intencionado? —Su silencio me sirve como respuesta—. Por eso me necesitas. Puedo ayudarte.

Doy por hecho que va a discutirlo o que se va a marchar de la habitación sin replicar nada. En lugar de eso, me sorprende. Toma asiento ante mí, en el sofá que está al otro lado de la mesita de té.

Está admitiendo, por fin, que necesita ayuda. O está confiando en mí. En cualquier caso, me parece buena señal.

—¿Me ayudas a comprenderlo? ¿Qué pasa exactamente cuando pierdes el control? —Espero que no le parezca una pregunta peliaguda. Necesito abrirle el camino.

Eryx se muerde por dentro las mejillas y mira alrededor.

—El monstruo representa mis bajos instintos. Encarna mis peores pensamientos. Quiere tomar el control de todo. Quiere poseer todo lo que le gusta, pasar por encima de cualquier vida que le moleste o que amenace lo que es suyo.

—Creo que lo entiendo.

—El problema viene cuando el monstruo y yo queremos lo mismo. Por ejemplo, los dos queríamos matar al general. Cuando eso sucede, mantener a raya al monstruo es casi imposible.

—Pero estabas hablando con él y los ojos no te resplandecían.

—El monstruo no es ningún idiota. Puede esperar agazapado siempre que sepa que va a acabar recibiendo lo que quiere. Es cuando yo me enfurezco o cuando... —Se interrumpe—. Cuando me enfurezco, me transformo.

—Te he visto transformarte sin estar enojado.

—Me da vergüenza y no quiero hablar sobre ello. ¿Podemos concentrarnos en...?

—También te transformas cuando te... enardeces. Dilo. No hay nada de que avergonzarse.

—«Cuando me enardezco». Qué forma tan delicada de decirlo.

—Eres tú el que se avergüenza, no yo —digo entrecerrando los ojos—. Lo he dicho así para proteger tu delicada sensibilidad.

—Qué graciosa.

—No trato de ser graciosa. Los hombres son las personas más susceptibles que he conocido jamás, y eso que siempre dicen que las mujeres somos unas histéricas. Puedo afirmar que es al contrario. Ahora déjame comprobar que lo he entendido bien. Si experimentas unas emociones muy fuertes o sientes un deseo que se alinea con tus más bajos instintos, te cuesta mucho no transformarte.

—Exacto.

—¿Cuál es tu auténtica forma? —pregunto tras un breve silencio.

—Ambas lo son. Nací con apariencia humana. Empecé a transformarme tiempo después.

—¿Y cómo empezó todo?

—Buen intento, pero aún no tenemos tanta confianza.

Sonrío. «Aún». Es muy buena señal.

—De acuerdo —contesto—. Hasta ahora, ¿qué has intentado hacer para contenerte?

—De todo.

—Dame ejemplos.

—Dolor. Embriaguez. Distracciones. Ese tipo de cosas.

—¿Qué tipo de distracciones?

—Argus o Tyson tratan de quitarme de la cabeza lo que me está perturbando.

—¿Y funciona?

—La verdad es que no.

—Tienes que ser tú quien calme al monstruo, no ellos —digo cruzándome de brazos—. Solo podrás controlarlo cuando él entienda que eres tú quien manda.

—¿Ahora eres experta en monstruos?

—No, pero sé mucho sobre los impulsos. He pasado años dominando los míos. ¿Crees que me gustaba hacerme la tonta? ¿Crees que no quería replicar a los hombres cuando me menospreciaban? Tenía que dominarme. Debía ceñirme a mi objetivo final. No creo que esto sea muy diferente.

—Si fuera tan fácil de hacer, ya lo habría conseguido yo mismo —me responde frunciendo los labios.

—¿Qué te aporta paz?

—¿Qué?

—Paz. Lo contrario de la guerra. ¿Hay algún lugar, cosa o persona que te haga sentir completo y calmado?

—Persona seguro que no. Y nunca he estado en ningún lugar tranquilo. Siempre he vivido rodeado de peligros.

—¿Y qué me dices de tu objetivo final? ¿Hay algo que estés tratando de conseguir?

Piensa un instante y me contesta:

—Supongo que estoy tratando de vivir en paz.

—¿Matando?

—Matando, entre otras cosas.

—Pero ¿cuál es tu objetivo final? ¿Cuándo habrás terminado y tu vida será perfecta?

—Podré, por fin, descansar cuando acabe con mis enemigos.

Observo sus ojeras.

—Pues piensa en ello. Piensa que ya ha sucedido, que por fin estás en paz porque has completado tu misión. Eso únicamente lo puedes lograr si mantienes tu forma humana.

—Qué tontería.

—¿Controlar tus emociones es una tontería? Eres como un niño pequeño haciendo un berrinche.

—Yo no soy...

—Matas a la gente que te molesta solo porque no conoces otra manera de lidiar con tus emociones.

—Se lo merecen...

—Teniendo en cuenta el ambiente en el que creciste, nadie te lo puede empeorar. Primero tu abuelo abandonó a tu madre y después tu madre te abandonó a ti. Acabarás atrapado en ese bucle. Es la única realidad que conoces.

—Sé lo que intentas hacer y no vas a... —me dice con los ojos ambarinos.

—¿Por qué no mataste a tu abuelo? Era lo único que se interponía entre sus riquezas y tú. ¿Por qué dejaste que la naturaleza siguiera su curso? Ya sabías el tipo de hombre que era y, aun así, lo dejaste seguir viviendo. Permitiste que me...

Sus cuernos negros y púrpuras le brotan de la cabeza. Debería sentirme culpable por poner a Eryx en esta situación, pero tratarlo con delicadeza no le hará ningún favor.

—No tienes honor. No haces justicia a menos que te beneficie. Despides a los trabajadores de la hacienda solo para proteger tus secretos. Me robas el ducado porque crees que lo mereces más. Probablemente ni siquiera habrías acudido a salvarme de lord Barlas si aquello no hubiera sucedido por tu cul...

Gruñe y se lanza hacia delante saltando limpiamente la mesita de té sin tropezar con una sola taza. Aterriza ante mí y me cubre la boca con la palma de la mano.

—¿Puedes callarte de una vez?

Lo aparto de un manotazo.

—No hasta que vuelvas a tu forma humana. Encuentra la paz. Piensa en tu objetivo. —Cierra los ojos con fuerza y yo sigo hablando—. A tu padre no le importaban ni tu madre ni tú. Es probable que tú lo espantaras. —Arruga los ojos al hacer fuerza tratando de no hacerme caso—. Argus y Dyson solo están contigo porque te lo deben. En realidad no les importas. Me dijeron que odian depender de ti.

—Eso es mentira —me contesta entreabriendo un ojo.

De acuerdo, parece que quiere que juegue sucio. Soy perfectamente capaz.

—Mi prioridad no es ayudarte. Simplemente, no quiero que me avergüences, ya que tu nombre y el mío están vinculados. Si tú caes, caemos los dos.

Abre los ojos de golpe. Echa hacia atrás una mano para ajustarse la parte trasera del pantalón, lo que me hace deducir que le ha brotado la cola y necesita más espacio.

—¡Concéntrate! —le grito—. ¿Tan difícil te resulta hacer algo tan sencillo, Eryx? ¡No seas un monstruo! ¡Conviértete en lo que tienes que ser para encontrar la paz!

Lanza su boca hacia mí y se frena al rozarme el cuello. Se oye un clic sordo cuando se detiene en el último segundo.

—Te dije que esto era peligroso —me gruñe.

—Y yo te dije que no me asustas. Contrólate. ¿Cómo esperas gobernar un ducado si no eres capaz ni de mantener el café de tus ojos? ¿Vas a matar a todos los arrendatarios que te descubran sin querer? —Le lanzo esas acusaciones sin saber si tienen como objetivo convencerlo a él o a mí misma—. ¿Conocerá tu ira la primera mujer que te presione demasiado para que la saques a bailar en la próxima fiesta? ¿Cuántas vidas te llevarás por delante para mantener tu secreto a salvo?

—Al parecer, todas menos la tuya.

En los segundos que tardo en descifrar esa frase, Eryx por fin se recompone. Vuelve a su estado habitual: el de un hombre corriente, aunque demasiado guapo. Ambos deberíamos estar satisfechos. Lo ha conseguido. Pero el abatimiento nos invade.

—Esto no se repetirá —me dice.

Y veo cómo se aleja.

Capítulo 19

Bueno, supongo que podría haber sido peor.

Eryx me podría haber matado. O podría no haberse sentado conmigo. O yo podría no haber encontrado nunca esa lista de nombres.

Pero, por fin, estoy consiguiendo cosas. Y conozco parcialmente sus planes. Solo necesito más pruebas.

Necesito convencer al falso duque de que me ofrezca otra oportunidad. Tengo que conseguir que se abra más. Que se sienta seguro. Que me abra las puertas como a Argus y a Dyson. Aunque hacerlo sentir mal me haya hecho sentir fatal, esto es lo mejor para mí.

Pero ahora no me habla.

—Eryx —le digo cuando veo que sale del estudio al día siguiente.

—No —me contesta antes de desaparecer por el pasillo.

Argus se interpone en mi camino cuando trato de seguirlo.

En la cena hace que sus asistentes personales se sienten a su lado. Ya no hay motivo para seguir con el teatrito. Los tres charlan como los buenos amigos que son y me ignoran por completo.

Dyson cuenta una historia en la que un amigo de la infancia se rompió la nariz.

—No se dio cuenta hasta el día siguiente de que había sido un malentendido. La verdad es que no besé a Calandra Karahalios.

Argus y Eryx se echan a reír, y el primero de ellos golpea la mesa mientras lo hace. Entorno los ojos ante esa conducta, pero ninguno de los tres me presta la menor atención.

A pesar de todo, mi cuenta bancaria aumenta notablemente. Eryx deposita grandes sumas en ella de forma regular. Quizá cree que está comprando mi silencio o me está pagando para que me mantenga lejos de él. La verdad es que no hemos llegado a ningún tipo de acuerdo, por lo que no tengo intención de hacer ninguna de las dos cosas.

Aproximadamente una semana después, llega una carta que me distrae de mis esfuerzos. Mi hermana me escribe de vuelta. Sujeto el documento entre los dedos durante varios minutos antes de, por fin, abrirlo.

Querida Chrysantha (en las cartas no tenemos que usar los títulos):

Odio leer. No se me ocurre nada más aburrido, pero me alegra que tengas algo que hacer allí en el campo. Supongo que no es ninguna sorpresa que la vida en la corte ya no te interese. Pudiste pasarte los días de tu juventud asistiendo a fiestas, bailes y otros eventos, mientras que yo tenía que quedarme en casa y escuchar las historias que contabas cuando volvías.

Estaba harta de que todo el mundo me ignorara solo por ser la segunda hija. Tengo que reconocértelo. No creo que nuestras infancias pudieran haber transcurrido de otra manera, ya que la sociedad estaba construida de tal forma que para ti las cosas eran muy fáciles y para mí, muy difíciles.

Hay un pequeño rasguño en el pergamino, como si no estuviera muy segura de lo que iba a decir después.

Me he pasado mucho tiempo resentida contigo. Algunas cosas escapaban a tu control, pero otras no. Podías ser extremadamente cruel con tus palabras. La única manera que tuve de protegerme fue hacer que dejaras de importarme del todo.

He pensado en ello mucho tiempo y he decidido dejar de guardarte rencor. Me alegra que mi vida haya acabado siendo como es ahora. Soy lo que soy gracias a ti. Tú, padre, Hektor... todos fueron esenciales a la hora de moldearme. Al final he acabado siendo no solo una reina excelente, sino también una mujer que consigue lo que quiere cueste lo que cueste.

Tú y yo hicimos lo necesario para sobrevivir. He encontrado la felicidad y la paz. Parece que tú también estás muy cerca de encontrarlas.

Así que, de momento, jugaré limpio. Si intuyo cualquier intento de engaño por tu parte, se acabó. Y esta vez será para siempre.

El amor me ha cambiado. Estar con Kallias ha transformado todo. Solo espero que tú también encuentres lo mismo.

Siento lo de tu amante. He oído rumores de que el nuevo duque es el motivo de que desapareciera de tu vida. No sé si es que le asusta tener a una mujer libre viviendo bajo su techo o si el problema es otro, pero no permitiré que esas actitudes se afiancen. Cambié las leyes por algo. Si no las respeta, se las tendrá que ver conmigo.

Por cierto, ¿cómo es Casa Zanita? He oído que es un lugar maravilloso. Si no estuviera felizmente casada, iría a comprobarlo por mí misma.

Con mis mejores deseos,

Alessandra

Busco un pergamino en blanco e, inmediatamente, garabateo una respuesta.

Alessandra:

Ojalá hubiéramos podido intercambiar los papeles. Me habría encantado quedarme en casa pasando desapercibida. Me di cuenta de que la única salida que me quedaba era hacer de tripas corazón y buscar la mejor solución posible. Siento no haber sido más considerada contigo. Gracias por hacerme conocedora de ese dolor tuyo para que así lo pueda entender mejor.

Comparto contigo otra verdad: yo estaba celosísima de ti. De que fueras tan libre, de que te ignoraran, de que te dejaran tranquila haciendo tus cosas. Tú tenías relaciones reales mientras yo pensaba que me convertiría en una hija decepcionante si no acataba exactamente los deseos de padre. Me hubiera encantado ser más parecida a ti. Con tus edictos estás cambiando a mejor las vidas de las mujeres. Estoy muy orgullosa de ti por todo lo bueno que haces con tu poder.

Casa Zanita es un lugar maravilloso. Lo recomiendo muchísimo. Gracias por esa amenaza que podré usar contra el duque en caso de que se vuelva una molestia demasiado grande. Y recuerda que si alguna vez el rey hace algo que te moleste, siempre lo puedes amenazar con una visita a Casa Zanita.

Espero que se lo tome como la broma que es.

No pasa nada, leer no le gusta a todo el mundo. ¿Qué haces para entretenerte, además de coser? Espero que dispongas de tiempo para ti misma, a pesar de lo atareada que estarás siempre.

Atentamente,

Chrysantha

La envío con Doran ese mismo día.

—Este ha sido mi favorito hasta la fecha —dice Karla en la siguiente reunión del club de lectura.

—Estoy de acuerdo —responde Tekla. Las dos lanzan un suspiro satisfecho.

La verdad es que, probablemente, este sea el libro más romántico que hemos leído en el club de lectura... y eso es mucho decir si tenemos en cuenta lo que hemos leído. Incluso Damasus elige libros que contienen amoríos, por mucho que la trama principal sea de aventuras.

—Pues yo creo que no he entendido la relación romántica de este libro —digo. A pesar de que las escenas picantes eran excelentes, no estaban suficientemente justificadas.

—¿Qué es lo que no has entendido? —pregunta Damasus—. Los dos hombres estaban locos el uno por el otro desde el principio.

—Se odiaban desde el principio —lo corrijo alzando una ceja.

—Exacto —dicen a la vez Karla y Tekla. Se giran la una hacia la otra y se ríen por la coincidencia.

—El odio no tiene nada que ver con el amor.

—Por supuesto que no —asegura Tekla—, pero es llamativo que convivan con tanta frecuencia.

No lo comprendo. ¿De verdad hemos leído el mismo libro? No lo parece en absoluto.

—Ambas emociones son muy fuertes —dice Karla.

—Eso no las convierte en la misma emoción. ¡Ocupan extremos opuestos del espectro emocional! —La voz me sale más chillona de lo que pretendo, así que me disculpo—. Perdón por mi arrebato.

—No digo que se confundan porque ambas son muy fuertes —dice Karla.

—Entonces ¿a qué te refieres? —pregunto.

—Cuando odias a alguien tan intensamente, es porque esa

persona se ha ganado ese odio. No odias a nadie con tanto ardor si esa persona te resulta insignificante, si no está a tu altura en inteligencia o carisma. Hay que estar en el mismo plano para odiar tanto a alguien. Y ese nivel de odio conlleva cierto nivel de respeto. Estás reconociendo que esa persona supone una amenaza. Dejas claro que el otro es equiparable a ti.

Tekla asiente con vehemencia.

—Y cuando coinciden el nivel de odio y de respeto es muy fácil que esa pasión se transforme de una cosa en otra.

Se me erizan los vellos de la nuca y se me pone la piel de gallina en los brazos. Observo la biblioteca en la que estamos. Aunque no tengo evidencias, diría que hay alguien espiándonos.

—Nunca lo había visto así —añade Damasus—. La verdad es que me gusta bastante esa descripción.

—Eso explica que las historias de enemigos que se convierten en amantes sean tan populares —asegura Tekla—. Es por la magnitud de los sentimientos. Por esa intensidad. Esas novelas son siempre muy dinámicas.

—Está claro que no todas las relaciones apasionadas tienen que empezar de la misma manera —dice Karla, al tiempo que lanza una mirada tímida a Tekla—. Las que empiezan con una amistad pueden ser igual de adecuadas e intensas.

—Sin duda —afirma Tekla. Las chicas se buscan con la mirada, y Damasus y yo nos apresuramos en apartar la vista de ellas.

Mis ojos se posan sobre dos esferas ambarinas que flotan en un hueco oscuro entre una fila de libros, pero cuando parpadeo ya han desaparecido. Procuro que mi voz no tiemble al tomar la palabra:

—En mi opinión, los dos hombres de la historia eran terribles el uno con el otro. Las palabras que se lanzaron, los puñetazos que se dieron... ¿Cómo puedes hacer borrón y cuenta nueva después de todo eso?

—¿Acaso los hermanos no son terribles entre sí a pesar de que se quieran con locura? ¿No puede pasar lo mismo con una pareja de amantes? —pregunta Karla.

—No —contesto—. No, el amor debería ser suave y cariñoso. Debería fluir sin insultos ni antagonismos.

—Pero ¿en qué mundo vive usted? —pregunta, jocoso, Damasus.

—En uno en el que las duquesas pagan a los hombres por sus favores —responde Karla entre risas—. Para su alteza, el amor solo es posible si es ella quien lleva las riendas. —Tekla le da un codazo—. ¿Qué? —pregunta Karla.

Y entonces ve la cara que he puesto.

—Lo siento, alteza. Era una broma. No quería...

—¿Y qué sabes tú del amor? —le suelto—. Llevan mucho tiempo haciéndose ojitos, pero les da demasiado miedo lanzarse y empezar algo. ¡Al menos yo consigo lo que quiero!

A las chicas se les suben los colores, y Damasus se dispone a reprenderme.

—Alteza, no creo que eso haya sido apropia...

—¿Y tú? Llevas soltero desde que te conozco, Damasus. ¿Qué sabrás tú de este tema?

—No experimento la atracción como la mayoría lo hace —me dice el mayordomo con la mirada sombría—, pero eso no significa que no me guste leer este tipo de libros y discutir sobre ellos. ¿Desde cuándo usamos este tono en nuestras reuniones?

Vuelvo a observar la habitación que nos rodea en busca de esos ojos, preguntándome si los he visto porque de verdad están ahí o porque lo de deshacerme de Eryx se ha convertido en una obsesión. Es imposible que el duque nos esté escuchando, ¿verdad?

Como no lo encuentro en ningún rincón, me relajo. Por supuesto que no está aquí. Tiene cosas mucho más importantes que hacer que espiar una discusión absurda sobre una novela de amor. Lo que me pasa es que estoy sobrepasada por todo lo que ha acontecido en el último mes.

Y no es que esté enojada con mis amigos. Estoy frustrada por pensar demasiado en el falso duque.

—Les pido disculpas por las cosas tan feas que les he dicho —digo mirando a las doncellas a los ojos y, después, también al mayordomo—. Hoy estoy contrariada, pero no es excusa. Son mis amigos y merecen que los trate bien. No volverá a suceder.

—No quería que sonara tan mal lo que dije antes —dice Karla sin cruzar la mirada, ni de casualidad, con Tekla—. El difunto duque la trató fatal. Nadie tiene una mala opinión de usted por las decisiones que ha tomado. Todos hacemos lo que tenemos que hacer para sobrevivir, para encontrar la felicidad. Cada persona es un mundo.

Aunque le tiemblan las manos, Tekla extiende los dedos hasta agarrar los de Karla. La otra chica no se aparta.

—Damasus, hay algo que me gustaría discutir contigo en el pasillo —digo de repente.

—Por supuesto, alteza.

Ambos salimos de la biblioteca y, cuando cerramos las puertas a nuestra espalda, Damasus ni siquiera se molesta en preguntarme si de verdad quiero algo. Él se marcha en una dirección y yo en la otra.

Me siento avergonzada por mi comportamiento. Mi odio hacia Eryx no es excusa para pagar mi mal humor con mi personal. Tengo que hacer las cosas mejor. Les daré a las chicas el resto del día libre para que puedan pasar un tiempo a solas tratando de averiguar qué quieren la una de la otra. Y a Damasus le vendría bien otro aumento.

Entonces recuerdo que tengo que hablar con Eryx antes de realizar ese tipo de cambios, a menos que yo pretenda sacar el dinero de mi estipendio personal.

Vuelvo a enojarme, así que me encierro en mi habitación para que nadie tenga que aguantarme tan alterada.

Dejo tranquilo a Eryx un par de días antes de visitarlo en el único lugar donde no puede eludirme.

—¡Santo Dios! —grita cuando pateo su colchón. Da un gruñido cuando ve que he vuelto a introducirme en su sueño.

—¿Cómo logras llegar hasta aquí? No, mejor dicho, ¿por qué sigues apareciéndote aquí?

—Me estás esquivando.

—Es lo que hago cuando no quiero verte.

—Aprecio los ingresos que haces en mi cuenta —digo mirándome las uñas—, pero no puedo cumplir con mi parte del trato si no me permites que sigamos practicando.

—Tú y tus tratos. Ya no quiero ni uno más. Toma mi dinero y haz lo que quieras con él. No me importa. Pero déjame en paz.

—¿Por qué? Pienso que hicimos verdaderos progresos cuando estuvimos practicando juntos. Yo saqué al monstruo y tú fuiste capaz de contenerlo.

—Quise arrancarte la garganta por las cosas que me dijiste —me contesta apretando los puños.

—¿Es esa la razón por la que renuncias a seguir intentándolo? ¿Porque herí tus sentimientos? Sabes que nada de lo que te dije era en serio. Solo intentaba hacerte enojar.

—Lo sé.

—Entonces ¿cuál es el problema?

—No hay ningún problema.

—Genial, entonces nos vemos tras el desayuno para nuestra siguiente lección.

—¡Chrysantha!

—¿Qué?

Se levanta e intenta enredarse el edredón a la cintura. No lo consigue, así que simplemente lo agarra con la mano mientras atraviesa el suelo cubierto de nubes hasta llegar a mi encuentro.

—No puedo hacerlo más —me dice.

—¿Por qué?

—Por... ti.

—¿Cómo?

—Me recuerdas a mi madre.

Esas palabras casi me expulsan del sueño.

—¿Que yo qué?

No le puedo recordar a su madre. Se supone que tiene que desearme. Y no puede desearme si le recuerdo a su madre. Las madres no son sexis.

—No me refiero al físico, claro, sino a que ella siempre estaba intentando darme lecciones de cualquier cosa y convenciéndome para que me transformara, y eso no me gusta nada.

—¿Ella también trató de ayudarte a domar al monstruo? —¿Quizá por eso murió? ¿Eryx no se resistió y la acabó matando?

—No he dicho eso.

—Si no te estaba ayudando a controlarte..., entonces ¿por qué querría que sacaras al monstruo?

—Intentaba que me trasformara por todos los medios. Igual que hiciste tú. Y no quiero volver a enfrentarme a eso.

—¿Por qué?

Me preocupa que no me conteste o que mi pregunta sea demasiado abstracta.

Por fin, levanta la vista.

—Mi madre me crio con un solo propósito. De hecho, me concibió con un solo propósito. Y toda mi vida estuvo predeterminada por ella hasta que nos separamos cuando yo me fui al ejército. Incluso el hecho de que yo me alistara fue debido a su insistencia.

—¿Qué quería tu madre de ti?

—Venganza —dice tras una breve pausa—. Yo iba a ser su herramienta para vengarse.

Tras decir eso, se gira y se encamina hacia su cama.

Poso mis ojos en su trasero.

O, mejor dicho, justo encima, donde un triangulito entre violeta y negro se asoma por el edredón.

La punta de su cola.

Me quedo boquiabierta.

—¿Por qué la tienes morada?

Eryx se detiene de repente y echa un vistazo hacia atrás. En cuanto la ve, esta desaparece. Me ignora mientras sigue su camino hacia la cama.

—No volveré a asaltarte verbalmente para que te transformes —le digo—. Tengo otros medios para conseguirlo.

—¿Qué otros medios tienes para conseguirlo?

—Tú mismo lo has dicho antes. Enojarte no es la única manera de provocar tu transformación.

Sus ojos de ámbar me miran sorprendidos en el momento en el que me fuerzo a despertarme.

Dejaré que se quede pensando este asunto. Que se pase la noche dando vueltas sobre el colchón, fantaseando en cómo pretendo enardecerlo para forzarlo a transformarse.

Se me dibuja una amplia sonrisa en la cara mientras me dirijo a mi habitación. La próxima vez no seré yo quien lo busque. Para nada. Va a ser él quien venga a mí. Me acabo de asegurar de ello.

Sintiéndome muy orgullosa, me echo a dormir, esta vez en mi propia cama.

No sé cuánto tiempo llevo dormida cuando me saca del sueño un crujido estremecedor. Abro mucho los ojos y vuelvo a oír otro estruendo, seguido del rechinido que hacen las bisagras de mi puerta al romperse y del golpe de esta contra el suelo. Al principio doy por hecho que es Eryx. ¿Quién más tendría la fuerza suficiente como para hacer algo así? Además, tengo bastante fresca su última visita.

Pero no es Eryx quien ocupa el hueco en el que antes estaba mi puerta.

Capítulo 20

Decenas de hombres invaden mi habitación como una marea humana. Uno de ellos tiene hipo y otro se ríe y le da un golpe en el brazo.

—Pues aquí no hay ningún monstruo —dice alguien.

Uno gira sobre sí mismo para inspeccionar por completo la habitación. Cuando el brillo de la luna le ilumina la cara, doy un salto.

Tiene un aspecto más peligroso que el propio Argus. Brazos simiescos, rostro severo, barba cerrada y descuidada.

—Sarkis, ¿dirías que estamos en la habitación del duque?

¿Este es el hombre que ha estado chantajeando a Eryx?

—Cierto —dice Sarkis—, aquí no hay ningún duque.

Emite un contundente eructo y se dirige hacia mi cama. Salto en dirección opuesta con un nudo en el estómago y con el corazón a punto de explotar. ¿Qué hacen estos hombres aquí?

Por primera vez, me gustaría que Eryx no durmiera tan lejos. Estos hombres están aquí por él, no por mí.

—¿Por qué estás en la cama del duque? —me pregunta Sarkis—. ¿Están fornicando o qué?

—No hay necesidad de invadir mi habitación para hacerme preguntas indecorosas.

—Te preguntaré lo que me dé la gana —responde dando un paso hacia mí.

—Eso —dice otro—, si no cooperas te va a hacer lo mismo que al mayordomo.

Damasus.

—¿Le han hecho algo a mi personal?

Rodeo la cama con la idea de esquivarlos a todos e ir a comprobar que Damasus y el resto de mis empleados están bien, pero un brazo ajeno se desliza como una serpiente alrededor de mi cintura.

—¿Adónde crees que vas? —me pregunta uno de ellos.

—Ya estás vestida para dormir. Será mejor que vuelvas a la cama y que yo te acompañe —dice otro.

Intento liberarme del brazo que me aprisiona, pero me aprieta como una pitón. El pánico me invade. Le doy un arañazo en la cara al salvaje que me tiene agarrada.

—¡Ah! —exclama mientras, por fin, me suelta y se acerca una mano al rostro. Me refugio contra la pared, poniendo tanta distancia como puedo entre él y yo.

—¡Damasus! —grito—. Damasus, ¿me oyes? ¿Están todos bien?

—¡Me ha arañado! —dice el hombre del que me he defendido, girando la cara ensangrentada hacia Sarkis.

—No deberías haberle puesto la mano encima a la dama —le contesta el líder—. No estamos aquí para eso. Tenemos que encontrar al monstruo y ocuparnos de él.

—Puede que esto ayude —sugiere un hombre que se abre paso entre el grupo. Me pego contra la pared de mi habitación hasta que me duele la espalda, pero no puedo evitar que se me acerque.

Me cruza la cara de un cachetadón.

Doy un grito ahogado y me llevo la mano a la zona adolorida.

—¡Necesitamos que grites! —me dice.

—¿Qué?

—¡Que grites, he dicho! —Me agarra del pelo y jala fuerte. El dolor me hace gimotear. Trato de darle una patada, pero no tengo ángulo y no acierto.

—Parece que tus métodos no la asustan —dice otro grandulón—. Probemos los míos.

Doy un grito al ver que su cuchillo se acerca a mi piel. Cuando el arma me roza, el chillido se vuelve más agudo. Empieza por mi muñeca y arrastra el acero en un arañazo deliberadamente lento mientras que otro de los hombres me sujeta.

Me defiendo retorciéndome y lanzando golpes. Como eso no funciona, intento dejarme caer al suelo, pero son demasiado fuertes. Mis alaridos de dolor son lo único que se oye mientras el cuchillo prosigue su camino hacia arriba. Mi voz va subiendo de tono conforme aumenta la presión del metal, que se va clavando cada vez más profundo.

Y entonces una sombra se desplaza ante mí. El hombre del cuchillo sale volando hacia mi armario, haciendo que la madera estalle en pedazos antes de que su cuerpo caiga al suelo. El salvaje que me sujeta se asusta y se gira, soltándome los brazos por fin.

Me da miedo comprobar el daño que me han infligido. El dolor invade todo mi antebrazo y noto que la sangre mana a borbotones hasta empaparme los dedos. Mis gritos se han convertido en sollozos y, más allá de las lágrimas, puedo entrever cómo otro de los bárbaros sale volando hacia el techo y choca contra el candelabro antes de reventar el yeso. Otro hombre acude muy deprisa para amortiguar en lo posible su caída. Una lluvia de cristales los cubre a los dos.

La sombra continúa moviéndose con una rapidez inverosímil. Vuelve como una ráfaga hacia el hombre que me agarraba y acto seguido este sale volando, destroza los cristales de mi ventana y desaparece en la oscuridad.

Ya no soy la única de la habitación que grita.

Se oyen unos disparos y me caigo al suelo tras resbalar en un charco de mi propia sangre. Quiero cubrirme la cabeza con las manos y esconder la cara en la alfombra mullida, pero no puedo apartar la vista de la sombra y de lo que va a hacer a continuación.

Mi parte más racional sabe que es Eryx el que se está deshaciendo de los hombres de uno en uno, pero cuando veo que los intrusos descargan sus revólveres contra él sin conseguir abatirlo, no me resulta difícil dar por hecho que se trata de otro ser completamente diferente. Las balas repiquetean contra el suelo una vez que su capacidad regeneradora las expulsa de su carne. No las oigo caer, pero las veo rodar abolladas en un extremo por el impacto. Una de ellas acaba justo al lado de la alfombra sobre la que estoy. La agarro y la aprieto, aferrándome así a algo tangible mientras observo la carnicería que se está desplegando a mi alrededor.

Eryx agarra a un hombre y lo parte por la mitad contra su rodilla. A otro le arranca los brazos. Le da un puñetazo a la rodilla de otro de ellos y oigo cómo la rótula le estalla antes de caer al suelo y de que Eryx le aplaste la cabeza de un pisotón, dejando al intruso inerte.

Van cayendo uno tras otro y yo sigo allí tumbada con la cabeza girada hacia a un lado, observándolo todo como si fuera un sueño; una pesadilla, más bien.

Eryx le rompe el cuello al último hombre que queda en pie y sobreviene un silencio atronador.

Se encienden las luces, pero son más tenues de lo habitual porque el candelabro cuelga medio destruido sobre nuestras cabezas. Me doy cuenta del nivel de horror cuando empiezo a fijarme en cada terrorífico detalle.

Muebles rotos, huesos rotos, cristales rotos. Salpicaduras de sangre, salpicaduras de materia cerebral, salpicaduras de saliva. Al menos uno de los bandidos se orinó encima antes de morir, o quizá después. La cara de uno de esos bárbaros está congelada en un grito atroz.

Y, sin embargo, entre toda esa carnicería, también hay algo de belleza.

Porque lo veo a él.

Los ojos ambarinos, las orejas puntiagudas, los caninos afilados, los cuernos sobresaliéndole del cráneo. Desde donde yo estoy, tirada en el suelo, él parece enorme. Solo alcanzó a ponerse los pantalones y las botas antes de subir todas esas escaleras. ¿Cómo supo que yo corría peligro? El sótano está demasiado lejos...

Los agujeros de bala le salpican el torso, pero en lugar de sangre... de ellos brotan sombras.

Sombras negras emergen de sus heridas y se acumulan en el suelo, donde él las pisotea. Pues sí, Eryx se está moviendo.

Se mueve hacia mí.

Cae de rodillas y las manos le tiemblan mientras me mira con sus ojos ambarinos. Puede que yo aún esté gimiendo de dolor.

—¿Te puedes levantar? —me pregunta con suavidad. Sacudo la cabeza con vehemencia—. No pasa nada. Quédate aquí.

Acerca la mano hacia mi brazo herido. Sus cuernos y sus caninos se contraen, y vuelve a su forma humana.

Me estremezco antes siquiera de que me toque.

—Tranquila. No voy a hacerte daño, Chrysantha. No tienes nada que temer.

Y, pese a todo, dejo escapar un bufido.

—¿Yo? ¿Miedo de ti? Por favor...

Su expresión de desconcierto roza lo cómico. Me mira aún con ojos lobunos.

—Y entonces ¿por qué...?

—Me duele el brazo, maldita sea. ¡No me lo toques!

Se aparta un poco de mí, impactado por mi respuesta. Sacude la cabeza como si no creyera lo que está viendo. Intuyo algo a su espalda.

Es Sarkis. Debió de esconderse tras la puerta antes de que Eryx apareciera en la habitación. Estaría esperando el momento adecuado. Ahora se acerca a Eryx mientras este le da la espalda, y lleva entre las manos la espada más gruesa que he visto jamás.

Además, Sarkis exhibe ahora una apariencia muy distinta. ¿Son unas orejas puntiagudas lo que sobresale de su pelo? También parecen asomarle un par de cuernos. Aunque no son como los de Eryx, sino la mitad de pequeños y de un amarillo espeluznante.

—¡Detrás de ti! —digo sin pensarlo dos veces.

Eryx se gira y agarra a Sarkis por la garganta.

Pero la veloz espada se mueve y atraviesa el pecho de Eryx, del que emanan más sombras. Eryx aparta a Sarkis de un fuerte empujón y este se las arregla para aterrizar de pie, aunque el golpe lo hace perder la espada.

—¡Esto se acaba aquí! —grita Eryx mientras se lanza contra el otro hombre. Sarkis debería estar muerto. ¿Cómo es capaz de resistir la fuerza sobrenatural del falso duque? Lo cierto es que el hombre bloquea los golpes y le devuelve a Eryx algunos que hacen que este se tambalee.

Sarkis recibe un golpe que debería hacerlo sangrar, pero de su herida salen sombras.

—¡Tú me hiciste esto! —grita Sarkis limpiándose las manchas de oscuridad.

—¡Te salvé la vida!

—No, me convertiste en un monstruo.

—Para nada. Te transmití mis habilidades sin querer. Fuiste tú el que se convirtió a sí mismo en monstruo.

Sarkis se abalanza sobre Eryx y lo derriba. Cae cerca de la espada, pero no puede alcanzarla.

Olvidándome de mi propio dolor, me acerco lo suficiente como para darle una patada a la espada y que Eryx pueda agarrarla. Sus dedos se aferran al mango, la levanta y atraviesa con ella la garganta de su oponente, separándole la cabeza de los hombros.

De la herida no emanan sombras.

Solo queda un amasijo de carne muerta sobre Eryx. Ni siquiera las sombras tienen ese poder regenerador.

La decapitación es la única manera de matarlos.

«No podré hacerlo».

«Tampoco quieres hacerlo —me responde una segunda vocecita en mi interior—, acabas de ayudarlo a escapar de la muerte».

«Sí, pero solo porque en mi habitación había un monstruo desconocido y la siguiente muerta podría haber sido yo».

Eryx se quita de encima el peso muerto y entonces se levanta.

—Gracias —me dice antes de mirarme el brazo con detenimiento.

Me atrevo a bajar la vista. El cuchillo me ha recorrido la mitad del antebrazo. Tengo la piel completamente abierta y aún sale sangre del corte. Algo blanco asoma entre los músculos rojizos.

Casi me desmayo cuando me doy cuenta de que es mi propio hueso.

Me muerdo el interior de las mejillas para mantenerme consciente, pero no me atrevo a mover el brazo.

—Damasus —susurro—. Dijeron que le habían hecho algo. Tienes que...

—Ten cuidado —me contesta—. Ahora vuelvo para curarte.

—No, por favor. Ve a ver cómo está. Comprueba si el resto del personal se encuentra bien. No, espera, yo voy.

Pierdo el equilibrio antes de poder dar un paso. Eryx me sujeta por los hombros y estoy tan cerca de él que las sombras que emanan de sus heridas me rozan.

Al tacto, no están ni calientes ni frías. Se sienten como un leve movimiento, como si la brisa más suave me rozara la piel antes de seguir hacia el suelo.

—Despacio —me dice. Cuando me mira el brazo le brotan los caninos de nuevo, haciéndolo parecer un animal salvaje—. Esos desalmados te han herido.

—Soy consciente de ello.

—Y lo han hecho en mi propia casa.

—Ni es una casa ni es tuya —digo sin apenas energía.

Cierra con fuerza los ojos y la mandíbula se le tensa, pero esta vez no es por algo que yo haya dicho.

—Es culpa mía... —susurra.

—Pues muy bien. Quédate aquí compadeciéndote. Yo tengo que cuidar a mi personal.

—Lo haré yo si me prometes quedarte sentada hasta que pueda llamar a un médico.

—No puedes hacer eso.

—¿Por qué no?

Señalo los charcos de sombra que tiene a los pies.

—Eso desparecerá dentro de un momento —dice.

Me quedo hipnotizada mirando el espectáculo imposible que tengo delante. Las sombras se parecen mucho a las del Rey de las Sombras, pero está claro que funcionan de otro modo.

Todavía tengo la bala agarrada con fuerza en el interior de mi puño.

Se oyen unos pasos corriendo por el pasillo. Me pongo instintivamente delante de Eryx, como si pudiera convertirme en un escudo para que el personal no descubra sus habilidades. Pero por suerte son Argus y Dyson.

—¿Qué necesitas? —pregunta Argus.

—Busca a un médico. Chrysantha está malherida.

Como parece que eso es lo último que Argus quiere hacer, Dyson dice:

—Yo me encargo.

Cuando vuelvo a mirar a Eryx, sus heridas se han cerrado y las sombras se han disipado. Sus ojos han vuelto a ser cafés.

—Damasus —digo mientras se me empieza a nublar la vista.

—Cierto —dice Eryx—. Argus, ve a comprobar al personal. Ayuda a quien más lo necesite. Y después...

No oigo lo demás.

Abro los ojos al sentir un piquete en mi brazo herido.

La herida me duele más que antes. Huele a alcohol y, cuando me giro, descubro una aguja cosiéndome la carne. Ya no estoy en mi habitación, me han trasladado a la de la duquesa otra vez. Es probable que el cambio obedezca a que aquí hay menos hombres muertos.

Levanto la vista y me encuentro con la cara de un viejo médico bonachón que me está observando con detenimiento.

—Bien, ya está despierta —dice sacándome la aguja de la piel—. Lamento que le duela, alteza, pero solo puedo hacerla beber esto ahora que está consciente.

—¿Qué es? —pregunto mirando el vaso que me acerca.

—Es láudano. Para el dolor.

—No lo puedo tomar. Me provoca unas reacciones terribles. —Me pasa desde que era pequeña.

—Entonces me temo que esto va a doler bastante. Al menos se ha librado usted de todo el proceso de limpiado.

A medida que voy despertando, me vienen a la mente más recuerdos.

—Damasus —digo—. ¿Ha visto ya a mi mayordomo?

—Aún no, alteza. El duque dejó claro que la prioridad era usted.

Le aparto el brazo con una mueca de dolor

—Vaya con él —le pido.

—Alteza, tiene abierta la herida del brazo.

—Y me acaba de decir que ya la ha limpiado. Puedo esperar. Vaya a ver primero a todo mi personal.

—Pero el duque...

—Al duque le molestará enterarse de este retraso. Váyase. Le aseguro que no le dejaré hacerme nada hasta que compruebe cómo están todos mis empleados.

Se le tensa el rostro, pero por fin dice:

—De acuerdo, alteza, pero tengo que informar al duque de que usted se niega a recibir ninguna asistencia.

—Hágalo. Váyase ya.

Trato de no mirarme el brazo mientras me acomodo en la cama. Siento que palpita con fuerza con cada uno de mis latidos. Dejo escapar un gemido leve, pero me aferro a mi decisión. Damasus no puede morir. Nadie va a morir. No lo permitiré.

La puerta se abre de golpe y yo me asusto y dejo escapar un lamento.

—¿Te estás negando a que te traten?

—Ya te dije que quería que el médico viera primero a Damasus. Nunca me escuchas.

—¡Las heridas de Damasus no son tan graves como las tuyas!

—No me importa.

Aunque no me puedo mover mucho, le retiro la mirada girando la cabeza y doy por terminada la conversación.

—Muy bien —contesta y doy por hecho que se va a ir de la habitación. Pero lo oigo chapotear en el agua. ¿Qué estará haciendo ahora? Miro y lo veo en el baño enjabonándose las manos con intensidad.

—¿Qué crees que estás haciendo?

—Puede que no sea médico, pero he tenido que hacer esto decenas de veces en el ejército. Si no dejas que el profesional se encargue de ti, entonces lo haré yo.

Se seca las manos y se sienta a mi lado. Agarra el hilo y la aguja que el médico había soltado.

Lo miro a los ojos y veo que resplandecen en ámbar como retándome a que me niegue.

Tampoco es que pueda salir corriendo, la verdad. Además, tengo la sensación de que, esta vez, Eryx me va a noquear si no colaboro.

—De acuerdo.

Me doy la vuelta y le ofrezco el brazo. Cuando siento que la silla que tengo al lado se mueve hacia mí, me preparo para enfrentarme al dolor. Pero el suspenso se alarga demasiado, así que me giro hacia ese hombre tan vengativo.

—¿Qué ha pasado antes? —le pregunto—. Mataste a esos hombres y empezamos a hablar. Argus y Dyson aparecieron. Y no recuerdo más.

La aguja se cierne sobre mi piel y un aire de culpabilidad cruza la mirada de Eryx.

—Te desmayaste.

—¿Me desmayé?

—Sí. Imagino que te acercaste demasiado a mí.

Mientras frunzo el ceño, la aguja me pica. El dolor me obliga a hacer una mueca, impidiéndome reaccionar ante esa afirmación tan ridícula.

—¡Eso duele!

—Lo sé, pero necesitas al menos diez puntos más.

Siento que un leve temblor quiere abrirse paso por mi cuerpo, así que procuro seguir hablando.

—¿Damasus está malherido?

—Le han dado una buena paliza. Tiene incontables moretones, pero lo único que le han roto ha sido la nariz. El médico se las tendrá que arreglar. Cuando vi a Damasus estaba de buen humor, seguro que está manejando el asunto mucho mejor que tú.

Introduce el hilo de sutura en mi piel y jala de él con fuerza. Lanzo un mordisco al aire y por poco me arranco la lengua.

—Has sangrado más de lo que pensaba —me dice Eryx en tono distendido—. Es llamativo que aguantaras consciente tanto tiempo. Por fin te levantamos el brazo, lo que ayudó a que las cosas se ralentizaran bastante. Todo el personal quería estar aquí para ayudarte, especialmente ese lacayo tuyo, Kyros. Pero ordené que todos se fueran.

Vuelve a introducir la aguja y a mí me cuesta mucho trabajo no ponerme a llorar. Lo miro. Tras el ataque, se ha cambiado de camisa. No tiene ni un arañazo.

No sé por qué, pero hay algo en la ligereza con que me habla que me hace desconfiar.

—¿Cómo supiste que me encontraba en peligro? —le pregunto.

—Te oí gritar.

—¿Desde el sótano?

Ahora le toca a él hacer una mueca.

—Sí, desde el sótano. ¿Desde cuándo lo sabes?

—Desde no hace mucho. Averigüé que tendría que ser algún sitio cercano a la biblioteca.

—Como siempre, eres más lista de lo que te conviene.

—Tuve que husmear un poco. Eres un misterio y yo odio los misterios. Me gusta enterarme de todo.

—Entonces ya sé por qué te resulto tan frustrante.

—No sabrías ni por dónde empezar si te pones a hacer una lista de tus cualidades más frustrantes, Eryx. ¿Quieres que lo intente yo? ¡Ay!

Lanza otra puntada y cierra los ojos ante mi aullido de dolor. Tensa las facciones como si intentara luchar contra algo. ¿Contra su propia ira?, ¿contra su furia?

¿Contra mí?

—Dime por qué —le digo, pues necesito urgentemente alguna distracción.

—¿Que te diga qué?

—Dime por qué has venido. —No dice nada, así que continúo—. Podrían haberme matado y, por fin, te habrías librado de mí. También de las presiones para que me cuentes tus secretos, de las preocupaciones por si revelo todo lo que sé. Te habrías librado de mí y el ducado estaría por completo en tus manos. Pensé que quizá habías enviado tú a esos hombres con el objetivo de librarte de mí.

Levanta la vista y me mira a los ojos, deteniendo la aguja antes de la siguiente puntada.

—Soy la razón de que ellos vinieran, pero no tenían derecho a hacerte daño.

—Pero eso, para ti, habría supuesto un afortunado giro de los acontecimientos. Así que te lo preguntaré de nuevo: ¿por qué los detuviste? ¿Por qué volviste a desplegar tus habilidades ante mí? Podrías haber obtenido todo lo que anhelabas.

Observo cómo sus ojos se vuelven otra vez de color ámbar.

—No todo.

No digo ni una palabra mientras da la siguiente puntada, esperando que eso lo anime a seguir hablando. No dice nada hasta que vuelvo a soltar un gemido de dolor, pese a que hago todo lo posible para contenerlo.

—Si no lo entiendes, entonces es que no eres tan lista como crees —dice por fin.

¿Acaso hay algo que necesita de mí? ¿Algo que solo puede obtener mientras la duquesa viuda siga viva? ¿Qué me estoy perdiendo?

Eryx se inclina sobre mi brazo y me da un soplido largo y fresco sobre la herida, que está en carne viva.

—Dime por qué me lanzaste una advertencia, Chrysantha.

—¿Disculpa?

—Me advertiste de la presencia del hombre que se acercó por detrás. Yo ya estaba herido, la sombra me manaba por todos sitios. ¿Querías evitar que siguiera sufriendo? ¿O pensabas que él sería capaz de matarme y preferiste avisarme? Sabes perfectamente que él podría haberlo hecho. Tengo puntos vulnerables. Él podría haberme matado y tú te habrías quedado con todo. La mansión, la hacienda, los sirvientes, el dinero. —Hace una pausa—. Tu amante habría regresado. Todo habría vuelto a ser tuyo. Seguro que la idea se te pasó por la mente... así que ¿por qué me avisaste?

—Acababas de salvarme —le contesto—. Te debía una.

—Eso significa que ahora estamos empatados. ¿Me dejarás morir la próxima vez que esté en peligro?

—Sí.

Sonríe y me muestra los colmillos afilados. El corazón deja de latirme un instante cuando los veo. Pero vuelve a ponerse serio y se concentra en seguir dando puntadas.

—Lamento que te hayan herido, Chrysantha. —Se le

quiebra la voz y eso nos sorprende a ambos—. No debería haber sido así. Nunca pensé que Sarkis fuera capaz. Si, por un segundo, hubiera pensado que estabas en peligro, te prometo que habría hecho algo al respecto. Nunca quise que mi pasado te hiciera daño.

—¿Quiénes eran esos hombres? ¿Por qué te querían matar?

—Sarkis era mi compañero de regimiento. Hubo un incidente con el enemigo. Ambos salimos heridos. Me lo eché a la espalda y lo puse a salvo, pero se expuso demasiado a mis sombras. Mientras estas me curaban las heridas, se colaron en las suyas.

Me quedo boquiabierta.

—Heredó algunas de mis habilidades. La fuerza sobrenatural, la capacidad de sanación. Al principio, él estaba muy contento. Le encantaba lo imparables que ambos éramos en el campo de batalla, pero no se mostraba demasiado cuidadoso a la hora de esconderse. El rey publicó una orden de arresto en su contra. Me preocupaba que Sarkis me delatara. Así que traté de neutralizarlo, pero no lo conseguí. Y, por supuesto, él se puso en mi contra después de aquello. Lleva persiguiéndome desde entonces.

Aprieto los dientes con la siguiente puntada.

—¿Y no te pareció que yo debería haberlo sabido?

—Ya te he dicho que nunca pensé que él fuera un peligro para ti.

—Tienes que empezar a confiar en mí y hacerme saber este tipo de cosas. Podríamos haber contratado más seguridad para la hacienda. Habríamos evitado esto.

—Yo... no estoy acostumbrado a confiar en los demás.

—Cuando las consecuencias afectan a alguien más que a uno mismo —digo señalándome el brazo—, es algo que conviene considerar.

—Tienes razón —dice haciendo un gesto de dolor.

Eryx vuelve a concentrarse en mi brazo y su siguiente puntada me hace demasiado daño.

—Aun a riesgo de parecer patética, esto me está doliendo un montón. ¿Podrías tratar de hacerlo con más cuidado? No todos tenemos un poder de curación sobrenatural.

—No eres patética. Es un corte muy profundo. Te va a quedar una cicatriz tremenda.

—Nunca había tenido una cicatriz.

—Deja de fruncir el ceño. Las cicatrices son buenas. Significan que has sobrevivido.

—Solo he sobrevivido gracias a ti.

Estaba completamente indefensa. Los asaltantes me superaban en número y mi única protección era mi camisón. Imposible recordar una situación en la que haya sentido más miedo.

—Ningún ser humano podría haberse enfrentado a ese grupo solo con las manos.

—Pues hoy me alegro de que no seas del todo humano.

Reprimo un sollozo cuando siento que la aguja vuelve a atravesarme. Eryx aprieta la mandíbula.

—Ya está. —Hace un nudo, extiende algún tipo de ungüento calmante sobre la carne recién cosida y empieza a cubrirme la herida.

Eryx vuelve al baño para limpiarse de nuevo. De camino hacia la puerta, me dice:

—Descansa, duquesa. Tu cuerpo necesita curarse.

Yo me desprendo de las mantas.

—De ninguna forma. Tengo que ir a ver cómo está Damasus. Mi habitación ha sido destruida. Necesito que la arreglen. Además, alguien tendrá que hablar con los guardias cuando lleguen. Y tendré que encargar muebles nuevos.

—Parece que los muebles son siempre tu prioridad.

—Si cada cosita que digo te molesta, tienes la posibilidad de largarte.

—No me molesta cada cosita que dices.

—Las pruebas revelan lo contrario. —Intento esquivarlo un par de veces, pero me obstruye el paso.

—¿Sientes por mí algún respeto? —me pregunta de repente.

—¿Qué?

—¿Me odias tanto porque reconoces que en cierto modo somos iguales?

Siento una punzada en el estómago. ¡Sí estaba escuchando en el club de lectura!

—Jamás podremos ser iguales. Es imposible si tú ostentas todo el poder —le digo.

—¿Y si no fuera así?

—Entonces ¿qué razón tendría para odiarte?

Percibo un destello ambarino en sus ojos. Repaso qué he podido decir para que le moleste tanto. No se me ocurre nada, así que contraataco.

—¿Tú me ves como a una igual?

—Yo te respeto.

—Pero ¿me ves como a una igual?

—Te veo como... —Se detiene, pero no aparta la mirada.

—¿Como algo a lo que hacer daño? ¿Como algo que matar? ¿O como qué? Dijiste que podías controlar a la bestia.

—Puedo controlar a la bestia.

—Entonces ¿por qué te brillan los ojos al acercarte a mí? Es imposible comprenderte...

Eryx se me acerca sigilosamente un poco más y yo retrocedo todo lo que puedo al ver que se le alargan los caninos. Cuando doy contra la pared, me protejo el brazo herido para no hacerme más daño. Eryx me recorre la garganta con un dedo y acaricia el sitio exacto donde la bestia me puso los dientes.

—Nunca sientes miedo de lo que soy. Eso me gusta. Y a la bestia le encanta. Te veo como mucho más que a una igual, Chrysantha. Eres mucho mejor que yo.

—Eso ya lo sabía.

Y como si mi sarcástica respuesta fuera la gota que colma el vaso, baja la mirada hasta mi boca y posa sus labios sobre los míos.

Capítulo 21

Ese contacto repentino me sorprende, por mucho que intuyera que las cosas acabarían así. Porque las cosas siempre acaban llegando a este punto. Es lo que los hombres quieren de mí. Soy una extraña belleza. Algo que los hombres anhelan y procuran hacer suyo. Siempre quieren más y más y más.

Tras el encuentro inicial de nuestros labios cerrados, él se retira levemente. Solo un pelo cabría en el hueco que nos separa. Toma una bocanada de aire tan profunda que casi me inhala con ella. Está tratando de calmarse. Se queda tan petrificado que tengo la sensación de que está luchando contra sí mismo.

Nuestras frentes se tocan. Juega a rozar mi nariz con la suya. Entonces sus labios descienden, pero no hasta mi boca.

Desliza los labios por mi mandíbula. No sé por qué permito esto. ¿Será por una curiosidad morbosa?

Cuando se detiene junto a mi oreja, susurra en un grave gruñido:

—Dime dónde te gusta que te besen.

Esas palabras... me despiertan algo. Algo se agita en mi interior. Algo que lleva dormido demasiado tiempo. Una intensa energía me vibra bajo la piel y hace que me deshaga de cualquier rastro de sentido común.

Me subo la manga del camisón, muestro la muñeca de mi brazo sano y trazo un lento círculo sobre las venas que conducen a mi mano.

—Aquí.

Con sus ojos ambarinos clavados en los míos, me agarra el brazo y se lo lleva a la boca. Me mira mientras me besa la piel ahí. Como le gusta lo que está haciendo, me va subiendo la manga hasta que el interior de mi codo queda al descubierto. Sus dientes y sus labios siguen avanzando hasta besarme justo donde late el pulso. Su lengua sale disparada para lamerme la carne y siento ese rápido roce como una quemadura.

Trato de calmar mi respiración, pero ya estoy demasiado excitada.

—Aquí —digo tocándome con dos dedos la base del cuello.

Da un paso hacia delante, me aparta la mano de ese sitio, entrelaza nuestros dedos y coloca nuestras manos contra la pared mientras se inclina sobre mí. Primero siento el calor de su aliento sobre mi delicada piel. Sus labios son mucho más pacientes cuando se encuentran en mi cuello. Me obedece cada vez que le digo «más suave» o «más fuerte».

Sigue mis órdenes y baja y baja y baja una vez pasada la línea del cuello. Y no se detiene.

Solo nos tocamos en el punto donde su mano agarra la mía y donde sus labios me acarician. No me agarra, no me toca, solo me ofrece lo que le he pedido.

Y, por primera vez en mi vida, no lo puedo soportar.

Me suelto de su mano y él se endereza pensando que, quizá, quiero que pare, que lo dejemos ahí. Pero en lugar de eso le agarro la cara y la acerco a la mía para poder besarlo como Dios manda. Pero él se queda quieto ante mis avances. No se involucra. No me devuelve los besos.

Lo separo a un brazo de distancia para poder mirarlo

bien. Tiene los ojos húmedos, los colmillos le asoman por los labios y me contempla con absoluta fascinación.

—¿Qué pasa? —le pregunto.

—Nada. Es que... nunca había hecho esto. Y no quiero hacerte daño, ni quiero hacer que la bestia...

—¿Qué es lo que no habías hecho nunca?

Me mira a los labios avergonzado.

Besar. Nunca ha besado a nadie. ¿Cómo es posible? Esos perfectos labios suyos están hechos para besar.

—No me vas a hacer daño —digo casi enojada, muriéndome de ganas por un buen beso. No solo quiero que me bese, quiero que me devore. Quiero que me haga perder la razón—. ¿Sientes que has perdido el control?

—Ahora mismo no.

Su respuesta me sorprende.

—¿Y entonces?

Acaricia un mechón de mi pelo de medianoche. Empieza a girarlo alrededor de uno de sus dedos.

—Todos los hombres de tu vida te han hecho daño. Yo no quiero ser uno más. Necesito que me digas lo que está bien. Yo no sé dónde tocarte o dónde besarte. Debido a mi fuerza, no sé cuándo es demasiado suave o demasiado fuerte. No quiero hacerte daño.

Me quedo sin respuesta. No sé qué decir. Me siento desconcertada y emocionada. Esto no me había pasado jamás. Nunca nadie me había dicho algo así.

Ni siquiera Sandros, que tanto placer me procuraba, me preguntó nunca qué quería yo. Me hizo mil cosas y yo las acepté casi todas porque quería experimentar. Pero ¿esto? ¿Lo dirá en serio o simplemente es lo que él cree que yo quiero oír?

—¿De verdad que nunca habías hecho esto? —le pregunto, pues no sé qué otra cosa decir.

—Ninguna mujer sabe mi secreto. Y yo nunca me había arriesgado a acercarme tanto a nadie y dejarlo salir. Ya sabes que soy incapaz de ocultarlo cuando me... apasiono.

—¿Eso es lo que sientes por mí? ¿Pasión?

—Tú... haces que me olvide de todas las reglas y de todas las razones. Tú me haces confiar en que es posible no estar solo para siempre. Tú me haces querer reclamar el mundo entero para ponértelo en bandeja de plata. No te pareces a nadie que haya conocido jamás. Y, por Dios, me encanta tu boca. La manera en que sonríes. Las palabras que salen de ella. Lo que siento cuando está contra la mía. Con mirarte a los labios se me hace la boca agua.

Me muerdo el labio inferior pensando en qué responderle. Cualquier cosa. Pero no puede reprimirse más y vuelve a besarme. Al principio sus movimientos son torpes, ya que está intentando averiguar cómo jugar con mis labios. Pero eso apenas dura unos segundos antes de sentir que me ahogo en sus besos. Y, guau, la verdad es que es maravilloso volver a sentir que me besan. Cuando sus movimientos se ralentizan, me da la sensación de que va a detenerse. Pero entonces me doy cuenta de que está cediéndome de nuevo el control para permitir que yo marque el ritmo.

Por Dios, esto es increíble. Llevo las riendas, pero de forma descontrolada. Siento que podría hacer cualquier cosa. Cuando le echo los brazos al cuello, siseo y los aparto con rapidez al sentir una intensa punzada.

—Estás herida —dice Eryx en voz alta, como si me lo estuviera recordando—. Carajo, ¿qué estoy haciendo? Lo siento mucho. Deberíamos irnos a la cama. —Sus palabras hacen que levante una ceja—. ¡Me refiero cada uno a la suya! Tienes que descansar y curarte. Yo me encargaré de todo.

No se marcha de forma inmediata. Se me queda mirando como si esperara algo.

—¿Qué? —le pregunto.

—¿Te ha parecido agradable?

¿Agradable? ¿Lo dice en serio?

—¿Te propasas durante unos segundos y, de repente, empiezas a actuar como si te importara lo que pienso? ¿Por qué me preguntas, si vas a seguir mangoneándome como siempre?

Se ríe, pero, al ver que estoy muy seria, me dice:

—¿Es eso lo que quieres? ¿Que las cosas sigan como hasta ahora?

—¿Y tú no? ¿Acaso esto no ha sido un desliz?

—¿Ha sido un desliz?

—Bueno, está claro que yo, ahora mismo, no soy responsable de mis acciones. Estoy invadida de láudano. —La mentira se me viene a los labios con rapidez. Es la manera más sencilla de defenderme.

La expresión de Eryx se convierte en una mueca de terror. Echa un vistazo a nuestro alrededor y sus ojos se posan sobre el vaso que me trajo el médico. Ni siquiera lo probé, pero Eryx seguramente pensará que es un segundo vaso, por si lo necesito tras el primero.

Se pasa la mano por el pelo y llega a jalarse los mechones.

—No sabes cuánto lo siento. No lo sabía. Yo nunca habría...

Deja la frase a medias y sale de la habitación de la duquesa sin volver la vista atrás, pero la puerta no se cierra a su salida.

Estoy exhausta y me duelen los brazos, pero, incluso después de meterme en la cama, mi mente no me deja sumirme en mis sueños. No se me va de la cabeza ese hombre horrible, ni sus besos, ni sus amables palabras. Ni tampoco la manera en la que lo he herido permitiéndole pensar que se ha aprovechado de mí. La culpa me consume, pero debo aplacarla.

Eryx ha dicho las palabras adecuadas, ha actuado como es debido, pero no puedo confiar en él. Los hombres son capaces de decir cualquier cosa solo para conseguir lo que quieren. Ya me ha probado. Ahora se olvidará de su obsesión o querrá más de mí. En cualquier caso, podré lidiar con ello.

Durante la siguiente quincena, observo un ir y venir de guardias. Los de la morgue vienen a recoger los cadáveres. Un equipo especial llega a la mansión para hacer una limpieza profunda de la habitación principal. No sé si podré volver a ese cuarto después de lo que pasó. Ya he vivido suficientes cosas horribles en esa estancia. Tal vez debería tapiarla y dejar que el tiempo la sepulte.

No tengo ni la más remota idea de lo que Eryx le dice a los guardias, pero estoy segura de que involucra a Dyson y Argus. La historia de que tres hombres lograron vencer a más de una docena de intrusos es más verosímil que lo sucedido en realidad.

Voy a ver a Damasus, que ya se ha recuperado lo bastante como para recibir visitas.

—Yo no les abrí la puerta —dice en un momento de lucidez, cuando ya le han bajado la dosis de la medicación que está tomando—. Nunca habría dejado entrar a nadie a esas horas de la noche. Echaron la puerta abajo y me preguntaron dónde estaba la habitación principal, pero yo no les dije nada.

No, esa fue la pobre Tekla, que les dijo exactamente lo que querían saber para que liberaran a Karla. Amenazaron a las chicas con hacerles todo tipo de barbaridades antes de encerrarlas en un armario del primer piso.

—No creí haber hecho nada malo —dijo Tekla cuando vio mis heridas—. Sabía que el señor no dormía allí. Pensé que se encontrarían una habitación vacía. No se me pasó por la cabeza que la estaba poniendo en peligro, alteza. No sabe cuánto lo siento. —La rodeo con mis brazos mientras llora y le aseguro que estoy perfectamente y que todo se ha arreglado.

Aunque no puedo evitar sentir cierta amargura, pues Eryx ha hecho sufrir a mis empleados. La nariz rota de Damasus, el terror que vivieron Tekla y Karla, la cara que se le quedó a la señora Lagos después de ver los destrozos que se habían causado en la mansión, el susto que se llevó Kyros cuando fue incapaz de encontrar a Nico durante el asalto.

Eryx tiene que dejar de pensar que se puede encargar de todo él solo.

Medora me renueva las vendas a diario. Cambiamos la puerta de la mansión. La habitación principal huele a limpiadores químicos. Se me está curando la piel.

Podemos arreglar el yeso, reemplazar la madera rota, reparar las abolladuras del latón. Pero las heridas del alma no se curan con tanta facilidad.

No he vuelto a ver a Eryx desde el ataque. Ni siquiera sé si continúa en la hacienda.

Entre nosotros siempre ocurre lo mismo: ofendemos al otro y después lo evitamos. Tenemos que detenernos. Deberíamos ser capaces de hablarnos. O de gritarnos. No puedo permitir que esto me afecte.

El médico vuelve a la mansión para revisar cómo estamos. Me quita los puntos antes de ver a Damasus. Lo observo para asegurarme de que atiende bien a todo el mundo. Cuando acaba, el médico se dirige hacia el estudio, probablemente para que Eryx le pague.

Charlan antes de que el hombre se vaya. Mientras tanto, yo observo la puerta cerrada.

Tengo que enfrentarme a Eryx. No puedo permitir que las cosas sigan como hasta ahora. He de ser franca con él. Si lo consigo, podremos acabar con toda esta locura. Su secreto me consume. Siento que estoy a punto de conocer toda la verdad y que mi siguiente movimiento aclarará todo. Todo volverá a tener sentido.

Cuando entro, Eryx está sentado ante el gran escritorio y se sujeta la cabeza con las manos mientras que Dyson está echado en los brazos de un gran sillón que está en la esquina y Argus permanece de pie con los brazos cruzados sobre el pecho.

Tres pares de ojos me miran.

—¿Podría quedarme un momento a solas contigo? —le pregunto al supuesto duque.

Diría que parece decepcionado. Pero me contesta:

—Sí, claro.

Me desplazo hasta el centro de la habitación repartiendo intencionadamente la mirada entre los otros dos hombres.

Argus pone los ojos en blanco antes de arrancar a Dyson del sillón y hacerlo salir con él de la estancia.

—¡No hagan nada que yo no haría! —exclama Dyson antes de que la puerta se cierre.

—¿Se lo has dicho? —le pregunto girándome hacia Eryx.

—No se puede tener menos tacto que Dyson —dice pasándose una mano por la frente.

—Conque presumiendo de tus conquistas... —digo en un tono amargo.

—Para nada. —Traga saliva—. Necesitaba consejo y...

—¿Que necesitabas qué?

—No sé absolutamente nada sobre ti —me dice con los ojos entrecerrados.

Pero está claro que quiere remediarlo. Se le nota. Solo tengo que hacer que se abra.

Voy directa a la yugular. Le muestro mi brazo en proceso de curación y le digo:

—Has traído dolor y miedo a este hogar. Y ya es hora de que eso se acabe.

—¿Y cómo propones que lo haga? —pregunta.

—Puedes empezar por contármelo todo. Se acabaron los secretos. Ni una mentira más. No quiero más sorpresas. Déjame ayudarte.

—No sé cómo hacerlo —contesta—. Llevo demasiado tiempo cargando con esto.

—Bueno, pues ya ha llegado la hora de resolverlo. Tómate un tiempo para pensar en todo lo que tienes que compartir conmigo y en cómo quieres hacerlo. Mientras, yo voy a organizar algunas cosas para tu próxima lección.

—Ya te lo dije: no quiero que vuelvas a escupirme insultos. No puedo...

—No lo haré. Vamos a probar un nuevo sistema. Tienes... —miro al reloj de la pared— cuatro horas para recopilar todo lo que necesites. Entonces, saldremos juntos.

—¿Que saldremos juntos?

—Sí, a un burdel.

Capítulo 22

—Esta idea es nefasta —dice Eryx cuando los cuatro estamos ante la puerta del Casa Zanita.

—Sí, está claro que va a matar a alguien —dice Argus, poco cooperativo.

—No va a matar a nadie —aseguro—. Para eso están aquí ustedes dos, para asegurarnos de que eso no pasa. Si no son capaces de detenerlo, entonces no sé qué hacen aquí.

—Somos capaces de hacerlo —dice Dyson, con el rostro desfigurado por el pánico—. ¡Somos los mejores para esa misión! Está claro que somos imprescindibles aquí.

—Pues no lo retrasemos más.

—Espera —me dice Eryx, extendiendo la mano para detenerme—. ¿Cómo lo vamos a hacer? ¿Qué quieres conseguir exactamente?

—Relájate y déjame a mí. Tengo preparada una coartada perfecta.

—¡Sí! —exclama Dyson—. ¡Chrysantha ha pensado en todo! Deberías confiar mucho más en ella.

—Y tú deberías dejar de pensar con el pene —le espeta Eryx.

—Si Chrysantha te puede ayudar a controlarte, ¡tal vez tú puedes empezar a pensar con el tuyo!

—¡Dyson! —gruñe Argus antes de que Eryx pueda contestarle.

—¿Qué? Seguro que es mucho más divertido estar con él cuando pueda por fin sacarse del sistema toda esa energía reprimida.

Eryx parece dispuesto a darle un puñetazo, así que me interpongo entre ellos y lo agarro del brazo.

—Si las cosas no van bien, nos vamos inmediatamente —le susurro.

—¿Y qué pasa si me expongo tal como soy?

—¡Ese es el objetivo! —grita Dyson.

—No me refiero a ese tipo de exposición.

—Aquí no hay ni un alma que no podamos comprar —le digo—. Y la mayoría de ellos se convencerán de que no pasa nada raro en el caso de que vean algo que no puedan entender. Es lo que ya han hecho todos los sirvientes de la mansión, por ejemplo. Vamos allá, alteza. Tenemos un heredero que hacer.

—¿Que qué? —balbucea mientras abro la puerta y accedemos al interior.

Todo está tal como lo recordaba: desde los sensuales candelabros hasta la dulce fragancia de las rosas. Muchos de mis amantes del pasado descansan en los asientos acolchados y otros pasean por la estancia. Parece que Zanita ha contratado a nuevos trabajadores.

—Bienvenidos, soy Zanita. ¿Qué puedo hacer por ustedes?

Valoro mucho que actúe como si no supiera quién soy, aunque en este caso no sea necesario.

—Hola, Zanita. Cuánto tiempo sin vernos. Tanto que ahora estoy casada.

—¿Es este el afortunado? —pregunta girándose hacia Eryx.

La mujer no se inmuta ante la noticia que acabo de comunicarle.

—Así es. Y me temo que necesitamos algo de ayuda.

—Por supuesto, ¿buscan un tercero en discordia? Es una de las pocas excepciones que hacemos en lo que a clientes masculinos se trata.

Me deshago de mi orgullo y suelto una mentira.

—En realidad el problema es que mi marido no me encuentra lo suficientemente atractiva en la alcoba. Y necesitamos producir un heredero. Esperaba que tuvieras una mujer que lo pudiera ayudar a calentar motores para que, en el momento justo, yo pueda entrar en acción.

La *madame* observa mi rostro y mi silueta antes de mirar al duque.

—¿Acaso te gustan las rubias?

Eryx se ha quedado sin palabras. Puede ser que aún no haya logrado digerir mi mentira.

—Exacto —digo en su nombre.

—Creo que tengo a la chica perfecta para ti. Le explicaré la situación y se las enviaré. Tomen. —La *madame* nos entrega una llave de su llavero—. Vayan a la habitación treinta y siete. Sus hombres tendrán que esperar fuera. —Mira con recelo a los asistentes personales—. Avisaré a mi propio personal de seguridad por si algo no va bien.

—No será necesario —le aseguro—. Estos hombres esperarán fuera de la habitación.

—¿Cómo? —dice Dyson, apartando la vista de una mujer a la que llevaba un rato mirando.

—Vamos —digo agarrando las llaves.

Me sostengo las faldas mientras subo la escalera seguida de tres hombres.

—Pero cómo... Este plan es una estupidez —dice Eryx—. Vamos a pagar a una mujer para...

—Para que te enardezca. Y así podremos practicar. Qué gran plan se me ha ocurrido, ¿eh? La joven saldrá y entrará a la habitación tantas veces como sea necesario. Y nosotros podremos retomarlo siempre que haga falta. Producir un heredero puede llevar tiempo, ¿sabes?

—No quiero enardecerme.

—¿Quieres librarte del monstruo? ¿Quieres seguir viviendo así?

Llegamos a la puerta treinta y siete.

—No dejes que se distraiga —le digo a Argus acerca de Dyson—. Tienen una misión.

—Entendido.

Abro la puerta, entro y Eryx me sigue a regañadientes. Trato de no reírme del papel pintado rosa, de las mantas y los almohadones blancos o de la dulce fragancia de la habitación. A Eryx debe de parecerle detestable un lugar así, pero no dice ni una palabra. Puede que ni siquiera se haya fijado realmente en lo que tenemos alrededor.

—Podrías tratar de parecer menos inalcanzable. Vas a asustar a la mujer antes de empezar.

—Quizá es porque no quiero empezar.

—Esta es la única manera. Dijiste que no querías que te sacara al monstruo con palabras, así que tenemos que pasar al plan b. En cuanto lo tengas controlado, podrás frecuentar el burdel sin ningún problema. Además, yo llevo demasiado tiempo en abstinencia. Pretendo hacer uso de este lugar en cuanto acabemos contigo.

—¿Qué? —me pregunta con todo el cuerpo tenso.

—Recordarás que tuve que dejar de recibir visitas porque me quitaste el estipendio. Ahora que me lo has devuelto y que estamos aquí, no tengo ninguna intención de pasar la noche sola.

—No. —Pronuncia la palabra despacio, con gravedad y contundencia, como una imposición.

—¿Perdón? —le pregunto girándome hacia él.

—No vas a pasar aquí la noche. Y yo no voy a hacer esto. No lo vamos a hacer. Esto es una barbaridad.

—Eryx, pero ¿qué...?

Se lanza hacia la puerta y la abre de un jalón.

—Cambio de planes. Cuando la chica llegue, díganle que se vaya. Pero sí vamos a usar la habitación. No quiero preguntas. Ustedes pasen la velada como consideren oportuno.

—No tienes que decírnoslo dos veces —dice Dyson adelantándose a Argus—. Pero...

Eryx da un portazo, cierra con llave y se gira hacia mí. Cuando lo hace, tiene los ojos color ámbar.

—¿Para qué necesitamos a otra mujer en la habitación cuando tú y yo podemos hacerlo solos?

El corazón se me acelera ante esas palabras y tengo que tragar saliva antes de hablar.

—Porque no tienes dinero suficiente como para pagarme este trabajo.

Las palabras me salen con fluidez pero, de alguna forma, carecen de seguridad.

—¿En serio? —me pregunta acercándose hacia mí como una pantera.

Me alejo de él lentamente, pero no tengo mucho espacio por el que avanzar.

—Sí. Te detesto. Solo hago esto por motivos egoístas. No tengo ninguna razón para darte más de lo que ya te he dado. Ya me has quitado suficiente.

La espalda me choca contra la pared y Eryx me rodea con ambos brazos. Se inclina hacia mí mientras los cuernos le salen de la frente. Me desliza los labios por el cuello hasta alcanzar mi oreja. De forma instintiva, mis manos se aferran a sus brazos: pensaba que lo hacía para apartarlo de mí, pero ahí se quedan.

—No necesito a otra mujer en esta habitación para consumar nuestro matrimonio. No quiero que haya nadie más en esta alcoba. —Se acerca mucho a mis labios, pero no llega a tocarme.

—Era solo un teatrito.

—Pues ha sido un teatrito lamentable. La *madame* casi no se lo traga. ¿Quién iba a necesitar ayuda con ese asunto estando casado con una mujer como tú? ¿Acaso no te has visto? —Roza con los labios la parte superior de mi cabeza—. Tu sedoso pelo azabache. —Baja su boca hasta mi frente—. Tu piel dorada. —Me besa en un párpado cerrado—. Esos ojos cafés que centellean cuando dices algo maligno. —Se acerca peligrosamente a mi boca—. Tus labios de rubíes.

Pero aún no me besa.

Abro los ojos pensando que quizá se haya apartado, pero su cara sigue justo ahí.

—Sé que mi secreto está a salvo contigo, así que te aseguro que el tuyo está a salvo conmigo —me susurra.

—¿De qué secreto hablas?

—De que te gusto —dice lamiéndose los labios.

—Para nada.

—El médico y yo hemos tenido hoy una charla muy interesante antes de que se marchara. Me dijiste una mentira terrible.

—Yo...

Y entonces me besa y ni siquiera trato de apartarlo de mí. Porque lo sabe. Lo sabe, y eso significa que ya no tengo que seguir fingiendo. Ni con él ni conmigo misma.

No lo puedo negar: lo deseo.

Ahora mismo. Esta noche. Quiero poseerlo antes de librarme de él de una vez por todas.

Y una vez que tomo la decisión, me dejo llevar.

Me olvido del dinero, de la mansión y de todo lo demás. En esta habitación estoy a solas con un hombre. Un hombre que también es un monstruo. Deslizo los dedos entre su pelo y me topo con el nacimiento de su cuerno y, por algún motivo, esto lo hace todo aún más excitante. Porque estoy domando a la bestia. Porque la bestia me desea.

Y, Dios, cómo lo deseo.

Lo beso con todo mi ser, pero no parece bastar. Sus besos no se atenúan. Me enciende toda. Podría entrar en combustión ahora mismo si él no hace nada para remediarlo.

Pero no intenta quitarme el vestido. Sus manos apenas me tocan, como si le diera miedo romperme. ¿Cuánto estará luchando para mantener al monstruo a raya? ¿Y qué pasará si, por fin, se deja ir?

Ese pensamiento me perturba y me aparto para decirle que mande al diablo sus precauciones.

Pero entonces lo veo y me doy cuenta de que necesito otra cosa de aquel hombre. La última pieza del rompecabezas que me ayudará a deshacerme de él. Y mi cuerpo es el único incentivo que ahora mismo tengo para obtenerla. Una vez que me posea, ya no me dará nada más.

—Te estás conteniendo —le digo.

Parpadea nublado por el deseo. Está frenando sus instintos.

—Y tú también. Yo tengo un monstruo al que domar. ¿Cuál es tu excusa?

Saco a la luz todas mis habilidades teatrales.

—Lamento mi mentira del láudano.

—No estabas lista para que supiera que me deseas.

—No lo estaba.

—¿Y ahora?

—Ahora te deseo.

Sus párpados se conmueven ante la confesión. Es como si quisiera cerrar los ojos para deleitarse con esas palabras.

—¿Pero...? —pregunta.

«Nada», quiero contestarle. El cuerpo me pide que lo haga mío, pero yo lo ignoro.

—Pero aún hay demasiados secretos entre nosotros. No me entregaré a ti hasta que no sepa todo. Quiero todo de ti. No solo las partes que crees que seré capaz de manejar. —Las palabras me salen tan fluidas que ni siquiera tengo que pensarlas.

—Pues arreglémoslo.

—¿Qué quieres decir?

—Saquemos a la luz todos nuestros secretos.

—¿Ahora? —pregunto.

—No —dice riéndose—. Ahora mismo no soy capaz de pensar con claridad. Primero tengo que templarme. Pero lo haremos pronto.

—¿Mañana? —pregunto confiriéndole a mi voz un tono de súplica.

—De acuerdo. Mañana. Iremos a algún lugar. Solos tú y yo.

Siento que me recorre una sensación de victoria.

—Me muero de ganas.

—Yo también.

Sin saber muy bien qué hacer con mis manos, doy un aplauso. En mi interior, vibra el hambre de triunfo.

—Llévate el carruaje a la mansión. Necesito un momento a solas.

—¿Cómo volverás a casa?

—Me las arreglaré.

—De acuerdo.

Me doy la vuelta, pero antes de que pueda llegar hasta la puerta siento una presión en mi cintura. Eryx me hace girar y vuelve a capturar mis labios en otro beso.

—Estoy deseando que llegue mañana —me dice.

—Yo también.

Y lo digo de verdad.

El duque no está presente en el desayuno, aunque no me extraña en él. Me prometió que hablaríamos hoy y el día tiene muchas horas. No tiene por qué ser lo primero que hagamos. Así que como lo que me dejan los nervios y la excitación.

Después me siento en el salón pensando que, quizá, Eryx se materialice allí. Pero no lo hace.

Tras quince minutos sentada con inquietud en el sillón, empiezo a caminar. Me planteo salir a los jardines, pero eso me dejaría a solas con mis pensamientos. Creo que sería mucho mejor tener alguna distracción.

Así que voy a la biblioteca, donde me topo con Kyros y Nico.

Kyros ocupa uno de los sillones con Nico en su regazo. Tienen un libro abierto. Cuando me ven, Kyros se levanta y deja a Nico en el suelo.

—No hacía falta que te levantaras. Siento la interrupción —digo.

—Duquesa, he encontrado una rana nueva en el arroyo. Papá me estaba ayudando a *idenfiticarla.*

—«Identificarla» —lo corrige su padre.

—Identificarla —repite Nico—. Eso significa averiguar cómo se llama.

—¿Y lo has averiguado? —le pregunto.

—¡Sí! —Nico agarra el libro de la mesita donde lo ha dejado Kyros y se apresura a traérmelo.

Me pongo de rodillas para estar a su altura.

—Mira, duquesa, tiene rayas en la cabeza, como la de

esta imagen. Es una rana arborícola. ¿Sabías que hay ranas a las que les gusta jugar en los árboles además de en los lagos?

—No tenía ni idea.

—Son las ranas más pequeñas de nuestra región. Las más grandes apenas alcanzan los cinco centímetros. Pueden ser de muchos colores, ¡pero la que yo he visto era verde! Duquesa, ¿me puedo quedar este libro? Quiero identificar más ranas.

—No creo que sea muy buena idea —dice Kyros—. Aún no tratas demasiado bien los libros y puede que se te caiga al arroyo.

—¡Nunca lo dejaría caer! ¡Si se me cae no podría seguir identificando ranas!

—Estoy encantada de que se lo quede —digo—. Prefiero la ficción, así que alguien tendrá que darle un buen uso a ese volumen.

Además, es parte de la colección de Pholios y estoy deseando deshacerme de todas las cosas de ese viejo sapo.

—¡Gracias, duquesa! —Nico me da un abrazo y sale corriendo con el libro antes de que su padre pueda decir nada al respecto.

—Espero que te haya parecido bien —le digo.

—Lo estás malcriando —dice Kyros, pero usa un tono que me deja claro que lo dice en broma.

—¿Cómo no hacerlo? ¡Es el niño más adorable del mundo!

—Y él lo sabe perfectamente.

Me río.

—¿En qué puedo ayudarte, Chrysantha? —me pregunta Kyros.

—He venido a la biblioteca buscando una distracción —digo sin segundas intenciones, pero Kyros lo entiende a su manera.

—Me encantaría servirte de distracción.

Cierro los ojos esperando sentir algo, cualquier cosa. Ardor. Mariposas. Un cosquilleo.

Pero este hombre tan amable y sincero no me despierta nada de eso.

Lo que quiero es un hombre retorcido.

—Aprecio mucho la oferta, tanto esta como las otras que me has hecho. Pero creo... —Dios mío, ¿por qué es tan difícil esto?—. Pero creo que quiero que, entre nosotros, las cosas sigan como están. Eres un amigo maravilloso, Kyros. Mi amigo más querido, probablemente. Pero no creo que entre nosotros haya nada más.

Mis sentimientos no cambiarán ni cuando Eryx esté fuera de juego. Quizá cuando pase bastante tiempo... pero sería muy cruel por mi parte mantener a Kyros esperando a que eso suceda.

—Lo entiendo —me responde Kyros con una sonrisa triste—. Te repito lo que ya te he dicho en otras ocasiones. Soy tu amigo y lo seré siempre. Nada podrá cambiar eso.

—Eres demasiado bueno para mí —le digo, y lo siento de todo corazón.

Un par de horas después, Doran me encuentra en la biblioteca. Dejo la nueva novela romántica que he empezado a leer. Trata sobre un rey y una reina cuyo matrimonio fue pactado pero que poco a poco se van enamorando.

—Alteza, el duque ha pedido que, por favor, salga con él al exterior. Creo que ha planeado una excursión al lago. Puede que sea un paseo en barca.

—De acuerdo, ¿podrías traerme el chal?

—Por supuesto.

Cuando salgo, me encuentro a Eryx junto al camino de entrada. No lleva uno de sus viejos atuendos, sino un abrigo negro sobre un chaleco azul. Un par de pantalones negros cortados a medida y unas botas relucientes. Se ha peinado hacia atrás dejando al descubierto sus ojos cafés. No usa guantes ni pañuelo, pero todo lo que lleva le queda fenomenal. Y lo que más me gusta de todo es que se muestra incapaz de quedarse quieto porque está nervioso, lo que lo hace parecer adorable.

—Te has... arreglado —le digo.

El sonido de mi voz lo sobresalta, pero ya no me saca la pistola.

—Parece que en la anterior ocasión te gustó que lo hiciera.

—Me gustó. Me gusta. Te ves muy guapo.

—Tú te ves preciosa. —Tiene las mejillas enrojecidas y yo también, ¿por qué todo está siendo tan raro?

—¿Vamos? —me pregunta extendiéndome un brazo, al que yo me aferro con mi extremidad herida.

Caminamos en silencio hacia el lago natural de la hacienda. No estamos exactamente incómodos, pero tampoco relajados.

Pasamos cerca de Nico, que cuelga de un árbol sujeto por las rodillas. Me saluda con una mano mientras que, con la otra, trata de sujetarse la camisa, que se le baja por efecto de la gravedad.

Le sonrío y le devuelvo el saludo.

—Es un niño muy guapo —comenta Eryx—. Quizá es demasiado curioso. A veces, cuando paso a su lado, oigo que murmura la palabra «impostor».

Disimulo una risotada con una tos.

—Está aprendiendo palabras nuevas con mucha rapidez. Le gusta usarlas cada vez que puede. Nico tiene una curiosidad infinita por el mundo y por cómo funcionan y se llaman las cosas que lo rodean. Le gustan mucho las palabras y las respuestas a las preguntas difíciles.

—¿Te preocupas mucho por él?

—Por supuesto, sería incapaz de no hacerlo.

—Entonces tal vez deberíamos contratar a un tutor para él. Eso lo ayudaría a tener un futuro mejor.

Me detengo en seco y Eryx se ve obligado a hacer lo mismo.

—¿Lo dices en serio?

—Desde luego.

Esas dos palabras me provocan cierto hormigueo, como si me hubiera lanzado un hechizo. ¿Cómo puede resultar tan entrañable? Esto no me gusta.

El lago aparece ante nosotros; es enorme y está rodeado de árboles. Creo que el difunto duque hizo traer peces para poder pescarlos, pero nadie le ha dado uso a esta zona en bastante tiempo. Está todo muy crecido: las espadañas, los juncos, la hierba. Cuando los peces suben por insectos, dejan ondas en la superficie del agua.

Cuando llegamos al muelle, le pregunto:

—¿Vas a arrinconarme en un bote para que no pueda huir?

—Puede que quieras hacerlo una vez que te cuente todo lo que tengo que decir... pero no. Simplemente pensé que era un buen sitio para una excursión. Parece que te gusta mucho el aire libre y yo no había tenido aún ocasión de disfrutar del lago.

Qué idea tan... considerada. Maldito sea.

Atado al final del muelle, hay un bote de remos, en cuyo fondo se acumulan algunas hojas y ramitas, así que Eryx me suelta para poder limpiarlo.

—Después de ti —me dice al terminar.

Me ayuda a subir al bote y este se mueve un poco cuando tomo asiento en un extremo, mirando hacia el frente. Eryx se sienta al otro lado, donde descansan los remos.

—Vaya... Hum... ¿Debería llamar a un lacayo para que nos lleve? —pregunto—. Ni siquiera había pensado...

—Sé remar, Chrysantha. No soy reacio al esfuerzo físico.

—Yo tampoco soy reacia al esfuerzo físico.

—Ah, ¿te has esforzado de verdad alguna vez? Por favor, cuéntamelo. —Usa un remo para girar el bote y, cuando está de espaldas al lago, empieza a remar.

Me devano los sesos en busca de algún ejemplo... pero no me viene nada a la cabeza.

—He dicho que no soy reacia, simplemente —le suelto.

Me mira sonriendo mientras rema.

Los ojos se me van hacia sus brazos, una zona en que el abrigo se le ajusta mucho. También hacia la forma en la que dobla el abdomen con cada brazada. Nadie diría que es más joven que yo. Yo solo se lo recuerdo cuando necesito munición con la que atacarlo.

—Espera, he horneado muchas cosas con Cook —le digo triunfal cuando recuerdo que el trabajo de amasar tiene lo suyo, ya que al día siguiente siempre me dolían los brazos.

—No sabía que cocinabas.

—Horneo algunas cosas. Me encantan los pasteles.

—Quien diga que no le gustan es un mentiroso.

—Desde luego.

Tras solo un par de minutos de remo, llegamos al centro del lago. Eryx suelta los remos y se apoya con las manos en la barca mientras flotamos a la deriva.

—Bueno, aquí me tienes —le digo—. A solas y sin escapatoria. ¿Y ahora qué?

—Ahora supongo que hablamos.

—El bote nos dificultaría hacer cualquier otra cosa.

Sonríe con mi comentario. Es gratificante ver esa curva en sus labios. No es que sonría demasiado.

—Entonces he elegido bien. Así no nos distraemos.

—Ni que yo fuera a caer rendida ante tus encantos.

Alza una ceja como contestando a esa afirmación.

—Por supuesto que no, miss Láudano.

—No te vas a olvidar de eso, ¿verdad?

—Me hiciste daño, Chrysantha. Va a ser difícil que me olvide.

—No estaba lista para admitir que me gustabas.

—¿Y ahora?

—Sigo sin admitir nada.

Sonríe más abiertamente.

—Va a ser extremadamente difícil para nosotros estar seguros de que sentimos lo mismo si tú no compartes nada.

—De acuerdo. —¿Por qué me cuesta admitirlo? Simplemente, estoy mintiendo para conseguir lo que quiero—. Me gustó. Ahí lo tienes, ya lo he dicho.

—¿Te gustó qué?

—Que me besaras. Fue una sorpresa, por supuesto. Creía que me odiabas. Y me sorprendió el doble que me gustara porque pensé que yo te odiaba todavía más.

—Nunca te he odiado. Bueno, quizá un poquito. Puede que odiara lo fácil que te resultaba sacarme de quicio. Y lo difícil que me resultaba mantener al monstruo a raya cuando estabas cerca.

—Porque no iba a dejar que te salieras con la tuya.

—Era mucho más que eso.

—¿A qué te refieres?

—Todo en ti provocaba a la bestia. Desde tus palabras afiladas a tus miradas de odio. La primera vez que te vi, apenas pude contenerme. No solo estabas despampanante, sino que además me amenazaste con un cuchillo.

—Era un cepillo de dientes. ¡El que tenía un cuchillo eras tú!

—Qué más da, no nos centremos en los matices.

—Vaya, hombre.

—Creo que hacemos buena pareja.

—Solo si te parece que el fuego y el aceite combinan bien.

—Exacto. Juntos, podríamos hacer arder el mundo si nos lo propusiéramos.

Deslizo los dedos en el agua. Eryx me está mirando con demasiada intensidad. Necesito distraerme.

—¿Y qué pasa si no quiero ver el mundo arder, si lo único que quiero es una vida tranquila en el campo?

—Entonces quemaré a cualquiera que quiera arrebatártela.

—¿Y tú serías feliz teniendo una vida tranquila en el campo? —le pregunto frunciendo el ceño.

—Estos últimos meses han sido los más felices que he vivido nunca.

—¿No será porque has estado asesinando a nobles y generales?

—¿Te afecta mucho el hecho de que yo haya asesinado a gente?

—No.

—¿Por qué no?

—Yo tampoco soy una santa. Es más, la primera vez que te vi me sentí identificada. Entiendo la urgencia de hacer lo que te resulte necesario para sobrevivir. Hay algo en ti que me atrae. No me importa lo que hayas hecho.

Capítulo 23

«No me importa lo que hayas hecho».

Contemplo a Eryx mientras digiere estas palabras, que se acomodan a él con la naturalidad de un abrigo perfecto.

—Entonces ¿estás lista para que te cuente todo?

—Llevo lista desde que advertí que no eres del todo humano. —Me coloco las manos sobre el regazo y espero. Pero Eryx aún está dudoso—. Si tuviera la intención de contarme lo que eres, ya lo habría hecho.

—No es eso. Es que quizá tras contártelo me veas con otros ojos.

—Imposible. Confía en mí. —Estas palabras me saben a veneno cuando me brotan de los labios.

Se me queda mirando hasta que los ojos se le vuelven color ámbar. Y entonces me dice:

—Confío en ti.

Maldita sea. Parece que hoy estoy condenada a que me consuma la culpa. Ojalá pudiera librarme de ella como si fuera un insecto volador. Tengo que conformarme con aplastarla mentalmente.

—Mi madre estaba enamorada del difunto Rey de las Sombras —dice tras respirar hondo. Procuro que una expresión de sorpresa me cruce el rostro, aunque ya lo sabía desde que el detective me lo contó—. Creyó que ella sería la que lo haría renunciar a sus sombras. Resulta que el poder del rey depende del tacto. Mientras no toque a nadie, será inmortal e invulnerable... Pero en el momento en el que se preste a un contacto de piel con piel con cualquier otro individuo, sus sombras dejarán de hacerlo incorpóreo cuando esté con esa persona. El rey es mortal cuando está con las personas a las que toca. Y eso hace que envejezca como nosotros. Los Reyes de las Sombras del pasado solo renunciaron a sus poderes por sus amores más grandiosos y apasionados.

Siento que me sube la temperatura. ¿Es eso lo que mi hermana tiene con el actual Rey de las Sombras? ¿Un amor que trasciende cualquier poder? No creía que algo así pudiera existir.

—Pero él no la eligió a ella —continúa Eryx—. Eligió a la mujer que se convirtió en reina... y mi madre no se lo tomó muy bien. Bueno, decir eso sería quedarse corto. A mi madre la destruyó que él la rechazara. Lo amaba tanto que, cuando él la abandonó, ese amor se convirtió en un odio aún más profundo. Quería vengar su corazón roto. Y fue así como me tuvo.

Sé que le quedan más cosas por contar, así que espero paciente. El corazón me late con fuerza por estar recibiendo, al fin, algunas respuestas auténticas.

—Su odio llegó a ser tan profundo que atrajo la atención de un demonio, pero no el que otorga sus poderes a la dinastía de los Maheras.

—¿Y se le apareció? —pregunto con los ojos muy abiertos por la sorpresa.

—Hizo mucho más que aparecérsele. Le prometió venganza si yacía con él. Y así fue como fui concebido.

Tengo que hacer verdaderos esfuerzos para no abrir mucho la boca.

—¿Tu padre era, literalmente, un demonio?

—Sí. Yo era la herramienta que a ella se le concedió para vengarse del difunto Rey de las Sombras y, durante mucho tiempo, yo consideré que era lo único para lo que estaba destinado. Aquellos años fueron... terribles.

—Cuéntame —lo animo.

—No era capaz de controlar mis transformaciones. Siempre estaba hambriento. Me alimentaba del ganado de la gente de Dimyros, una pequeña ciudad de Estetia. Y cuando un granjero o cualquier vecino me veía en mi verdadera forma, tenía que deshacerme de ellos.

Se interrumpe, como si esperara una cierta reacción mía que no llega a suceder.

—¿Por qué acabaste alistándote en el ejército? —le pregunto.

—Fue idea de mi madre. Pensó que así perfeccionaría mis habilidades asesinas, y lo único que yo quería era complacerla. Así, cuando me convirtiera en un hombre, podría acabar con docenas de soldados, asaltar el palacio de Naxos y matar al Rey de las Sombras.

—Pero el rey murió —afirmo.

Xanthos Maheras, el mismísimo hijo del difunto rey, condujo a los rebeldes hasta el palacio después de que su padre lo apaleara hasta casi matarlo por no tener el poder de las sombras.

—Exacto —responde Eryx—. Cuando mi madre se enteró de la muerte del rey, quedó petrificada. Dejó de comer, de bañarse y de hacer cualquier otra actividad. Perdió el único propósito que había guiado su existencia. Perdió el objetivo con el que me había traído al mundo. Se dejó morir, pues ya no tenía nada que hacer en esta vida.

»A veces me pregunto si el demonio sabía lo que acabaría pasando. Si era consciente de que el rey moriría antes de que mi madre pudiera usarme en su contra. Si se alimentó de las ansias de venganza que ella tenía y, después, de su sufrimiento al saber que el rey había muerto por otras razones.

—¿Se te ha aparecido alguna vez el demonio que te engendró? —le pregunto.

—No. Es probable que tenga que esperar otros mil años antes de reunir la fuerza necesaria para volverse a aparecer en nuestro mundo. No pienso en él ni me importa lo más mínimo, salvo en lo relativo a lo que le hizo a mi madre. Él alimentó las llamas de su ira empujándola a la muerte que al final tuvo.

Una leve brisa atraviesa el lago y a Erix se le posa un mechón sobre la frente. Levanta una mano para colocárselo otra vez en su lugar.

—Lo siento mucho —le digo con suavidad.

—Mi madre tomó sus propias decisiones.

—Eso no significa que esas decisiones no te hicieran daño. Que tu madre fuera buena o mala contigo no modifica el amor que sentías por ella. —Alargo la mano y se la acaricio. Me devuelve la caricia.

—Me pregunto si al final yo la habría ayudado a salirse con la suya. ¿Habría matado por ella al Rey de las Sombras, cumpliendo así su voluntad? En caso afirmativo, ahora estaría muerto o encerrado. Sus planes no eran nada sutiles. Ella era consciente y no le importaba lo más mínimo. Yo no era un hijo, era un regalo de un demonio, una simple herramienta en su poder. Eso lo tengo clarísimo.

»En el ejército hice amigos. Conseguí construir una vida ajena a lo que ella había planeado para mí. Me sentí muy aliviado cuando murió. Entonces, encontré mi propio propósito.

—¿Y cuál es ese propósito?

—Mi propia venganza —me contesta tras dudar un instante.

—¿Contra el general? —le pregunto.

—Y contra algunos otros. Todos ellos hombres que me han hecho daño.

—Ya vi tu lista. Dando por hecho que ya te encargaste de Barlas, aún te queda un nombre.

—Acabé con Barlas, sí. Argus les dio una pista anónima a los guardias. Encontrarán el cadáver semienterrado del general en su propia finca; y el arma que lo mató, en su estudio.

—Bien —le digo. Está claro que merece pasar en prisión el resto de sus días, si es que el rey no lo mata antes—. ¿Y qué me dices del último nombre?

Eryx se queda mirando la superficie del agua.

—El Rey de las Sombras es la verdadera razón por la que tantos buenos hombres han muerto. Debido a sus ansias de poder, sigue arriesgando vidas que no son la suya. He perdido a más amigos de los que he logrado salvar.

—Era su trabajo, Eryx. Se les pagaba por sus servicios —opino después de reflexionar durante un instante.

—¿Lo estás defendiendo? ¿Por qué? ¿Porque ahora son familia?

—Tal vez lo haga porque, al contrario que tu madre, no quiero verte muerto o tras las rejas.

—Yo no soy tan torpe como mi madre. No asaltaría el palacio como ella quería. Puedo hacerlo sin que me vean. Podría hacerlo sin que me descubrieran.

—Tal vez sí o tal vez no. Pondrías en peligro mi felicidad si lo intentaras. —Nos miramos a los ojos y le lleva un instante entender lo que acabo de decir—. Después de todo lo que hemos pasado, no me harías algo así, ¿verdad, Eryx?

—¿Quieres que me olvide de tantos años de odio solo por ti?

—Sí.

Mira la superficie tranquila del agua. Si no estuviéramos atrapados en un bote, estoy segura de que Eryx se pondría a andar en círculos. Se acomoda el pelo con los dedos y tarda alrededor de un minuto en volver a mirarme a los ojos.

—Pues considéralo hecho —dice tras tragar saliva.

Me sorprende que haya dado su brazo a torcer con tanta rapidez. Estaba segura de que diría que no podía complacerme, que le resultaba imposible. Eso me habría facilitado las cosas.

Pero ha accedido.

Y me asalta un pensamiento que jamás se me había pasado por la cabeza.

«¿Y si no me deshago de Eryx Demos?»

Él era mi único obstáculo para conseguir todo lo que siempre quise... pero eso era así antes de conocerlo, antes de tratar con él y de convivir con su pelo ridículo, su actitud pomposa y su naturaleza antagónica.

Pero por primera vez intento imaginar mi vida cuando él falte. Seremos solo yo, los sirvientes y la mansión. Suficiente. Siempre ha sido suficiente.

Se acabaron las conversaciones juguetonas.

Se acabó tener que lidiar con monstruos.

Se acabó lo de oír su risa.

Dios... y también se acabarían sus besos. Y la sensual curiosidad de su mirada ambarina.

Ya nunca más me miraría como ahora mismo me está mirando.

¿Acaso no podría ser feliz si él también estuviera aquí conmigo?

¿Qué pasaría si Eryx no me impusiera restricciones y si

yo lo acompañara en sus planes? ¿Qué pasaría si formáramos un buen equipo? ¿Qué pasaría si me tratara como a una igual? ¿Qué pasaría?

La idea es tan espeluznante como estimulante.

Además, mi parte más racional tiene claro que siempre podría cambiar de idea si comete algún abuso conmigo. Tengo munición de sobra para ir a hablar con el rey si es que las cosas cambian.

—Rema hacia la orilla —digo en voz baja.

Eryx no deja de mirarme a los ojos mientras me obedece.

Hay algo embriagador en el hecho de que un hombre conozca mi verdadero yo y, aun así, le siga gustando. Con mis amantes jamás hablé de nada que me importara. Eso solo lo he hecho con Eryx.

Parece que no rema demasiado rápido, por lo que el suspenso tensa mis músculos, que están deseando liberarse.

Eryx deja los remos en el interior del bote antes de que consiga salir sin que la embarcación se balancee lo más mínimo. Me ofrece una mano y yo se la tomo, permitiéndole así ayudarme a volver a tierra firme.

Le agarro la cara entre las manos y lo bajo hasta mi altura. Mantiene los labios rígidos cuando le planto un beso. Le sigo sujetando las mejillas mientras espero a que abra los ojos y me mire.

—Me importa un comino que seas mitad demonio. Incluso podrías haberme dicho que eres un completo demonio que ahora vive en este mundo y tampoco me habría importado. Tu lado más monstruoso forma parte de lo que eres, y también me gusta. Me gusta todo de ti, Eryx Demos. No me importa lo más mínimo que seas un mentiroso, un asesino, un ladrón, un demonio... Esto... —le digo mientras le toco la piel de las muñecas con los dedos. Tal como lo intuía, un calor eléctrico me recorre el cuerpo—, esto es lo que me importa.

Esta conexión. Esta comprensión mutua. Estás hecho a mi medida.

Eryx me levanta del suelo y me lleva cargando hasta unos metros más allá del muelle, donde la hierba crece verde y espesa. Baja hasta el suelo, se cruza de piernas y me coloca con delicadeza en su regazo. Se asegura de que mi brazo herido esté bien colocado y que no se aplaste entre nuestros cuerpos.

Solo entonces captura mis labios con los suyos.

El beso no es ni suave ni vacilante, no. Eryx sabe lo que está haciendo. Juega con mis labios, los jalonea, los mordisquea. Cuando siento un colmillo afilado rozar el borde de mis labios, dejo escapar un grito ahogado. Eryx intenta retirarse, pero yo me lo acerco aún más empujándolo por la nuca.

En lo más profundo de su pecho ronronea un murmullo que no tiene nada de humano, y a mí me encanta. Saco la lengua y le recorro el labio superior. También le exploro el interior de la boca, abierta por la sorpresa.

Ya no estoy en su regazo, sino acostada en la hierba con su cuerpo colocado sobre el mío. Él aguanta su propio peso con las manos y se inclina para saborearme. Mis dedos juguetean con su pelo y siento la dureza de uno de sus cuernos. Me agarro a él. Con la mano libre, le agarro también el otro.

Y hago que nos demos la vuelta.

Sentada a horcajadas sobre él, puedo sentir su excitación. Lo miro a la cara desde arriba y observo sus ojos ambarinos, sus caninos alargados, el morado oscuro de sus cuernos.

Saco el demonio que hay en él.

Y, oh, no hay duda de que él saca la diablesa que hay en mí.

Echo un vistazo a nuestro alrededor para asegurarme de

que nadie ha presenciado su transformación. Cuando vuelvo a posar los ojos sobre él, traga saliva.

—Estás loca, mujer. ¿Estás segura de que soy lo que quieres? Deberías tenerme miedo.

—Llevo desde el principio tratando de que entiendas que eres tú quien debería tenerme miedo a mí.

Lanzo las manos a su chaleco y le desabrocho rápidamente los botones. Debajo de mí, él se queda inmóvil. Lo miro a los ojos y, como no protesta, voy por su camisa. Tiro de ella para sacársela de los pantalones y se la abro de par en par para que mis ojos ávidos puedan recrearse en la musculatura de su pecho. Por una vez no lo contemplo en mis sueños, sino en el mundo real.

Cuando lo acaricio, cierra los ojos y arruga la frente en señal de concentración. Se le tensa cada músculo del cuerpo.

—¿Qué pasa?

—La bestia. Estoy tratando de contenerla.

Esas palabras me provocan una sonrisa. Me inclino hacia su oreja.

—¿Y eso por qué? Déjala salir. No me da miedo.

Un ruido como de asfixia se le escapa de la garganta.

—No sabes lo que estás diciendo. Espera un momento mientras la calmo.

Pero en lugar de eso, me inclino sobre él y le muerdo el cuello.

Abre los ojos de golpe y le brillan mucho más de lo habitual.

—Chrysantha —dice en un gruñido y, antes de darme cuenta, mi espalda vuelve a estar tocando el suelo. Eryx no amortigua su peso como antes y a mí me vuelve loca sentir cada centímetro de su anatomía contra mi cuerpo.

—¿Sí? —pregunto con inocencia, pero él no me responde.

Desplaza las manos hacia la parte frontal de mi vestido, dispuesto a rasgarlo por la mitad.

Una bocanada de aire se oye desde algún punto a cierta distancia detrás de Eryx y este se voltea con los cuernos, los ojos y los colmillos en su máxima expresión.

Kyros mira horrorizado al duque y yo no puedo hacer otra cosa que observar a los dos hombres y esperar a ver qué pasa.

Eryx se levanta de un salto y entonces procede a acercarse a Kyros. Como la bestia no se apacigua, corro tras Eryx y me interpongo en su trayectoria.

—Retoma el control —le digo.

Clava en mí sus ojos y tengo claro que no me equivocaba al juzgar la mirada que le estaba dirigiendo al lacayo. Quiere protegerme. Reclamarme. Apartar a los demás hombres de su camino.

Las fosas nasales de Eryx se agitan mientras él trata de mirar por encima de mi cabeza. Lo agarro de un cuerno y le hago bajar la cabeza hasta mi altura.

—¡Basta ya! —le exijo.

Por fin cierra los ojos y sus caninos y sus cuernos empiezan a retraerse. Cuando estoy segura de que vuelve a pensar con claridad, me giro colocándome bien las faldas, como si ese gesto pudiera borrar lo que Kyros acaba de ver, como si la tela blanca no estuviera llena de manchas de hierba debido a lo que estábamos haciendo.

—Kyros —digo, y los ojos del lacayo se posan un instante en mí antes de volver hacia el duque.

Eryx intenta agarrarme la mano. Está claro que quiere seguir marcando territorio.

—Déjala marchar —dice Kyros, que por fin logra articular palabra.

—No —responde el duque, y suena como si lo hubiera dicho una bestia en vez de un humano.

—Chrysantha, ven aquí —me pide el lacayo—. Huiremos de él.

—No —contesto repitiendo lo que le ha dicho Eryx.

—¡Es un monstruo! —exclama Kyros.

—No es ningún monstruo.

—Llamaré a los guardias.

—Kyros, no.

—Serás hombre muerto en cuanto te des media vuelta —lo amenaza Eryx.

—Para nada. No le vas a hacer ningún daño —le digo al duque.

—Me ha visto.

—Y es uno de tus empleados. Compra su silencio.

Eryx cierra los ojos y respira con dificultad a través de la nariz. Está tratando de calmarse, quiere ser razonable.

—No creo que sea necesario —dice por fin—. Es su palabra contra la de un duque. —Eryx se dirige a Kyros por encima de mi cabeza—. Puedes ir a buscar ayuda, pero acabarás encerrado en un hospicio para lunáticos y dejarás a Nico sin padre.

—¿Estás amenazando a mi hijo? —pregunta Kyros dando un paso adelante.

—No. Solo te estoy mostrando lo que pasará si empiezas a difundir mentiras sobre mí. Chrysantha ama demasiado a ese niño como para que se me pueda pasar por la cabeza hacerle ningún daño.

—¿Y qué hay de ella? —pregunta Kyros, señalándome con la cabeza.

—Jamás le haría daño.

—Ya es un poco tarde para eso. ¿Acaso olvidas que le has arrebatado todo lo que le pertenece? —Termina la frase posando sus ojos sobre mí y de inmediato aparta la vista como si no soportara mirarme—. La reina te ha enviado otra carta y pensé que querrías leerla cuanto antes. Si hubiera sabido que estabas... indispuesta, nunca habría venido a buscarte.

Kyros arroja el sobre al suelo antes de emprender su camino de vuelta a la mansión.

Me inclino para agarrar la carta y me la introduzco en el bolsillo.

El sonido de mi propio corazón me impide oír lo que Eryx me está diciendo.

—¿Estás bien? —pregunta haciendo que me gire hacia él.

—¿Yo? ¡Eres tú al que acaban de descubrir!

—Kyros no puede hacerme ningún daño.

—Pero a mí sí. Es mi amigo. ¡No quiero que renuncie y se lleve a Nico con él!

—¿Qué quieres que haga al respecto? ¿Que lo soborne para que se quede, para que olvide lo que ha visto?

—Vaya, ¿ahora sí estás dispuesto a hacer sobornos?

—Chrysantha, arreglaré este asunto.

—No, lo arreglaré yo. No hagas nada hasta que hable con él.

Entonces empiezo a caminar hacia la mansión siguiendo los pasos del lacayo.

Capítulo 24

—¡Kyros! —grito—. ¡Kyros, espera!

Está a unos cincuenta metros de mí, así que me sujeto las faldas para alcanzarlo cuanto antes. No lo alcanzo hasta que llegamos a la mansión. Entonces lo agarro del brazo y lo obligo a subir las escaleras. Está muy serio, pero me sigue. No nos cruzamos con nadie hasta que llegamos a la habitación de la duquesa. Cierro la puerta con seguro y lo empujo hacia el fondo de la habitación para que nadie pueda oírnos desde el pasillo.

—Dame un momentito —digo jadeando y tratando de calmar la respiración, que ya tenía alterada desde antes de iniciar la persecución del lacayo.

—Lo sabías —me dice Kyros—. Siempre has sabido que él era un monstruo. ¿Todo lo del investigador fue solo un teatrito? ¡Ya tienes toda la información que necesitas para deshacerte del falso duque!

Trago saliva antes de lograr decir:

—No lo he sabido desde siempre, ¡me he enterado hace poco!

—¡Y, aun así, lo estabas besando! ¡Y parecías más que dispuesta a hacer mucho más! —me reprocha mirando las manchas de hierba de mi vestido.

—Los celos no son dignos de ti, Kyros —le contesto, herida por sus palabras y con la intención de hacerle algún daño con las mías.

—Esto no tiene nada que ver con los celos, Chrysantha. Es. Un. Monstruo. ¿Qué demonios haces con él?

—Estaba procurando que me revelara todos sus secretos. —Qué más da que ya los supiera antes de empezar a besarlo.

—¿En serio? ¿Y no se te ha ocurrido ninguna otra manera de sacarle esa información?

—No te atrevas a hablarme en ese tono —le digo tratando de mantener mi dignidad—. No soy yo la que tiene un hijo fuera del matrimonio.

Kyros se muerde el labio para no soltar algo de lo que pueda arrepentirse.

—Que quede claro —le digo—. Solo estaba dispuesta a besarlo. Lo estaba provocando para que sacara a la bestia. ¿De qué otra forma podría demostrarle al Rey de las Sombras que es un monstruo?

—Ah... —Las facciones de Kyros se relajan.

El problema es que le estoy diciendo una mentira. No estoy nada segura de querer ir a hablar con el rey. Me tambaleo en la cuerda floja y no sé hacia cuál de los dos lados caeré.

No tengo ninguna excusa para haberlo besado, salvo que quería hacerlo. Me gusta besar a Eryx Demos. Ya lo he hecho tres veces y me temo que esto no ha hecho más que empezar.

—¿Y cuál es el plan? —pregunta Kyros—. ¿Y en qué puedo ayudar yo?

—¿Esa es tu forma de disculparte?

—Perdóname, alteza —dice con los ojos cerrados—. Nunca debí hablarte así y no tenía que haberte cuestionado, ni...

—Puede que seas mi empleado, Kyros, pero, por ahora, lo más importante es que eres mi amigo. Y, como tal, siempre podrás hablarme con franqueza sin que eso tenga ninguna repercusión.

—Aun así, me he pasado. No tendría que haberte gritado. No tendría que haber dudado de ti. Los amigos no hacen eso.

Tengo que esconder un gesto de dolor. Tendría que haber dudado de mí. Hasta yo misma dudo de mí. No tengo ni idea de qué demonios estoy haciendo. Solo quiero que todo vuelva a tener sentido.

Pero lo único de lo que parezco estar segura, lo único que me importa por encima de todo lo demás, es Eryx Demos.

—Tengo que reflexionar —digo por fin—. Por favor, no vayas a ningún lugar ni digas nada. Te prometo que, a pesar de lo que has visto, no es peligroso. Nunca les haría daño ni a ti ni a Nico. No te precipites. Déjame que elabore un plan. Por favor.

Kyros extiende una mano y parece que quiere tocarme, pero entonces la deja caer de nuevo.

—Tienes mi apoyo. Aquí estaré.

Y entonces se va de la habitación.

Algo más tarde, se oyen unos golpes en la puerta. Los ignoro. Incluso cuando la voz de Eryx me ruega que lo deje pasar.

—Por favor, Chrysantha, no hemos terminado de hablar. No he tenido la oportunidad de decirte lo que quiero, ni los planes que tengo para nuestro futuro.

—Todo eso tendrá que esperar. Necesito pensar.

Lo que *él* quiere. *Nuestro* futuro.

Quiero oír lo que tiene que decirme, pero debo encontrar la forma de no perder a mi amigo y de que guarde silencio. Hay pocas cosas que no haría por protegerme.

Cuando oigo que los pasos de Eryx se alejan, me meto a la cama. Por la noche, no dejo que Medora pase. No tengo interés en que me desvistan ni en ninguna otra tarea rutinaria. Me siento como anestesiada. Estoy entre dos caminos. Soy incapaz de discernir cuál es el correcto.

Entonces me acuerdo de la carta de Alessandra, me la saco de la falda y la leo.

¿Tú, celosa de mí? Esto es algo que jamás habría sospechado. Quizá sea porque, como dice el dicho, siempre queremos lo que no tenemos.

¿Que qué hago para divertirme además de coser? Me encanta pasar tiempo con mis amistades. Hacemos pícnics en los jardines de palacio. Kallias y yo llevamos a Demodocus, su perro, de paseo o jugamos con él.

Puede que suene extraño, pero disfruto mucho resolviendo problemas. Cuando pasa algo que altera la paz en Naxos o en los reinos conquistados, me encanta encontrar la manera de solucionarlo. Que Kallias confíe en mí y me escuche es absolutamente embriagador. Que sea mi marido es más embriagador todavía.

Tendrías que venir a palacio alguna vez. Creo que sería divertido volver a hablar cara a cara. ¿Vienes a tomar el té la semana que viene? Solo si quieres. Sé que no te gusta salir de tu hacienda más de lo necesario, así que entenderé que no quieras venir.

Alessandra

Las palabras de mi hermana son tan titubeantes que me calientan el corazón. Tal vez haya esperanza para lo nuestro. Quizá podamos resucitar nuestra relación. Tal vez puedo por fin acabar con esta competitividad entre nosotras.

Vuelven a sonar unos golpecitos en la puerta, aunque ya hace mucho tiempo que el sol se puso.

—Eryx, vete. Aún estoy pensando —contesto.

—Soy Kyros, Chrysantha. Tienes un invitado en la biblioteca.

Me incorporo con rapidez.

El investigador.

Probablemente haya vuelto para que le pague lo que le debo. Pero ¿tendrá más noticias para mí? ¿Acaso importa ya lo que me diga? Estoy convencida de que si encuentro la manera de que Kyros no abra la boca, tal vez también pueda conservar a Eryx.

Sin importarme llevar puesto aún el vestido con manchas de hierba, salgo de mi habitación y acompaño a Kyros a la biblioteca. Mi amigo no dice ni una palabra en todo el trayecto, pero le ofrezco una sonrisa antes de entrar a la biblioteca para dejarle claro que las cosas están bien entre nosotros. Él me la devuelve a regañadientes.

—Espera aquí, por favor —le digo.

—Por supuesto.

Me pongo derecha y, al entrar a la estancia, trato de mostrar toda la elegancia que se espera de una duquesa. Si al señor Tomaras le sorprende o le inquieta mi ropa, no lo manifiesta en absoluto. De hecho, me mira fijamente a la cara mientras me aproximo hacia él. Señalo los sillones que están delante de la chimenea invitándolo a que se siente en uno de ellos, y yo hago lo propio en el otro.

—Iré directo al grano, alteza —dice el investigador—. Va a recuperar el control del ducado. Por fin he encontrado lo que estaba buscando.

Se me detiene el corazón durante un instante.

—¿De qué se trata?

—De un asunto económico. He investigado la correspondencia del señor Vander. En una carta al duque, menciona la debilidad que siente por una pintura en particular. Y yo me tomé la libertad de buscarla en su ático.

—¿Y qué lo ha llevado hasta mi ático?

—Usted despojó la casa de su antigua decoración y ordenó a su ama de llaves que se encargara de vender todo. Ella me contó que lo que no se había vendido seguía en el ático. Parece ser que su difunto marido sentía una gran admiración por un pintor en particular. La señora Lagos me ofreció una lista pormenorizada de todas las piezas que se encontraban en el ático, así como de las que se habían comprado y vendido.

»Hice una visita a la casa del señor Vander y encontré allí, colgando en su estudio, una de las pinturas que no se habían vendido. Su valor aproximado es de unos cincuenta mil necos.

Aprieto la mandíbula. Un escalofrío me eriza los vellos.

—¿Podría explicármelo con más claridad, señor Tomaras?

El hombre se cruza de piernas y contesta:

—Eryx Demos sí es el nieto del difunto duque, pero su madre (y, en consecuencia, también Eryx) fue condenada al ostracismo. Dejó de tener derecho a la herencia y al dinero. Eryx le regaló a Vander esta pintura a cambio de que lo volviera a poner en el testamento para así quedarse con todo. Él *era* el heredero, pero, por derecho, todo le pertenece a usted.

Se me nubla la vista y empiezo a ver todo rojo. Eryx organizó todo. Eryx se ha guardado el secreto más espeluznante de todos pese a decir que no quería más secretos entre nosotros.

Apenas soy capaz de articular palabra cuando pregunto:

—¿Tiene pruebas de todo esto?

—Por supuesto, alteza. —Se levanta y busca en un maletín que yo no había visto hasta ahora. Me lo pasa—. Ahí está todo. La lista pormenorizada de las posesiones de su marido, el lugar donde el cuadro estaba colgado... Las cartas entre Vander y Eryx que, ahora, después de haber descubierto esto y de entender el contexto, resultan incriminatorias. Ahí tiene todo lo que necesita para hundir a Eryx Demos, el falso duque.

Aprieto el maletín contra mi pecho.

—Gracias, señor Tomaras. Iré por el dinero para retribuirlo. Ha hecho un excelente trabajo.

—Gracias, alteza —me contesta con una reverencia.

Salgo de la biblioteca y, aunque voy cargada con las pruebas de la traición de Eryx, me siento mucho más ligera que cuando entré; ahora tengo bastante claro qué camino seguir.

¡Me había planteado renunciar a todo por lo que había luchado solo para estar con él! Me planteé no matarlo, compartir todo esto entre los dos. Si él estaba dispuesto a darme todo lo que yo quería, ¿qué sentido tiene todo esto?

Ha estado engañándome todo este tiempo. Decidió que yo siguiera pensando que él era el legítimo duque. ¿Y qué iba a hacer después, mantenerme a su lado en calidad de amante? ¿Sería eso lo que iba a proponerme en el lago antes de que los besos nos distrajeran?

Se acabó la incertidumbre. Eryx tiene que irse y ahora tengo todo lo que necesito para hundirlo.

A la mañana siguiente, me encuentro a Eryx en el estudio. Tiene un sobre entre las manos y le dobla la esquina con los dedos.

—He hablado con Kyros —le digo manteniendo la calma—. No tiene ningún interés en contar tu secreto y que lo tomen por loco, pero me ha informado que ya no puede seguir trabajando bajo este techo. Como es mi amigo, hoy me voy con él a la ciudad a ayudarlo a que encuentre un nuevo puesto. Supongo que es lo mínimo que debo hacer.

—¿De verdad va a abandonarte? —me pregunta con los ojos muy abiertos—. Pensaba que estaban mucho más unidos.

—Y yo también —contesto fingiendo un leve temblor en mi voz—. Los extrañaré, tanto a él como al niño.

—Siento todo el dolor que te he provocado —me dice Eryx apretando los dientes—. Nunca he querido que tuvieras que elegir entre tu amistad con Kyros y... lo que quiera que haya entre nosotros.

Asiento y rodeo el escritorio en el que debería estar sentada yo, no él. Apoyo la cadera contra la mesa y tomo a Eryx de la mano.

¿Por qué esto me está resultando tan fácil? ¿Es normal? ¿Por qué siento esta opresión en el pecho?

—Así son las cosas. Ya no hay nada que podamos hacer, pero le debo mucho. Quiero ayudarlo a que encuentre un nuevo hogar. Para él y para el niño. Escribirle una carta de recomendación no me parece suficiente. Voy a acudir con él a algunas entrevistas en la ciudad.

—Lo has arreglado demasiado rápido —me dice.

—Cuando eres duquesa y la hermana de la reina, a la gente le encanta ayudarte.

Eryx asiente.

—Esta noche llegaré tarde. No me esperes. —Me inclino y le doy un beso rápido en los labios antes de dirigirme hasta la salida.

—Espera —me dice.

Mi cuerpo se tensa mientras me giro, pero mantengo una expresión normal.

Eryx se levanta y me da el sobre que tenía entre las manos. Sin mirarme, se ríe de una manera muy extraña.

—No tengo ni idea de cómo hacer esto. —Traga de forma audible, parece nervioso.

Incluso en estas circunstancias, el corazón se me hincha al ver su pelo revuelto y sus hermosos labios. Debo armarme de valor.

«Recuerda lo que te hizo».

Esto no es más que una broma para él. Sé demasiado, tengo claro que todo lo que Eryx diga o haga es solo para manipularme. Nunca le he importado. Por supuesto que le parezco hermosa, pero no siente por mí nada distinto al resto de los hombres. Nada de lo que contenga este sobre podrá convencerme de lo contrario. Ni siquiera un poema o una declaración de amor.

—Entiendo por qué no pudimos hablar ayer, y no te culpo por ello. Tienes muchas cosas en la cabeza y estás perdiendo a alguien que te importa mucho. Entiendo que Kyros te necesita ahora mismo. Yo esta noche no he dormido, así que he escrito ahí algunos de mis pensamientos, todo lo que tengo en el corazón. Quizá puedas leer mi carta durante el trayecto y tomarte algún tiempo para pensar en lo que te digo. Después, acataré lo que decidas.

Agarro la carta y me la introduzco en el bolsillo del vestido.

—Preferiría que lo habláramos —continúa—, pero soy consciente de que las circunstancias actuales lo impiden en este momento. Y... tengo que darte espacio. Para que pienses en lo que quieres realmente. Solo te pido que volvamos a hablar de nuevo antes de que tomes una decisión.

—Por supuesto —le contesto, perpleja por lo que me acaba de decir.

—Pues será mejor que te vayas ya. Saluda a Kyros de mi parte si lo consideras apropiado.

Asiento.

Eryx alza una mano y recorre con dos dedos uno de mis rizos.

—Buen viaje.

Entonces me deja ir.

Kyros me espera junto a mi carruaje. Me ayuda a entrar antes de ascender hasta el asiento que compartirá con el cochero.

—No. Por favor, viaja aquí dentro conmigo, Kyros.

Me mira a los ojos y asiente.

Y entonces partimos.

—¿Lo ha creído? —pregunta Kyros cuando iniciamos la marcha. Miro el maletín que guarda con cuidado en un rincón del carruaje.

—Sí.

—Entonces ¿por qué pareces tan... triste?

—No estoy triste, estoy enojada. Asegura que siente algo por mí. Después de lo que me ha hecho... —Señalo la hacienda que desaparece detrás de nosotros. Pero, quizá, en secreto, sí estoy un poco triste. Por lo que podría haber sido. Eryx Demos vio cosas en mí que nadie más había visto. Juntos podríamos haber sido...

No importa. Me mintió. Se aprovechó de mí más que ningún otro hombre. Porque vio mi verdadero yo. Porque supo cómo soy en realidad.

Y quiso hacerme pequeñita quitándome todo lo que me había ganado.

—Lo siento —dice Kyros con mucha seriedad.

—¿Por qué lo sientes? —le pregunto, intentando recomponerme.

Kyros elige con cuidado las palabras de su respuesta.

—Porque está claro que él te importa.

—Para nada —respondo con los dientes apretados.

—Quizá no te importa ahora que ha desvelado su cara más traicionera y monstruosa, pero antes de todo esto... No está mal que empezara a importarte.

—No te he invitado a viajar conmigo para que me digas todo eso.

—Entonces ¿por qué estoy aquí, alteza?

—No vuelvas a llamarme así. Por favor.

—¿Por qué estoy aquí, Chrysantha?

—Porque eres mi amigo y te quiero a mi lado. —Y porque si cambio de idea, necesito que alguien sea la voz de la razón que me mantenga cuerda.

—Pues aquí estaré.

Sin embargo, no puedo evitar tener la sensación de que no es con él con quien me gustaría estar en este momento.

Capítulo 25

El palacio presenta una apariencia más lúgubre de lo habitual. La piedra negra parece estar descolorida y las gárgolas, desanimadas. Hasta los guardias parecen estar aburridos.

Un lacayo nos recibe en la puerta principal y nos pregunta qué queremos.

—Soy Chrysantha Stathos Demos, duquesa viuda de Pholios y hermana de la reina. Por favor, dígale a ella y al Rey de las Sombras que he llegado y que me gustaría hablar con ellos en cuanto sea posible.

El lacayo se queda con los ojos muy abiertos y me pide que espere en la sala contigua mientras él transmite el mensaje. Kyros permanece en pie a mi espalda cuando me siento en el mullido sofá. Esperamos casi diez minutos hasta que el lacayo vuelve, lo que nos resulta un alivio.

—La reina me pide que la lleve a su sala de recepción privada. Se encontrará allí con usted tan pronto como pueda. Sígame, por favor.

Sé que Alessandra me ofreció una invitación abierta en su última carta, pero eso no significa que no pueda cambiar de opinión. O que hoy esté de mal humor. O que haya sucedido cualquier otra cosa.

Estoy nerviosa y agitada. Me dispongo a entregar al hombre al que había empezado a...

Al hombre con el que me había encariñado. Por el que estaba dispuesta a renunciar a todo lo que siempre había querido. Y duele, por mucho que sea la opción correcta.

Atravesamos los pasillos del palacio y vemos hermosos muebles de madera con rosas y espinas grabadas en los laterales. Las alfombras negro azabache cubren los suelos y casi toda la tapicería es carmesí.

Este es el hogar de mi hermana. Hubo una época en la que la envidié. Sentí envidia de todo esto. Pero ahora tengo claro que jamás habría sido feliz en este castillo oscuro. Prefiero los rosas y los dorados de mi hacienda. Un hogar en el campo a salvo de las miradas indiscretas.

Todo rastro de rabia hacia mi hermana se disipa cuando me doy cuenta de eso. Estaba celosa de ella porque consiguió a un rey mientras que yo me tuve que conformar con un duque. Pero cada día tiene que enfrentarse a un montón de deberes y responsabilidades. ¿Cómo pude pensar que era eso lo que yo quería?

Yo no sabía nada del mundo. No había tenido la oportunidad de descubrir cómo quería que fuera mi vida. Estaba demasiado preocupada en encontrar un camino hacia la libertad. Y, una vez que lo vislumbré, supe que eso era justo lo que quería: no tener que volver a actuar nunca más, que nadie esperara nada de mí. Ser, simplemente, yo.

Y me dispongo a lograrlo una vez más.

Aunque antes necesito que Alessandra me escuche.

Por fin llegamos al enorme recibidor. Es encantador. Hay un jarrón de flores frescas sobre un piano de cola. Una de las paredes está cubierta de vitrales que representan un bosque floreciente de vida. La imagen brilla como si detrás tuviera unas velas encendidas. Me siento en uno de los sofás y el lacayo asiente respetuosamente antes de dejarnos solos en la habitación.

Kyros y yo permanecemos cinco minutos en silencio, luego me levanto para explorar la habitación en profundidad. Recorro con los dedos los hermosos vitrales. Cuando me aburro, me atrevo a abrir las habitaciones adyacentes. Me pregunto si Alessandra daba por hecho que lo iba a hacer, si quería que yo observara todas sus lujosas posesiones. No me importa, pienso husmear de todos modos.

Kyros suelta un suspiro cuando entro al dormitorio de mi hermana. Lo que encuentro allí es muy sorprendente.

—¡El rey y la reina comparten alcoba! —le digo a Kyros.

—Chrysantha, creo que no deberías...

—La ama de verdad. Mira todos estos perfumes escandalosamente caros. Kyros, ven a oler este.

—No, gracias —me contesta, y casi me parece oír cómo pone los ojos en blanco.

Su armario está incluso más lleno que el mío. Ha estado cosiendo mucho, porque ninguno de estos diseños se puede encontrar con ningún modista. El tocador está repleto de maquillajes y de pinturas de labios. Leo varias etiquetas y trato de recordar los olores y colores que me gustan. Cuando me aburro, vuelvo al recibidor (lo que alivia considerablemente a Kyros) para que los nervios me consuman sentada en el sofá.

—Ha pasado media hora —dice Kyros.

—Hemos venido sin avisar. Es una reina, seguro que está ocupada.

No dejo de mover las piernas. Doy golpecitos con mis manos contra la tapicería y no puedo creer que esté aquí. ¿Y si Eryx lo sabe? ¿Y si ha hecho que Argus y Dyson me sigan? Cada minuto que pasa hay más posibilidades de que me descubran.

—Él no sabe nada —susurra Kyros como si me estuviera leyendo el pensamiento—. Todo va a salir bien.

—En cualquier momento podría descubrir que faltan algunas de sus cartas. Aún no sé cómo las consiguió el señor Tomaras.

—Su trabajo consiste en hacer bien ese tipo de cosas. Todo tendrá un final feliz, Chrysantha. Respira.

—¡Estoy respirando!

La puerta se abre.

Y mi hermana, la reina Alessandra Stathos Maheras, entra a la habitación.

Lleva unos pantalones negros bajo una falda abierta color rojo oscuro. Parece ir a juego con el espacio que la rodea. La parte de arriba es una especie de corsé unido a la falda abierta, de color negro con listones rojos. Su pelo es del mismo tono que el mío, algo así como el ébano oscuro, pero el mío tiene rizos naturales y el suyo es más ondulado. Ella lo lleva suelto y yo recogido.

—Chrysantha —dice mi hermana dándome la bienvenida.

—Alessandra.

Tras ella, un sirviente sirve té sobre la mesita que separa su lugar del mío.

—Me ha sorprendido que me digan que estabas en palacio, ya que te mandé la carta hace muy poco. Pero me alegro. Ha sido... bonito limar asperezas entre ambas.

—Totalmente. ¿Qué has estado haciendo desde que te casaste?

—Hemos estado de luna de miel recorriendo la costa. Y después hemos vuelto al trabajo, en el castillo.

—¿Es bonita la costa?

—El agua estaba templada —me responde con una sonrisa contagiosa—, la compañía era perfecta y la comida deliciosa. ¿Y tú qué? ¿Has leído algo interesante últimamente?

Le hablo de mi última novela romántica, de mi club de lectura y de mis adquisiciones para la biblioteca. Nos volcamos tanto en la conversación que se nos pasan volando unos buenos quince minutos. Alessandra ya ha llenado las tazas un par de veces.

Cuando Kyros tose dos veces detrás de mí, me doy cuenta de que he perdido la noción de por qué estoy aquí. Jamás se me habría pasado por la cabeza que, con toda la gente que hay en el mundo, eso me ocurriera con Alessandra.

—Qué bien me la estoy pasando —le digo.

—Y yo.

—Me gustaría que volviéramos a planear pronto otro encuentro como este, pero me temo que el motivo real de que hoy esté aquí es que necesito tu ayuda.

Se endereza en el asiento, como si hubiera despertado su desconfianza. Como si creyera que me dispongo a aprovecharme de ella. Puede que yo no haya hecho las cosas bien, pero no he sabido hacerlas de otra manera.

—Adelante —dice, impertérrita—. ¿Qué quieres?

—La última vez que nos vimos, te conté la historia de quién fui yo durante aquellos siete años y por qué me comporté así. Conseguí lo que quería: libertad. El derecho, como viuda, de controlar mi propia vida. Y, como sabes, con tus edictos hiciste que mi vida fuera aún mejor. No tuve que guardar un largo luto por un hombre que no me importaba lo más mínimo.

—¿Para qué sirve el poder si no lo uso para mejorar el mundo? —pregunta encogiéndose de hombros—. Aún queda mucho por hacer, pero me implico todo lo que puedo.

—¿Y el rey te apoya?

—Sí. —Sonríe.

—Me alegro. —Y lo digo de verdad, aunque siento algo de envidia. Empiezo a pensar que yo también podría hacer algo parecido—. He venido a contarte una segunda historia: lo que pasó al irrumpir en la ecuación un hombre que decía ser el nuevo duque de Pholios. ¿Te parece bien que el rey se nos una para escuchar esta parte de la historia? Estoy segura de que querrá enterarse.

Alessandra tamborilea con los dedos sobre su muslo mientras me observa.

—De acuerdo. Lo traeré. Espera aquí.

Se marcha.

No pasan ni diez minutos cuando vuelve agarrada del brazo del mismísimo Kallias Maheras, el Rey de las Sombras. Tras el rey viene un enorme perro café de pelo lacio. Teniendo en cuenta la densidad de su pelaje, alguien debe pasar horas cepillándolo cada día. Me olisquea los pies y el rey le dice:

—*Demodocus*, ven aquí.

El sabueso vuelve con su amo y se sienta a su lado.

—¿Puedes esperar fuera, Kyros? —le pido.

—Por supuesto.

Nos deja solos y mi hermana y el rey toman asiento. No estoy segura de qué le ha contado Alessandra, pero me ofrece una mano enfundada en su guante. Le ofrezco la mía y responde con una leve inclinación.

—Me alegro de volver a verte, hermana.

Sus palabras me sorprenden, pero si me llama así quizá es porque Alessandra ha empezado a tenerme cierta consideración.

—Alessandra me ha dicho que la has visitado por sorpresa y que necesitas ayuda.

Agarro el maletín que tengo al lado y lo pongo sobre la mesita, junto al juego de té.

Y entonces les hablo a los dos sobre Eryx Demos. Les cuento quién es, cómo cayó en el ostracismo... No hago alusión a sus poderes, aún no. Me centro en que se ha apoderado de lo que no es suyo y en que tengo pruebas de ello. Kallias observa el maletín y después vuelve a mirarme.

—¿Por qué no llevas este asunto ante la justicia? Si tienes todas las pruebas que necesitas, ¿por qué te presentas ante mí?

Respiro profundo. Llegó el momento. Ya no hay marcha atrás. Si revelo el secreto que Eryx me confió, dictaré su sentencia.

Pero la traición y la ira que siento son demasiado grandes como para detenerme. Así que prosigo.

—Porque la justicia no podrá sacarlo por la fuerza de la hacienda. Él es... el vástago de un demonio.

Por fin saco todo a la luz. Hablo de los poderes de Eryx y de su linaje, de su fuerza, de sus guardaespaldas. De las debilidades que me consta que tiene. Cuanto más revelo, más preocupación se trasluce en las facciones de Kallias.

—¿Estás hablando en serio? —pregunta mirándonos, sorprendido, a su esposa y a mí.

—Juro que no miento. El lacayo que está en el pasillo puede confirmarlo todo. Él también ha visto a la bestia.

Tras una breve pausa, Kallias pregunta:

—¿Te ha hecho algún daño?

El cuello me arde por el recuerdo de sus dientes, pero contesto con honestidad.

—Físicamente, no.

—¿Ha sido violento con alguna otra persona?

Me planteo si sacar a relucir el hecho de que Eryx ha sido quien ha matado al general y a otros muchos, pero, por algún motivo, decido guardarme esa información.

—Es peligroso, eso está claro. A veces no es capaz de

controlarse del todo, pero aún no le he visto perder el control ni atacar a nadie. —La ocasión en la que me salvó no cuenta—. Pensé que... querrías saberlo. Tú aseguras que las sombras te otorgan el derecho divino a la corona, ¿no es cierto? Si hay más gente con poderes, ¿no podría afectar a tu reinado?

—Entonces ¿has venido porque te preocupa que su existencia pueda volver vulnerable mi reinado? —me pregunta Kallias ladeando la cabeza—. ¿Me ha amenazado de alguna forma?

Pienso en la lista de nombres del sótano.

Pero Eryx dijo que no iría por el último de los nombres, el rey. A saber si es verdad. Como si no me hubiera mentido cientos de veces...

—Hago esto porque se ha apoderado de lo que es mío. Si neutralizarlo también te beneficia a ti, me alegraré.

Kallias mira a mi hermana y no logro descifrar la conversación silenciosa que están manteniendo.

—Entonces, me ocuparé de él —responde Kallias con sencillez mientras se levanta de su asiento.

Alessandra le agarra la mano con fuerza. Él la mira desde arriba.

—Estaré bien. Mientras tú estés aquí, él no puede hacerme daño. ¿Acaso no quieres que proteja a tu hermana?

La pregunta es terrorífica porque soy consciente de que si ella le dice que no me proteja, él le hará caso. Los deseos de Alessandra son para él mucho más importantes que mi vida. Y eso queda clarísimo por la manera en que él la mira.

Ella guarda silencio un instante, alternando su mirada entre su esposo y yo. Entonces asiente y responde:

—Aquí estaremos.

Kallias nos deja, pero *Demodocus* se queda junto a mi hermana. Ella baja la mano para rascarle detrás de las orejas.

La culpabilidad me recorre el cuerpo. Quiero arreglar las cosas con mi hermana, pero acabo de poner a su esposo en peligro.

—Lo siento mucho —le digo.

—Pues no lo sientas. Ya has oído sus palabras: mientras yo esté aquí, él es invulnerable a la muerte.

Pero Eryx no. Acabo de firmar su sentencia de muerte.

Mis piernas recobran vida y empiezo a juguetear con mis faldas. Alessandra duda un momento antes de levantarse de su sofá y sentarse en el mío para estar más cerca. Sin tocarme, su proximidad me transmite un consuelo que no sabía que necesitaba.

—Háblame sobre ese tal Eryx. ¿Te ha tratado mal?

—Discutimos. Y mucho. Puede ser muy vengativo. Me quitó el estipendio solo porque le dije que era huérfano. Tendrías que haber visto el estado de la hacienda antes de que yo me implicara en embellecerla.

Hablar me relaja, así que le cuento todos los cambios que hice. Me hace bien hablar de Eryx, ya que así recuerdo todas las cosas horribles que ha hecho y me reafirmo en la conveniencia de que me deshaga de él.

Declaró que yo le gustaba, que tendríamos un futuro juntos... y al final me decepcionó como ningún otro hombre.

Sigo jugueteando con la tela de la falda y detecto el crujido de un papel. Meto la mano en el bolsillo y entonces recuerdo la nota que Eryx me dio. Me giro hacia Alessandra.

—Es suya. Me la ha dado antes de irme.

—¿La has leído ya?

—No he tenido tiempo.

—Pues hazlo. Sobre todo si crees que te ayudará a calmarte.

Me debato entre leerla y no leerla, pero al final decido

que servirá para añadir leña a mi odio y para hacerme sentir mejor por haber tomado la decisión de poner al Rey de las Sombras en contra de Eryx.

Mi ardiente Chrysantha:

Tengo una confesión que hacerte. Dos, en realidad. La primera es que mentí sobre los cambios del testamento. Lo cierto es que tú tendrías que haberlo heredado todo: la hacienda que tanto amas y que tanto has embellecido, los empleados que contrataste y con quienes has forjado vínculos, el dinero que asegurará para siempre tu futuro... Es verdad que soy el nieto de Hadrian Demos, pero a mi madre y a mí nos desheredaron debido a la identidad de mi progenitor.

Hasta mucho después de que todo se pusiera en marcha, Vander no me mencionó que el duque dejaba una esposa. Al principio no me importaba que existieras o no; eras una dama con un título, una consentida, y lo seguirías siendo aunque a mí me nombraarn duque. Yo nunca he tenido un verdadero hogar en el que disfrutar de paz y seguridad. Y, cuando llegué a la hacienda, me enamoré de su belleza... Belleza que, como después supe, era el resultado de tu esfuerzo, aunque jamás imaginé que lo acabaría admitiendo.

Pero entonces fui conociéndote. Me hablaste de tu familia y de tu horripilante matrimonio con mi abuelo. Me contaste lo atrapada y desamparada que te sentías en un mundo dominado por los hombres. Me explicaste cómo lograste adquirir algo de control sobre tu propia vida al convertirte en la duquesa viuda.

Y eso me lleva a mi segunda confesión. Tendría que haber sido lo bastante valiente como para decírtelo a la cara cuando estábamos en el bote del lago. Te quiero, Chrysantha Stathos Demos. Amo tu incendiario temperamento y tu boca traviesa. Amo tu inteligencia y tu pasión por los libros. Amo tu humor punzante y la pasión con la que quieres a tus amistades. No hay parte de ti que yo no ame, así que ¿cómo podría interponerme en tu camino hacia lo que deseas, necesitas y mereces?

Te devuelvo el ducado. Ya le he escrito a Vander para que legalice todo. Serás, con todas las de la ley, la duquesa de Pholios, y nadie tendrá nunca el poder de arrebatarte nada. Aunque quizá podrías pedirle a tu cuñado que cambie el nombre del título, ya que entiendo lo que te hace sentir la palabra Pholios.

Mi mayor deseo sería que me permitieras quedarme en la hacienda, en el papel que tú elijas. Me gustaría no separarme de ti... Pero lo que más me importa es que seas feliz, así que acataré lo que me digas; tanto si quieres mantener a este monstruo muy lejos, como si quieres que me quede tan cerca como sea posible, para que te proteja y te ame durante el resto de tu vida.

Lamento lo de Kyros. Discúlpame por haber tenido que transmitirte todo esto en una carta por haber arruinado tu amistad con él. Que tengas muy buen viaje. Por siempre tuyo, espero ansioso tu regreso.

Con amor,

Eryx

Dejo caer la carta al suelo y no puedo ver nada porque las lágrimas me anegan los ojos. Un relámpago se extiende por mi cuerpo y se lleva mi horror y mi culpa.

Es amor, supongo.

Me rodeo el cuerpo con mis propios brazos y trato de contener las lágrimas. Hasta que no respiro profundo no me doy cuenta de que Alessandra ha recogido la carta.

La lee con rapidez y me mira a los ojos.

—No lo entiendo, ¿a qué viene que él...? Oh, ¿es que lo amas? —me pregunta. Mis lágrimas reaparecen, pero me las arreglo para asentir—. Entonces, ¿qué haces aquí aún? Ve por él antes de que mi marido lo mate. Viajaré contigo tan lejos como pueda, pero no pondré a Kallias en peligro mermando sus poderes.

Salto del sofá y me lanzo hacia la puerta. Kyros, que sigue haciendo guardia en el pasillo, sigue de cerca mis pasos. No soy capaz de articular palabra, así que Alessandra le dice:

—¡Trae el carruaje de la duquesa, rápido!

Kyros nos adelanta con sus largas zancadas y desaparece pronto de nuestra vista.

Mientras tanto, un horrible lamento me vuelve una y otra vez a la cabeza.

«Pero ¿qué he hecho? Pero ¿qué he hecho? Pero ¿qué he hecho?»

¿Por qué no leí la maldita carta de camino al palacio? La ira me cegaba. Estaba sobrepasada por mi necesidad de sentirme libre.

Pero Eryx me ofrece lo que quiero: la libertad y a él.

Y justo como lo quiero. Esto es lo que he deseado toda mi vida. Si Kallias lo mata...

No puedo soportar esa idea.

El castillo parece cinco veces más grande mientras Alessandra y yo corremos por las salas y las cámaras. Al poco, siento piquetes en las piernas y los pulmones, pero sigo corriendo. Lo único que me consuela en este momento es que tengo a mi hermana al lado.

¿Quién habría pensado que podrían cambiar tantas cosas en un solo día?

Los lacayos intentan detener a la reina y le preguntan qué le pasa y si pueden serle de ayuda. Alessandra los ignora. No baja el ritmo en ningún momento, aunque su respiración está tan agitada como la mía.

Cuando salimos por las puertas, Kyros ya está allí sujetándonos la puerta del carruaje. Mi hermana y yo nos lanzamos a su interior. Antes de que Kyros cierre las puertas, le digo:

—¡A la hacienda lo más rápido posible, Kyros! ¡Hay vidas en juego!

Le transmite el mensaje al cochero y se sienta a su lado. Partimos.

No puedo pensar con claridad. Apenas puedo respirar de lo tensa que estoy.

—Ha salido solo quince minutos antes que nosotras —dice Alessandra.

—El tiempo suficiente para que lo mate antes de que lleguemos.

No me contradice.

—¿Por qué me estás ayudando? —pregunto.

—Diría que porque eres mi hermana, pero eso no nos ha importado demasiado a ninguna de las dos durante la mayor parte de nuestras vidas.

Un contundente silencio sigue a sus palabras. Yo no las puedo refutar.

—Una vez estuve en tu misma situación —me dice en voz baja—. En una ocasión dejé atrás el palacio al darme cuenta de que Kallias estaba en peligro. Y también temí que fuera demasiado tarde.

—¿Cómo lo salvaste?

—Matando al hombre que lo amenazaba. Creyó que yo sería demasiado debilucha como para asesinarlo, pero él ignoraba que yo sería capaz de cualquier barbaridad por salvar al hombre al que amo. —Me mira—. ¿Esto te hace cambiar tu opinión sobre mí? Cuando supiste que había matado a mi primer amante, ¿me viste con otros ojos?

Percibo a la perfección que está orgullosísima de quién es, pero que no tiene ni idea de por dónde van mis pensamientos. La miro a los ojos y me confieso:

—Yo maté al difunto duque.

Abre mucho los ojos.

—Me tocó de forma indebida —continué—. Me hizo daño. Perdí la cabeza. Lo asfixié con su propia almohada. Y también traté de asesinar a Eryx envenenando su comida. Él no tiene ni idea. Me pregunto qué opinará al respecto cuando se lo diga... Si es que se lo puedo decir.

—Una vez pensé en envenenar a Kallias —me dice sonriendo—. Pero no lo llevé a cabo. Qué suerte tenemos de que nuestros hombres sobrevivieran.

Y aunque todavía existe un gran peligro al que hacer frente, me veo a mí misma devolviéndole la sonrisa.

—Las hermanas Stathos somos una verdadera fuerza de la naturaleza.

—Es cierto. Somos arrogantes como diosas y decidimos quién vive y quién muere.

—Si los cielos no quieren que matemos hombres, entonces deberían impedir que nos hagan tanto daño.

—Así es —afirma mi hermana—. Solo tenemos una vida que vivir. Debemos luchar por que sea la mejor posible. Y cuando otros abusan del poder que ostentan, ¿qué opción nos queda además de defendernos?

Sus palabras me parecen tan certeras que siento cómo me laten en el pecho al ritmo del corazón.

—Ojalá hubiera recurrido a ti cuando madre murió. Tendría que haberte elegido a ti en lugar de a padre. Juntas, podríamos haber sido imparables.

—Ahora nos tenemos la una a la otra. En mi opinión, el pasado transcurrió como tenía que transcurrir, pero... ¿era necesario que me llamaras ramera tantas veces?

Consigo reírme a pesar de las lágrimas que empiezo a derramar por las mejillas.

—Lo hice por envidia. Porque deseaba experimentar el amor y la pasión, pero pensaba que la única manera de encontrar la pareja que quería era manteniéndome pura. Permití que las leyes de los varones marcaran mi vida. Pensé que esa era la única forma en la que podía ganar. Pero apostar por mí misma ha sido lo más liberador que he hecho nunca.

Alessandra se cruza de piernas en el espacioso interior del carruaje.

—Y ahora eliges a Eryx: el bastardo de un demonio que te engañó.

—Así es —digo con convencimiento.

Así es.

Cuando mi ducado aparece, por fin, en la distancia, Alessandra da unos golpes al techo del carruaje. El cochero detiene a los caballos y ella se baja del vehículo.

—Aquí estaré. Ven a buscarme cuando todo acabe. Estaré lista. Para celebrar o para consolarte, lo que necesites.

—Gracias —le digo—. Kyros, quédate con la reina. —Los pies de mi lacayo apenas han tocado el suelo cuando grito—: ¡Vamos!

Un latigazo corta el aire y el carruaje reemprende la marcha. Cuando dejamos atrás la hermosa arboleda, y la gloriosa hacienda Pholios aparece delante de nosotros, veo la multitud. Mis sirvientes rodean las puertas de la mansión y los guardias reales los mantienen a raya. Un par de guardias avanzan hacia nosotros y ordenan que el carruaje se detenga.

—Déjanos pasar —le grito al hombre que se atreve a detenernos.

—El rey ha ordenado que se evacúe la hacienda. Nadie tiene permitida la entrada.

—Este es mi hogar. Déjanos pasar de una vez.

—Me temo que no será posible, alteza. Tenemos órdenes.

—Da la vuelta —le ordeno al cochero. Entraremos por la puerta de atrás si es necesario.

—Esto es lo más lejos que va a ir este carruaje —me gruñe el guardia mientras algunos de sus compañeros rodean a mis caballos.

Abro de golpe la puerta opuesta y salgo corriendo por ese lado. Un grupo de guardias me persigue, pero acelero hasta llegar al laberinto de setos. Al principio me preocupa que me capturen, pero en cuanto doblo la primera esquina empiezan a quedarse atrás, perdidos en el verdor, incapaces de deducir qué camino he tomado hasta que les saco suficiente ventaja. Un guardia intenta saltar por encima de los setos, pero solo consigue desplomarse con fuerza contra el suelo. Avanzan con suma lentitud.

Cuando llego al centro del laberinto, que está inacabado, me dispongo a buscar la entrada principal. Conozco este sendero como la palma de mi mano. Cuando lo atravieso, no miro hacia atrás ni una sola vez. Me dirijo hacia la parte posterior de la casa para entrar por la puerta de servicio.

El interior está silencioso como un cementerio, ya que todos los empleados han sido obligados a salir. Me daba miedo entrar a la casa y toparme con el sonido de los cristales rompiéndose y los muebles convirtiéndose en astillas.

Pero no se oye nada.

Y, maldita sea, esta mansión es enorme. ¿Dónde pueden estar? Es mediodía. ¿Estará Eryx en su estudio?

Pruebo allí primero, pero la puerta está cerrada y no oigo voces en su interior. Mi llave maestra está en mis habitaciones, pero no tengo tiempo de ir a recogerla. Dudo que estén tras una puerta cerrada. ¿Estaría Eryx echándose una siesta cuando el rey lo encontró? ¿Debería bajar al sótano?

No, le he dado clases de etiqueta y de cómo se hacen las cosas. Sé exactamente dónde están los dos hombres.

En mi sala. Es el rey, Eryx lo habrá recibido en la mejor estancia de la mansión. La que yo diseñé pensando en las visitas. No creo que haya sospechado siquiera que el rey solo ha venido porque yo lo he traicionado.

Oigo las voces mucho antes de llegar a mi destino.

—¡Aléjense los dos! —dice Eryx—. Esto es entre el rey y yo.

—Esto no tiene que llegar a las manos... pero, si llega, vas a perder. A mí nadie me puede matar —le dice Kallias.

—Yo también soy difícil de matar.

—Difícil e imposible son dos cosas bien distintas.

—He dicho que te apartes, Argus. Déjanos a nosotros.

—Por favor, majestad —dice la voz de Dyson—. El duque es inofensivo. No tengo ni idea de qué fantasías le habrá contado la duquesa...

—¡Dyson, cállate por una vez en tu vida! —ruge Eryx.

Hay un silencio muy breve cuando por fin llego hasta las puertas.

—¡Muéstrame tu verdadera cara! —dice Kallias—. Muéstrame quién eres en realidad. Me di cuenta en mi boda de que algo raro sucedía. Jamás se me pasó por la cabeza que fuera esto.

Entro de golpe a la sala y los cuatro hombres se giran para verme. Antes de que pueda decir ni una palabra, sucede lo impensable en un abrir y cerrar de ojos.

Eryx está como siempre, con su pelo castaño alborotado y los ojos cafés. Pero en un instante se transforma.

Le brotan los cuernos de la cabeza, se le alargan los caninos, los ojos le brillan en ámbar. Una cola le culebrea por un agujero del pantalón; es larga y delgada, salvo por el triángulo de piel que tiene al final.

—¡Eryx, no! —grito justo cuando se lanza contra el Rey de las Sombras. El que es imposible de matar. No se me escapa el hecho de que no se ha transformado hasta que no he entrado a la habitación. Lo hizo cuando pensó que yo estaba en peligro. Qué muchacho tan idiota.

Kallias está envuelto en sombras. Le corren por la piel y flotan a su alrededor, desplazándose a su propio ritmo.

El primer puñetazo de Eryx atraviesa a Kallias como si este, de verdad, estuviera hecho de sombras. No le da a nada. Casi se cae de frente al no encontrar resistencia.

Entonces Kallias responde. Le da un golpe a Eryx en la baja espalda y este gruñe cuando recupera el equilibrio.

Dyson y Argus corren hacia mí.

—¡Tienes que irte de aquí! —me pide el segundo.

—No, son ustedes los que tienen que irse.

Dyson y Argus me agarran cada uno de un brazo, haciéndome perder contacto con el suelo.

—¡Bájenme inmediatamente! —les grito.

El sonido de mi voz hace que Eryx se gire. Posa sus ojos lupinos sobre sus amigos. Avanza paso a paso hacia ellos, va a hacerles daño, pero Kallias vuelve a atacar y, esta vez, barre de una patada las piernas de Eryx.

Argus y Dyson me sueltan a la vez, como si se acabaran de dar cuenta de que molestarme es la manera más rápida de que Kallias mate a Eryx. Este se levanta tan rápido que mis ojos no lo pueden captar y, entonces, digo:

—¡Detente, Kallias! He cometido un error. Detente, por favor. He cambiado de opinión. Necesito que des por terminado todo esto.

—Es un poco tarde para eso —dice el rey, mientras Eryx trata de golpearlo en el vientre. Sus dedos atraviesan el torso de Kallias y sus sombras se ondulan, pero no sufre ningún daño. Otra vez. Cuando Kallias se dispone a darle otro puñetazo, Eryx agarra en el aire el puño del rey.

Lo agarra.

Porque no es incorpóreo, no. Kallias tiene que volver tangibles algunas de sus partes para poder atacar a Eryx, y este es mucho más rápido que él.

Los huesos del rey crujen en la mano de Eryx mientras aprieta el puño de Kallias. El rey da un gemido de dolor y vuelve a convertir su mano en sombras. No tarda casi nada en hacer que sus huesos recuperen su forma original. Sus sombras son tan curativas como las de Eryx.

—Esta es la pelea más justa en la que he participado —dice Kallias sonriendo.

Pero Eryx se ha quedado sin palabras. Mientras contempla esas sombras de Kallias que no le permiten hacer contacto con él, observo con horror cómo Eryx echa mano de la daga dentada que siempre lleva con él y se pasa el filo por la mano izquierda, provocándose una herida de la que empiezan a manar sombras. Entonces extiende la palma hacia delante.

Y toca al rey.

Sombra con sombra. Ya no importa que Kallias sea incorpóreo. Las sombras de Eryx son exactamente iguales que las del rey. Así que tira a Kallias al suelo. Y lo agarra de la garganta.

Carajo, carajo, carajo.

Kallias desenvaina su espada y hiere el brazo de Eryx, del que vuelan algunas sombras. Eryx se retrae debido al dolor, pero mantiene la daga en la mano.

—¡Eryx, detente! —le grito—. ¡Por favor, tienes que escucharme! Estoy bien, ¿lo ves? Ven aquí, ven conmigo. ¡Estoy bien!

Pero ni siquiera gira la cabeza en mi dirección. Todo su ser se concentra en el rey. En el esposo de mi hermana, que de forma inconsciente se ha puesto en peligro a sí mismo. Si Eryx ha encontrado una forma de tocarlo cuando es incorpóreo, entonces está claro que puede morir, incluso a pesar de que Alessandra esté a un par de kilómetros de distancia de la mansión.

Saltan chispas cuando la espada y la daga chocan y se entrelazan. Eryx es más rápido, pero tiene que limitarse a las zonas en las que puede golpear a Kallias con sus propias sombras. Con sus propias heridas. Dios, tiene que dolerle muchísimo.

Dyson y Argus están a mi lado, impotentes. ¿De verdad creían poder hacer algo contra Eryx cuando alcanza este estado? Es imparable. Ningún mortal se le compara. ¿Cómo han podido engañarse a sí mismos como para creer que podrían frenar a la bestia en sus propósitos?

Eryx recibe un corte en el costado y las sombras manan de su herida. Entonces, usa ese mismo costado para arremeter contra Kallias y lo tira al suelo otra vez. Eryx vuelve a herirse la mano para hacer contacto con el rey.

Kallias gira sobre sí mismo a pesar de haberse quedado sin aliento.

—¡Detenlo, Chrysantha! —me dice cuando es capaz de introducir algo de aire en sus pulmones—. Si él para, yo también lo haré.

—¡Lo he intentado! —le respondo—. ¡Ya no atiende a razones!

Kallias tiene que bloquear una serie de puñaladas de esa maldita daga. Pero Eryx es demasiado rápido y la tercera aterriza directamente en la muñeca del rey, una zona corpórea, pues la necesita para agarrar su espada.

Brotan nuevas sombras que se mezclan con las demás.

Alguien va a morir. Eso lo tengo claro. Y si es el marido de mi hermana, entonces se arruinará para siempre cualquier posibilidad de retomar con ella una relación cordial.

Si es Eryx, la culpa no me dejará seguir viviendo.

Pero... ¿y si muero yo? Todo esto es culpa mía. Mi sacrificio es el único que en este momento me parece tolerable.

En el que, muy probablemente, sea el error más grave de toda mi vida, avanzo hacia ellos. Y en la primera ocasión en la que los cuerpos de los dos hombres se separan, me lanzo entre ambos.

Eryx se dispone a atacar. La daga pasa a un milímetro de mí, pero no cierro los ojos. Concentro la vista en su mirada.

Se detiene; no lanza el siguiente ataque.

En lugar de eso, me gruñe.

Y yo le respondo con otro gruñido.

Intenta mirar por encima de mi hombro para ver a Kallias, así que hago otro movimiento imprudente. Me acerco más a él, presiono mi cuerpo contra el suyo y le echo los brazos alrededor del cuello.

Y lo beso.

La bestia se queda quieta de forma momentánea y casi puedo oír los engranajes de su cerebro. Los pensamientos de matar para protegerme desaparecen bajo un nuevo deseo que se apodera de Eryx.

Suelta la daga y me aferra entre sus brazos. El monstruo está en su máxima expresión y no se retrae. Me saca de la habitación.

Y a mí no me importa lo más mínimo.

—Alessandra está en los márgenes de la hacienda con mi lacayo —digo por encima del hombro de Eryx—. Me encontraré con ustedes más tarde.

Argus y Dyson tratan de impedir el paso a Eryx y él les enseña los caninos.

—No —les digo—. Esto es algo que he elegido yo. Harían bien en mantenerse al margen.

En ese instante me siento tan bestial como Eryx.

Trata de llevarme al sótano, pero lo detengo jalándole uno de sus cuernos.

—No —lo corrijo, y lo obligo a dirigirse hacia la habitación de la duquesa.

Mientras sube las escaleras, respira profundo y se embriaga de mi olor. Le toco el pecho y la cara todo lo que puedo. Parece que nunca vamos a llegar al dormitorio.

Eryx abre de una patada la puerta de la habitación de la duquesa. Me posa en la cama y me da un beso apasionado. Sus dientes me arañan los labios, pero no llegan a desgarrar la piel y la sensación es embriagadora. Tiene la ropa hecha jirones por los cortes que el rey le ha infligido, así que no tengo que esforzarme mucho en quitársela. Eryx hace por fin lo que quiso hacerme en el lago: me rasga el vestido haciendo uso de su fuerza bruta.

Me mira desde arriba y contempla mi cuerpo desnudo bajo el suyo. Se estremece ante esa visión.

Y entonces me reclama.

Y, lo que es más importante, yo lo reclamo a él.

Al acabar, los dos estamos jadeando sobre la cama.

Solo entonces vuelve a su forma habitual.

Los cuernos y la cola desaparecen. Sus caninos regresan a la normalidad. Eso sí, cuando se apoya sobre el codo y me mira, aún tiene los ojos color ámbar.

—¿Te he hecho daño?

Le respondo con una sonrisa.

—¿Te he hecho daño yo a ti?

Me devuelve una sonrisa preciosa, pero entonces, como si mirarme a la cara fuera demasiado doloroso, baja la vista. Eryx se enreda los dedos en ese pelo suyo desordenado y yo observo cómo los músculos de sus brazos se contraen con cada movimiento.

—Fuiste a ver al rey —me dice bajito—. Me mentiste.

—Eso no parecía importarte hace media hora.

Encoge los hombros, avergonzado, como si se sintiera culpable por seducirme. El gesto casi me hace reír, pero esta es una conversación seria.

—Te he mentido en muchas cosas —admito—. Asesiné a tu abuelo. —Gira la cabeza hacia mí—. Ya estaba harta de que me metiera mano y me tratara mal. Lo asfixié con una almohada después de que me hiciera daño. —Eryx no dice nada—. También traté de matarte a ti. ¿Te acuerdas del curry envenenado? Pues fui yo, no Sarkis.

Abre los ojos tanto que parece que van a salirse de las cuencas.

—Pensé que contigo estaba en peligro —continúo—. Estaba convencida de que eras un estafador, me daba igual lo que dijeran otras fuentes. Me habías robado todo. —Me inclino para alcanzar mi vestido destrozado y agarro su carta—. Y parece ser que no me equivocaba en nada.

Se le oscurecen los ojos hasta su café habitual, pero mantiene el rostro inexpresivo.

—Si te sirve de consuelo —le digo—, no la leí hasta que ya le había hablado al rey sobre ti. Fue entonces cuando me di cuenta de mi error. —Inclino la vista hacia las sábanas arrugadas—. Me enteré de lo que Vander y tú hicieron antes de leer la carta. Yo había contratado a un investigador privado. La razón por la que me ofrecí a hablar bien de ti ante el rey y a darte clases de etiqueta fue que necesitaba pagarle a ese hombre. Pensaba que mentías sobre tus sentimientos hacia mí solo para manipularme. Para convencerme de que dejara de investigar y te permitiera quedarte. Creí que lucharías para conseguir lo que te habías propuesto, pero renunciaste a todo por mí.

»Y yo... —Una lágrima me resbala por la mejilla—. Me rendí. Te traicioné ante el rey. Asesiné a tu abuelo. Traté de matarte. Dios, jamás voy a poder arreglarlo, ¿verdad?

Me limpia la lágrima con el pulgar.

—Yo he matado a inocentes y a no tan inocentes. Vine aquí con falsos pretextos. Estaba dispuesto a dejarte sin nada.

—Pero no lo hiciste al final.

—Y tú no dejaste que el rey me matara. Volviste.

—Por supuesto que volví, niñito. Te amo.

—Otra vez con la diferencia de edad... —Se me pone encima y los ojos se le vuelven color ámbar—. A ver si te importa tanto cuando vuelva a estar dentro de ti.

La promesa desata un magnífico temblor que me recorre el cuerpo.

—Quiero oír de tu boca las palabras que me dijiste en esa carta...

—¿Cuáles, exactamente? —me pregunta mientras besa mi cuello, aunque sabe perfectamente a cuáles me refiero.

—Las que importan —le respondo.

Alza la cabeza para mirarme de nuevo a los ojos.

—Te amo. Luché contra ese amor, pero era tan inevitable como que el sol salga cada día. Porque eres mi igual en muchos aspectos y mi superior en todo lo demás.

Dejo escapar un sollozo.

—Dices unas cosas preciosas.

—Se acabó la charla —sentencia reclamando mi boca.

Probablemente no debería haber dejado esperando al rey y a la reina de Naxos mientras yo consumaba mi relación con Eryx.

Tres veces.

Hay algo bastante excitante en saber que mi hermana está esperando en los bosques mientras este hombre tan entusiasta me satisface en repetidas ocasiones.

Soy una persona horrible y ese pensamiento me hace sonreír.

Pero cuando me doy cuenta de que Eryx aún se encuentra potencialmente en peligro por culpa del rey, me apresuro a vestirme. Eryx va a la habitación de al lado para enfundarse en un nuevo atuendo.

Cuando entramos juntos en la sala, parece que mi hermana y el rey ya se han puesto cómodos. Kyros se encuentra de pie tras el sofá donde descansan ellos. Argus y Dyson están de brazos cruzados, apoyados contra la pared. Varios guardias reales los custodian en la habitación, sospecho que por petición de mi hermana.

Se palpa una afilada tensión en el aire cuando Eryx y yo tomamos asiento en el sofá que está frente al del rey y la reina.

—La hacienda es encantadora —dice Alessandra—. He disfrutado mucho mi paseo hasta aquí.

—Gracias —respondo.

Silencio.

El rey se inclina hacia delante y me mira a los ojos.

—Explícate —me dice.

—¿No te ha contado ella...? —pregunto mirando a mi hermana.

—Me lo ha contado, pero quiero que me lo cuentes tú.

Me incorporo en mi asiento y Eryx entrelaza sus dedos con los míos para darme ánimos.

—Amo a este hombre. Llevo tiempo amándolo, pero estaba demasiado ciega para verlo. Por favor, no lo mates. No tiene ninguna ambición política. No quiere ser alguien importante. Ya me ha transferido el gobierno del ducado. Eryx solo desea una vida tranquila en nuestro ducado, igual que yo.

—Aceptaré el castigo que quiera imponerme, mi rey —dice Eryx apretándome fuerte la mano—. Pero, por favor, permita que la duquesa recupere el control del...

Kallias levanta una mano para callar a Eryx. Su rostro no transmite nada.

Alessandra se inclina hacia él y le susurra algo al oído que no soy capaz de captar. Eryx debe de haberlo oído, ya que se relaja ligeramente.

Kallias la mira con los ojos encendidos, pero vuelve a centrar su atención en nosotros.

—Has falsificado un testamento. Has causado una tensión terrible a la duquesa. Y has atacado a tu rey.

Un escalofrío me recorre la columna vertebral.

—Por favor, Kallias. Solo trataba de protegerme. Yo... puedo mantenerlo bajo control.

El rey posa su mirada sobre mí.

—Y no me hagas enumerar tus crímenes.

Trago saliva.

La sonrisa de Alessandra se ensancha y yo ya no sé de qué lado está... hasta que dice:

—Los perdono.

Kallias trata de disimular una sonrisa mientras se gira hacia su esposa.

—¿Perdonas al hombre que ha intentado matar a tu esposo?

—No lo ha conseguido. En la hacienda nadie ha visto nada. Nadie sabe nada a excepción de los aquí presentes. Además, creo que me cae bien mi hermana y que quiero pasar más tiempo con ella. ¿No me obligarías a tener que acercarme hasta la celda de una prisión, verdad?

Kallias se acaricia el mentón con la mano y me doy cuenta de que, además de estar jugando con nosotros, estos dos están jugando entre ellos.

—Supongo que a tu hermana no le gustaría mucho verte si matamos a su amante, y no puedo permitir que mi reina ponga un pie en prisión.

«Pero ¿qué está pasando aquí?»

Alessandra se levanta y nos mira a Eryx y a mí.

—Tienen una semana. Después, espero que ambos nos visiten en palacio.

Parpadeo. Dispongo de una semana con mi nuevo amante antes de volver ante mi hermana para satisfacer sus expectativas de comportarnos como dos personas educadas. Dios..., ¿acaso ha oído todo lo que hemos hecho antes?

—Para entonces —continúa—, espero que Eryx tenga mucho más controlados sus instintos protectores.

Asiento porque... ¿qué otra cosa podría decir o hacer?

Kallias le ofrece a Eryx su mano, cubierta por el guante, y Eryx se la estrecha.

—No creas que esto es un salvoconducto. Si cruzas alguna línea o si pierdes el control, la haré a ella responsable —dice el rey señalándome—, pues ha asegurado que es capaz de controlar tus acciones.

Un leve gruñido nace del interior de Eryx y yo le doy un golpe para calmarlo.

—Por supuesto, majestad —digo en su nombre.

—Qué salón tan encantador, Chrysantha —dice Kallias mirando la habitación que nos rodea—. Que pasen un buen día.

Abandonan la habitación acompañados por los guardias. Eryx y yo nos miramos.

—Ignoro qué dioses los protegen —dice Dyson—, porque, a todas luces, los dos deberían estar muertos.

—Yo todavía estoy bastante dispuesto a acabar con ella —añade Argus con la voz envenenada.

—Argus —dice Eryx a modo de aviso.

—¡Te delató! Nos echó al rey encima. Debería...

Suelto la mano de Eryx, me levanto y me acerco a Argus.

—Eryx y yo hemos hecho las paces con nuestro pasado, ¿serás capaz de hacer lo mismo? Estoy dispuesta a perdonar el papel que has jugado en todo esto, ¿podrás perdonarme tú también a mí? Porque me gustaría que los dos se quedaran..., pero están despedidos como asistentes personales. Ya encontraremos un puesto que encaje mejor con ustedes.

Argus y yo nos miramos fijamente, pero al final el hombre se calma.

—Me niego a ser un lacayo. No me voy a poner ese uniforme —dice mirando a Kyros.

—¿En qué eres bueno?

—Matando.

—Pues... ya buscaremos algo.

Ahora me fijo en Dyson. Cuando veo que está sonriendo, me doy cuenta de que no va a suponer un problema.

Ya solo me queda Kyros.

—Lo siento —le digo cuando me acerco a él.

—No me prometiste nada —me contesta.

—Lo sé, pero quise intentarlo. De verdad lo hice..., pero cierto asunto me impedía avanzar. —Observa a Eryx, que nos está mirando a Kyros y a mí y comprendiendo algunas cosas—. Estaba dispuesto a todo... hasta que leí la nota que Eryx me había escrito. Me había cedido todo el ducado. Lo había hecho por la vía legal. Dejé de desear que el rey le hiciera daño.

—Sigue siendo un peligro —susurra Kyros.

—Así es. —Y yo también lo soy, aunque no lo pueda decir—. Pero no para mí. No para las personas que nos importan. A Eryx se le ha ocurrido contratar a un tutor para Nico. Creo que es una idea maravillosa. Me encantaría ayudarlo a que tuviera un futuro brillante.

Veo la indecisión en los ojos de Kyros. Aunque está claro que le encanta la idea de que su hijo tenga un futuro mejor, le inquieta que Nico viva bajo el mismo techo que Eryx.

—Piénsalo —le digo—. Si tu deseo finalmente es marcharte, puedes estar seguro de que te ayudaré a encontrar un nuevo puesto.

Kyros asiente.

Y ya solo me queda Eryx.

—¿Y qué papel voy a desempeñar yo a partir de ahora, duquesa? ¿Vas a contratar a alguien nuevo?

Me inclino hacia él para susurrarle algo al oído:

—Estoy buscando un amante.

Oigo el sonido de la puerta al cerrarse y me doy cuenta de que los otros tres hombres han salido de la habitación. Quizá no estaba murmurando tan bajito como yo creía.

—No aceptaré ningún pago por eso. Puedes disponer de mis servicios de forma gratuita.

—¿Estás seguro? Podría darte un generoso estipendio de cincuenta necos al mes.

Eryx hace un gesto de dolor.

—En mi defensa diré que, en otra época, pensaba que esa era una suma bastante generosa. No tenía ni la menor idea de las cantidades que los ricos están acostumbrados a manejar hasta que empecé a fingir que era duque.

—Aún me queda mucho que enseñarte —digo en un tono inequívocamente sexual.

—Debería pagarte por esas lecciones.

—Para eso necesitarías disponer de algún ingreso, cariño.

—Estoy seguro de que encontrarás algo que pueda hacer.

—¿En qué eres bueno?

—En llevar las cuentas y enfrentarme a ese horrible gestor.

—Antes que nada tenemos que despedirlo.

—Buena decisión. La verdad es que no es un hombre muy honesto.

Recorro con un dedo su labio inferior y los ojos se le ponen ambarinos. Me voy a divertir mucho averiguando qué estímulos provocan esa transformación.

—Que seas mío. Eso es lo único que necesito de ti.

Se retuerce un rizo con el dedo.

—Ya soy tuyo.

—Voy a enseñarte cómo se gasta el dinero —le digo, imaginando ya todas las cosas divertidas con las que puedo vestirlo.

—Que Dios me ayude...

Agradecimientos

No puedo creer que por fin esté escribiendo la página de agradecimientos de este libro. Durante un tiempo pensé que la elaboración de este manuscrito acabaría conmigo. Estaba pasando un duelo. Me sentía sobrepasada por todo lo que debía rendir en la escuela de posgrado, en mi trabajo, en mi vida personal. Todo se desmoronó de golpe, pero he tenido mucho amor y mucho apoyo a mi alrededor.

Gracias a Holly y a Rachel, supieron ver lo que necesitaba y me dieron todo para que pudiera superar esa época oscura. Son el equipo de mis sueños. Me siento muy afortunada por haberlas tenido a mi lado en estos OCHO libros.

Gracias al equipo de Macmillan, que ha trabajado muy duro para hacer posibles estos libros. Un agradecimiento especial para Jean, Gaby, Leigh Ann, Morgan, Sam, Starr, Kristin, Jordan, Meg, al equipo de audio, al equipo de corrección y a todas las personas que han trabajado en esta novela.

Me siento afortunadísima de que tantos editores extranjeros ayuden a que mis libros lleguen a nuevos mercados. Gracias a mi equipo de Pushkin, especialmente a Rima, Sarah y al resto de los incansables trabajadores en el Reino Unido.

También tengo que expresar un agradecimiento especial a todo el equipo francés. Dorothy y Miriam, son mis personas favoritas de toda Francia. Las adoro a las dos. Gracias por hacer que mis visitas allí sean tan especiales.

Quiero mandar un agradecimiento muy especial a Caitlyn McFarland, que leyó los primeros borradores de este libro y me ayudó a hilar las escenas. Gracias por estar ahí cuando me has hecho falta. Gracias también a Mikki Helmer por venir a verme cada vez que necesitaba una noche de escritura para poder cumplir con mis plazos.

Gracias a mi familia por su apoyo. Antes de que empezara a ganar dinero con mi escritura, ustedes ya confiaban en mí. Soy muy afortunada por tenerlos.

Y, para terminar, muchas gracias a mis fans. Me hacen sentir que mi trabajo es precioso y muy especial. Me encanta que coincidamos en eventos o en encuentros en línea. Gracias por proporcionarme un espacio seguro en el que compartir lo que escribo.

Una escena de la sala de montaje

En el primer borrador de este libro, Chrysantha decidió no acudir a la boda de su hermana. En su lugar, la joven accedió a acompañar a Eryx a distintos eventos sociales a cambio del dinero que necesitaba para contratar al investigador privado. En la siguiente escena, Chrysantha y Eryx están en un almuerzo en la hacienda de un conde, y Eryx le acaba de extender una invitación a un duque interesado en Chrysantha para que visite cuando quiera la hacienda.

Cuando el almuerzo ha terminado por fin (¡por fin!), los cortesanos se alejan de la mesa en pequeños grupos mientras que los sirvientes preparan todo para el acontecimiento principal. Sacan un buen surtido de armas, municiones y una especie de resortera y dejan todo en el exterior de las tiendas, donde hay multitud de asientos.

Arrastro a Eryx a una zona en la que nadie nos puede oír.

—¿Qué crees que estás haciendo?

—Ya te expliqué por qué estás aquí: para encontrar marido. El duque está claramente interesado, lo que para ti significaría ascender socialmente, así que...

—¡No invites a gente a mi hogar!

—Querrás decir *nuestro* hogar.

—Qué más da. Pensé que odiabas a la gente. ¿Qué haces invitándolos a venir cuando se les antoje hacerlo?

—Vendrán a verte a ti, no a mí.

—Eryx, no. Accedí a venir a estos eventos contigo, no a entretener a desconocidos a cualquier hora del día.

—¿Y qué pretendes que haga ahora, que le retire la invitación?

—¡Sí! Dile que eres un niñito ansioso y que te precipitaste.

—Esta costumbre tuya de sacar a relucir mi edad es cada vez más molesta. Se acerca mi cumpleaños, ¿qué harás cuando tengamos la misma edad?

—Ah, pues seguirá habiendo un montón de cosas de las que podré quejarme.

Nos miramos a los ojos pero, cuando reparo en que la gente tal vez nos esté viendo, suavizo la expresión de mi cara. Eryx hace lo mismo.

—Y recuerda —digo en tono amable—: fuiste tú quien empezó.

—¿Quien empezó qué?

Pero se nos acercan otros nobles, así que no le puedo responder. Como hemos llegado tarde al almuerzo, el resto de los invitados no han podido charlar con nosotros hasta ahora.

Y tendría que haber disfrutado más de su contención.

Ya que, de repente, vienen todos en tromba a saludarnos.

—Duquesa, hoy luce exquisita.

—Alteza, por favor, permítame presentarme, soy...

—¿Le gustaría dar un paseo por los jardines, duquesa Pholios?

—Pholios, ¿ha considerado pasarse por el club?

Las voces se solapan hasta que soy incapaz de distinguir a quién corresponden todos esos «alteza». Las damas y un puñado de caballeros luchan por la atención de Eryx, mientras que a mí me abordan solo los hombres, ya que mis preferencias románticas quedaron claras en mi presentación en sociedad.

Afortunadamente, lady Glaros viene a salvarnos. La condesa me acompaña a un asiento debajo de uno de los quioscos y hace que su marido se encargue de que Eryx pueda participar en el evento de hoy.

Pero, incluso en esa silla, me siguen abordando de múltiples formas.

Las damas me asaltan con preguntas sobre Eryx. ¿Qué le gusta hacer? ¿Qué talentos tiene? ¿De dónde viene? ¿Qué busca en una esposa? ¿Le ha echado el ojo a alguien? ¿Podría yo presentárselo? Y muchísimas más.

Y, en lugar de decirles lo que en realidad pienso de Eryx, lo ensalzo, como él hace conmigo.

—Oh, Eryx es un joven estupendo. Le gusta dar largos paseos y la lectura. Es de trato fácil y tiene una paciencia infinita. No estoy segura de dónde vivía antes de empezar a residir en el ducado. Creo que está buscando pareja, una persona que pueda enamorarlo. No le ha echado el ojo a nadie y está abierto a nuevas candidatas. Estaré encantada de presentárselo a cualquiera que quiera conocerlo.

Sé que soy terriblemente malvada por soltar todas esas mentiras, pero estoy muy orgullosa de ellas. ¿Que Eryx quiere echarme a los lobos? Pues muy bien, yo le enviaré un rebaño de ovejas. Si mis días se van a ver interrumpidos por un tropel de pretendientes, que los suyos corran la misma suerte.

—¿Su alteza es bueno con las armas? —quiere saber lady Kormos, la hija de un vizconde.

No puedo estar segura, ya que solo lo he visto manejar un arma cuando me apuntó con aquel revólver. Pero respondo:

—Ha servido en el ejército y estuvo en el frente, así que sospecho que sí.

—¡Un héroe de guerra! —exclama lady Kormos con un dejo soñador en su voz—. Oh, ¿cree que tendrá alguna cicatriz? Me encantan los hombres con cicatrices bonitas.

—En caso de tenerlas —dice lady Evadne—, deben de estar en un sitio oculto a la vista.

—Oh, ¿creen que si sube la temperatura se acabará quitando el saco?

Contengo una arcada. ¿De verdad estas mujeres desean ver a Eryx con menos ropa? Supongo que es culpa mía, por haberlo retratado como un honorable héroe de guerra. Pero ignoran que tiene menos virtudes que un oso pardo.

El conde de Glaros se sitúa en el centro del campo trasero y alza la voz para que se le oiga por encima de las mujeres charlatanas y los hombres parlanchines.

—Estimados invitados, el evento principal de esta tarde me llena de felicidad. Dado que sería muy tedioso y complicado recorrer los bosques en pos de una presa, he encontrado la manera de poner en práctica nuestro deporte mientras las mujeres ven todo sin ningún peligro. —Agarra un disco café de un montón que tiene a su lado—. Aquí tienen el plato y el mecanismo que lo lanza hacia el cielo.

Glaros señala una máquina que tiene detrás. Coloca el disco en el brazo del aparato, jala de una palanca para tensar un elástico y pisa un pedal en el suelo. El disco sale volando, muy alto, por los aires.

En un movimiento demasiado rápido para que mis ojos lo capten, el conde desenfunda el arma que lleva colgada del hombro, apunta y dispara. El plato estalla en mil pedazos que se precipitan contra el suelo.

Varios nobles, hombres y mujeres, se sobresaltan por el repentino sonido del disparo y la posterior explosión. La mayoría de ellos, avergonzados, tratan de disimularlo. Pero me sorprende que algunos no hayan reaccionado en absoluto. Deben de estar muy acostumbrados a ese sonido.

Primero se oye un civilizado aplauso que proviene de las manos enguantadas de las damas, pero justo después los hombres deciden mostrar su entusiasmo aplaudiendo con intensidad. Lady Glaros silba ante la gran puntería de su esposo. El espectáculo me parece impresionante y emocionante, pero no esperaba que el disparo sonara tan fuerte. A padre no le interesaban demasiado los deportes.

—¿Quién es el siguiente? —pregunta Glaros, y los hombres forman una fila para esperar turno.

Queda claro muy pronto que la mayoría de los hombres no tiene la misma puntería que Glaros cuando se trata de un objeto en movimiento. Casi ningún disparo da en el blanco, por lo que los platos de arcilla no estallan hasta que no chocan contra el suelo. Simos consigue acertar el tiro y las mujeres de mi alrededor aplauden con más entusiasmo que antes.

—Ahora que el rey se ha casado, Simos es el soltero más codiciado de todo Naxos —dice la condesa, inclinándose hacia mí con complicidad—. Aunque sospecho que, ahora, Pholios lo va a superar. Aun así, no es mal partido —me comenta señalando con la cabeza en dirección a Simos.

—No tengo interés en volver a casarme.

—¿Ni siquiera si encuentras a un hombre guapo que se desenvuelva bien en la alcoba?

La estupefacción me impide contestar. Nadie, aparte del difunto Pholios, me ha hablado jamás en esos términos. Pero la verdad es que no me parece mal cuando lo hace otra mujer cercana a mí.

—¿Y cómo sabe eso?

—Simos ha tenido un par de aventuras bastante públicas, aunque no demasiado serias. Sus amantes parecían muy tristes tras la separación.

Suena otro tiro y tengo que repetir el principio de mi siguiente frase.

—No deseo tener un nuevo marido, pero no me importaría encontrar un nuevo amante.

La afirmación suena más alta de lo esperado en el silencio posterior al tiro, provocando que se giren hacia mí varias cabezas muy bien peinadas.

La inocente lady Kormos abre mucho los ojos.

—¿Quiere decir que los rumores son ciertos? ¿Tenía usted un... mantenido?

—Sandros —digo con aire nostálgico—. Pero se acabó cuando Eryx entró en la ecuación. Ya no cuento con los fondos de que disponía.

—No se escandalice —le dice la condesa Glaros a la joven—, las mujeres tienen las mismas necesidades que los hombres.

—No sabía que la aparición del duque hubiera alterado tanto su vida —dice lady Evadne—. Si es así, tendrá que buscarse un nuevo amante.

—Sí —contesta la condesa, entusiasmada—. Estoy segura de que un sinfín de hombres estarían con usted sin necesidad del incentivo económico. Su belleza es muy poco común.

Trato de no sonreír por esa última afirmación. Eso era justo lo que mi padre solía decir. Era mi única característica que él solía destacar, el único rasgo que le podría hacer ganar el dinero que necesitaba.

—Deberíamos ayudarle a hacer una lista —dice la condesa—, ¿qué requisitos le resultan esenciales?

Antes de que yo pueda contestar, lady Evadne interviene:

—Por supuesto, debe ser alto, guapo y diestro con las manos. Y tener una buena dentadura. Dios, sí, lo de los dientes es importantísimo.

Con una sonrisa, la condesa le contesta:

—Pensaba que le había preguntado a la duquesa, pero parece que usted ha reflexionado mucho sobre ello, lady Petrakis.

La chica se sonroja.

—Bueno, tiene razón —respondo para ayudarla—. Ha de tener los dientes bonitos. Y me encantan los hombres altos. —Por alguna razón, mis ojos se posan en Eryx justo en ese momento, y me viene a la cabeza la altura que me saca.

—Sería tan solo para tener una aventura, ¿verdad? —pregunta lady Kormos—. ¿No quiere a un hombre que no quiera nada de usted? El premio gordo debería ser su propia compañía, no las cosas que le pueda comprar. Olvídese de ese tal Sandros. Está claro que no la merecía.

Varias cabezas asienten para mostrar su acuerdo, haciéndome sentir muy respaldada por estas mujeres que me rodean.

La conversación queda interrumpida de golpe cuando alguien dice:

—Silencio, ¡le toca a Pholios!

Un par de docenas de cabezas se giran hacia el duque cuando este se aproxima hacia el artefacto con el rifle entre las manos. Comprueba las balas que contiene antes de cerrar el compartimento y amartillar el arma.

Observo su pecho expandirse bajo su ropa ceñida cuando respira hondo. Al exhalar, pisa el pedal y libera el plato. Antes de que el disco llegue a lo más alto, Eryx aprieta el gatillo. El disparo acierta por completo en el blanco y los pedazos de arcilla caen al suelo. El aplauso que recibe es el más entusiasta de todos, incluido el de Simos.

—Debe de ser un asesino de primera con esa puntería, Pholios —le dice Glaros antes de darle unas palmaditas en la espalda.

Eryx esconde una sonrisa dolida detrás de otra algo más natural.

—Tal vez lo fui. Me ha descubierto. Ha sido mala idea desvelar en público mi verdadera naturaleza.

La gente que los rodea suelta una risotada, pero yo lo miro con los ojos entornados. Es como si sus palabras escondieran algo. Ojalá pudiera averiguarlo. Todo lo que rodea a

Eryx es un misterio y me resulta difícil determinar qué porcentaje de su verdadera naturaleza necesita mantener oculto.

—¿Por qué no ponemos las cosas un poco más interesantes, caballeros? —sugiere el conde—. ¿Y si celebramos una competición amistosa? ¿Una eliminatoria? Vamos disparando hasta ser eliminados. El ganador se lleva todo.

Algunos hombres, conscientes de sus debilidades, declinan la invitación de forma educada, pero una buena cantidad de ellos hacen apuestas y se suman a la competición propuesta por el conde.

—Bueno, no dejemos que sean los hombres los únicos que se diviertan —dice la condesa—. Apuesto diez necos por mi marido.

Las mujeres hacen sus propias predicciones. Varias de ellas respaldan a Simos o a Eryx. Otras, a algunos otros caballeros, pues sienten que deben animar a sus hermanos o a sus admiradores.

—¿Y usted, alteza? ¿Apuesta por alguien? —me pregunta la condesa.

No quiero arriesgarme en lo más mínimo a perder mi escueto estipendio, pero ya que Eryx me ha pagado una generosa suma por las clases, quizá estaría bien darme un capricho.

—Diez necos por Pholios.

—Estupendo —dice la condesa apuntando la cantidad, y miro confundida el nombre que ha escrito. Quería apostar por el conde. Deseaba mostrar mi agradecimiento a nuestros anfitriones. Pero me ha salido el nombre de Eryx. Como si llevara tiempo queriendo pronunciarlo. Podría retirar lo que he dicho, pero entonces me arriesgaría a quedar en evidencia por corregirme.

Que así sea.

Los hombres disparan por turnos y, cada vez que uno falla el tiro, cede educadamente su puesto a los demás. Tras dos rondas, lord Livas es eliminado. A la tercera, lord Soter apenas roza el blanco. En la cuarta ronda, la mitad de los hombres ya han sido eliminados. En la quinta, solo quedan seis. Aquello progresa y la condesa contempla con mayor atención el espectáculo a medida que su esposo escala posiciones.

Es muy bonito de ver.

En la décima ronda, ya solo quedan tres hombres: Pholios, el conde y Simos, que nunca ha estado en la guerra, pero que, según nos informa lady Castellanos, siempre ha disfrutado disparando a objetos, bastante menos escandalosos que los seres vivos.

Jamás habría pensado que sostener un arma fuera tan agotador, pero veo que al conde le resbala el sudor por la frente y que Simos se quita el pañuelo del cuello. Eryx, en un gesto de salvajismo textil, se desprende del pañuelo y el saco y, además, se remanga la camisa. Los abanicos de las señoras que me rodean empiezan a moverse con mucha más energía. Agradezco que ninguna se muestre excesivamente escandalizada por ese gesto.

Simos se levanta, se enjuga la frente, pisa el pedal y suelta el plato. Por fin, falla.

—Bien hecho, alteza —le dice el conde, dándole unas palmadas en la espalda—. Ha estado usted fenomenal.

—Gracias, tendré que practicar para la revancha.

—Ese es el espíritu.

El conde dispara a continuación y logra un tiro perfecto.

Eryx hace lo mismo.

Y así siguen un buen rato, cada vez más cansados y más determinados en alcanzar la victoria. La competición no se pone tensa, pero resulta obvio que los dos hombres están cansados y hartos de todo eso. Me pregunto si alguno de los dos tirará la toalla, pero son demasiado orgullosos para eso y, además, su educación militar no se lo permitiría.

El suelo está lleno de trozos de arcilla y a mí me invade un arrebato de empatía por el sirviente que tenga que limpiar todo, lo cual no eclipsa mi deseo de que Eryx gane.

Las mujeres manejan entre todas bastante dinero. Me encantaría poderlo añadir a mis modestos ingresos. Aunque eso signifique tener que aguantar a Eryx presumiendo después.

Pero, conforme la competición avanza, empiezo a notar un leve cambio en Eryx.

Al principio no es tangible, solo una intuición. Entre asalto y asalto, Eryx muestra una quietud insólita. Sus movimientos son casi demasiado rápidos. Y es entonces cuando noto que los ojos se le empiezan a poner color ámbar, rasgo que percibo incluso a la distancia. Me doy cuenta de que algo terrible está a punto de suceder.

Después de su último blanco perfecto, Eryx posa sobre el conde sus ojos lupinos, que no parpadean. Se le tensan los músculos como si preparara un ataque. Argus y Dyson han percibido el cambio, pero están demasiado lejos como para ayudar. Además, no se me ocurre cómo podrían intervenir sin dar un espectáculo.

Ignoro qué me empuja a hacerlo, pero doy un salto desde donde estoy y me interpongo a toda velocidad entre Eryx y el conde.

—¡Creo que deberíamos dejarlo en un empate! —exclamo sin apartar los ojos de la amenaza.

Eryx me mira y constato que lo de sus ojos no eran imaginaciones mías. A la luz del día no hay margen de error. No se trata de una ilusión óptica provocada por algún claroscuro. Tiene las pupilas dilatadas y las fosas nasales ligeramente abiertas.

—Además —continúo—, creo que las damas ya han pasado demasiado tiempo como meras espectadoras. Creo que ahora nos toca participar a nosotras.

Agarro el rifle que Eryx sostiene, aunque no estoy del todo segura de que esa sea el arma más mortífera que tiene a su disposición. Parece sorprendido cuando se lo arranco de los dedos, pero no le da tiempo a reaccionar.

—¿Quién va a enseñarme a disparar? —pregunto.

Varios pretendientes levantan la mano, pero yo me lanzo a los brazos de Eryx y, acercando mis labios a su oreja, le digo:

—No sé lo que te está pasando, pero tienes que retomar el control ahora mismo. —Y entonces, sin saber muy bien por qué, le soplo en el oído, como si quisiera templarle los ánimos.

Parpadea despacio, me mira y compruebo aliviada que vuelve a tener los ojos como siempre.

—Por supuesto, duquesa. Será un placer. —Se coloca detrás de mí, rodea mis brazos con los suyos y me enseña cómo colocarlos.

—Gracias —me susurra al oído, y yo respondo asintiendo levemente con mi mentón.

Eryx tiene los músculos muy tensos y respira con cierta dificultad, pero se contiene y corrige mi postura. Cada centímetro de su cuerpo encaja contra el mío de una manera completamente indecorosa para estar en público. Pero como se trata de una lección de tiro, tal vez la gente lo pase por alto.

—Prepárate para el retroceso —me dice lo bastante alto como para que todo el mundo a nuestro alrededor lo pueda oír.

—¿Retroceso? —pregunto.

Percibo su sonrisa detrás de mi cabeza. Pisa el pedal, el plato sale volando y, cuando siento una levísima presión por parte de Eryx, aprieto el gatillo.

El blanco estalla en pedazos, pero el dolor repentino que sufro en mi hombro me impide alegrarme demasiado.